Véronique Ovaldé, née en 1972, vit et travaille à Paris. Elle est notamment l'auteur de *Et mon cœur transparent*, *La Grâce des brigands* et d'un roman illustré publié avec Joann Sfar, *À cause de la vie*. Elle a obtenu le prix du Roman France Télévisions, le prix Renaudot des lycéens et le Grand Prix des lectrices de Elle pour *Ce que je sais de Vera Candida*.

Véronique Ovaldé

SOYEZ IMPRUDENTS LES ENFANTS

ROMAN

Flammarion

TEXTE INTÉGRAL

ISBN 978-2-7578-6610-8
(ISBN 978-2-0813-8944-1, 1re publication)

© Flammarion, 2016

Le Code de la propriété intellectuelle interdit les copies ou reproductions destinées à une utilisation collective. Toute représentation ou reproduction intégrale ou partielle faite par quelque procédé que ce soit, sans le consentement de l'auteur ou de ses ayants cause, est illicite et constitue une contrefaçon sanctionnée par les articles L. 335-2 et suivants du Code de la propriété intellectuelle.

« So we beat on, boats against the current, borne ceaselessly into the past. »
(C'est ainsi que nous avançons, barques à contre-courant, sans cesse ramenés vers le passé.)

Gatsby le magnifique,
Francis Scott Fitzgerald.

Ce que Matilda voulait, ce que voulait son cœur d'enfant, personne ne s'en était vraiment soucié jusqu'à ce jour de janvier 1974 où elle décida que c'en était trop et que ce qui s'annonçait à elle la faisait se sentir aussi triste et pesante qu'un sac de pierres.

Comment ce cœur d'enfant pouvait-il peser si lourd ?

Comment prit-elle sa décision ?

En ce petit matin de janvier elle tenta de sortir de la maison de Barsonetta mais la porte était close et ceci changea son projet, elle fit comme Hansel qui se rabattit sur le quignon de pain parce que la porte était verrouillée, elle fit comme lui et, tout comme il abandonna l'assurance de retrouver son chemin grâce aux petits cailloux qu'il aurait ramassés dans la cour, elle abandonna l'idée de se jeter au fond du puits du jardin ainsi qu'elle l'avait projeté dans le carnet qu'on retrouva plus tard sous son lit. Elle retourna dans sa chambre, se déshabilla et enfila la chemise qu'elle venait de broder (des daims, des loups et des oiseaux verts), puis elle sortit son attirail, s'assit sur le lit, salua chacun de ses petits animaux et s'injecta par trois fois sa dose d'insuline, une fois dans la cuisse droite, deux fois dans le ventre. Et elle sombra dans le coma.

Et cela sans un cri, sans un bruit, comme si sa détermination, son incroyable détermination l'empêchait d'être submergée par la douleur, l'effroi et le chagrin, gommant sa lucidité et l'espoir qu'elle aurait pu mettre dans toutes ces longues années qui lui restaient à vivre et dont elle se privait si brutalement.

PREMIÈRE PARTIE

Quelques jours en Espagne

———

Les flamboyantes passions postdictatoriales

Ce n'est qu'en rentrant hier soir de l'Institut de Barales, tandis que je conduisais lentement, le bras gauche à l'extérieur de la portière afin de goûter au vent chaud qui vient du sud et de l'Afrique, que j'ai pensé à ce qui m'avait amenée précisément ici, dans cette voiture qui remontait la colline. Tout avait commencé quand j'avais treize ans. Avant mes treize ans il n'y avait rien. Seulement la longue attente de l'enfance. Le sommeil et l'ennui dévorés de mauvaises herbes.

L'histoire d'Atanasia Bartolome pourrait donc avoir débuté, me disais-je, lors de la grande exposition de 1983 au musée d'Art et du Patrimoine de Bilbao. Je pourrais écrire que cette exposition avait marqué un tournant, mais ce ne serait pas assez fort puisque juste avant cette exposition tout était immobile et pétrifié, et pour marquer un tournant il eût déjà fallu être en marche. En fait, ma visite à la grande exposition de 1983 avait été la conséquence du désir d'émancipation de mademoiselle Fabregat, mon professeur d'histoire de l'art. J'aimerais pouvoir dire que c'est par elle que tout est arrivé. J'aimerais utiliser cette formule si satisfaisante et si catégorique. Mais c'est simplement que mademoiselle Fabregat, en plus d'avoir des accointances indépendantistes, rêvait d'un monde où personne n'aurait considéré que vous n'aviez plus qu'à rôtir dans les feux de l'enfer si vous aviez ressenti une bouffée de désir – de concupiscence – envers votre voisin de palier. Mademoiselle Fabregat faisait partie des rares professeurs qui nous demandaient de nous indigner devant les affiches qu'on voyait encore sur certains murs de la ville – et accessoirement de les arracher. Ces affiches de la Commission épiscopale d'orthodoxie et de moralité célébraient le port de vêtements décents pour les femmes et concevaient l'activité ménagère comme une pratique idéale de la gymnastique. Aussi vais-je me permettre d'écrire avec précaution que c'est parce que mon professeur d'histoire de l'art était une femme piaffant d'impatience que j'ai rencontré Roberto Diaz Uribe et que j'ai emprunté la route (on en revient toujours à ces affaires de virage et de croisée des chemins, comme lorsque le diable donna le choix à Robert Johnson entre l'art et la vertu) menant à l'obsession qui, durant trop longtemps, constitua ma vie.

Je pourrais vous dire, puisque je l'ai cru pendant pas mal d'années, que cette histoire a débuté il y a cent cinquante ans quand mon aïeul Gabriel Bartolome suivit Pierre Savorgnan de Brazza au Congo en pensant benoîtement explorer, édifier et ne jamais conquérir. Ou quand son frère jumeau Saturniño Bartolome décida de construire un phalanstère au Brésil.

Je pourrais tout autant vous dire que cette histoire remonte à quatre cents ans quand mon ancêtre Feliziano Bartolome coucha avec la maîtresse de l'évêque de la province et dut quitter son village d'Uburuk pour courir le monde puisque la chair l'avait trahi et mis au ban.

Mais je ne veux pas commencer par là.

Je pense qu'il faut que je commence par vous parler d'Atanasia Bartolome et de ce qu'elle ressentit quand elle vit pour la première fois une toile de Roberto Diaz Uribe.

À cette époque j'étais Atanasia Bartolome.

Mais comment parler de moi, de mes souvenirs, de mon enfance sans que la petite voix qui m'accompagne depuis toujours prenne la parole ? Si je retourne à la maison de mon enfance alors la petite voix qui me raconte ma propre vie s'installe confortablement, si je retourne à la maison de mon enfance alors je redeviens Atanasia Bartolome.

L'exposition qui fut à Bilbao l'un des événements de ce mois de juin 1983 fut considérée par beaucoup comme une provocation. Elle s'intitulait *Mon corps mis à nu*. Elle disait en effet qu'on pouvait de nouveau montrer en Espagne les corps, la chair, leur beauté et leur effondrement et qu'on allait mettre de côté pour un moment les tableaux tauromachiques. Elle présentait des toiles de Schiele, Bacon, Freud, Picasso et une toile monumentale de Roberto Diaz Uribe.

J'avais treize ans.

Je ne connaissais rien à rien. Seulement le temps long de la dictature, sa queue de comète, et la mémoire tronquée.

Nous n'avions jamais encore eu l'occasion de visiter dans le cadre scolaire autre chose qu'une église de jésuites.

La lumière était crue en ce matin de juin et je traînassais derrière mes camarades, les regardant marcher par grappes de trois ou quatre, cheveux nattés, serrés, contraints, corps boudinés dans notre uniforme à carreaux, boudinés parce que près de s'échapper, et nous marchions sur le trottoir et nous agglutinions à chaque feu rouge dans un mouvement aquatique qui évoquait un banc d'anchois allant et venant et scintillant, s'étirant et se reformant avec régularité. Je portais des chaussettes tirebouchonnées, des baskets noires et un bracelet de force que j'avais trouvé au marché pour contrecarrer cette tenue de bonne sœur, c'est ainsi que nous l'appelions, et chacune d'entre nous en transgressait comme elle pouvait la bienséance, vu que mademoiselle Fabregat, notre professeur d'histoire de l'art, était une femme en pleine conquête de son indépendance et que nous voulions toutes lui plaire. Je traînassais dans la perspective d'un après-midi sous le regard moins vigilant que d'habitude de mademoiselle Fabregat que les années 1980 galvanisaient et poussaient à porter des jupes en cuir très courtes. Je traînassais parce que je traînassais depuis toujours. Je marchais seule parce que jamais je n'avais réussi à caler mon pas sur celui d'une autre. Ce jour de juin 1983 était si limpide, avec un ciel d'un bleu catégorique au-dessus de Bilbao, punaisé de quelques nuages blancs, comme ceux qu'on voit au-dessus des sierras dans les westerns, des nuages parfaits, décoratifs et inoffensifs, et je marchais en m'inquiétant de ne pas encore avoir mes règles (mais en ne souhaitant pas vraiment les avoir) alors que toutes mes camarades en parlaient et arrivaient une à une le matin avec un air de fierté et de mystère qui disait qu'elles étaient passées de l'autre côté, et moi je traînassais, et je faisais attention de ne pas marcher sur les lignes du trottoir, et je pensais que, peut-être, je n'allais jamais les avoir et que je serais obligée de faire semblant et d'arriver moi aussi un matin avec un air de fierté et de mystère dont tout le monde se foutrait puisque j'étais tellement solitaire.

Nous avions monté les marches du musée et mademoiselle Fabregat s'était retournée en haut de l'escalier pour nous compter et nous jauger, elle arborait ce jour-là un pantalon noir assez serré pour que nous croyions toutes qu'elle ne portait pas de sous-vêtements. Elle était flamboyante devant la porte du musée à rameuter ses ouailles et j'étais si impressionnable et si prête à m'enthousiasmer que je me sentais frémissante, mais frémissante n'est pas le mot approprié, vibrante serait plus juste. Et je vous dis cela parce que cet état ne fut pas étranger à ce qui s'est produit dès l'entrée du musée.

Le tableau de Diaz Uribe ouvrait l'exposition. Il vous sautait quasiment au visage. Il était comme une revendication. La toile, aux dimensions spectaculaires, représentait le corps d'une femme à qui Diaz Uribe avait donné certaines caractéristiques animales – ou qui me parurent comme telles. Le trouble de cette langueur lasse si féminine alliée à ces mains trop griffues ou à cette pilosité trop visible m'a bouleversée. La femme était assise sur le sol, elle était décentrée, la plus grande partie de la toile était occupée par un carrelage bleu au motif géométrique répétitif. La femme était nue, le menton relevé, sa peau était bleutée, marbrée, transparente, d'une transparence maladive, épuisée, sexuelle.

Je me suis figée en plein élan, saisie. C'était donc cela que j'attendais depuis si longtemps ? Je n'ai pas réussi à faire le tour complet de l'exposition. J'avais treize ans. Ma déambulation me ramenait sans cesse à la toile de Diaz Uribe. Je restais en arrière des autres et m'éclipsais. On aurait pu croire que je tentais de surprendre quelque chose dans la toile de Diaz Uribe. Quelque chose qui aurait bougé pendant que je ne regardais pas et qui se serait immobilisé dès que j'y aurais jeté un œil (Atanasia Bartolome avait un rapport particulier aux choses invisibles, nous en reparlerons). Puis je m'éloignais du tableau, rattrapais dans une galerie attenante le groupe qui écoutait le professeur exalté par toute cette moderne nudité exposée, et ensuite je revenais sur mes pas pour me planter de nouveau devant le tableau. Le titre de la toile était *Angela 61-XI.*

À la librairie du musée, alors que le professeur agitait son petit drapeau pour rassembler ses brebis, je suis allée en vitesse acheter une carte postale qui représentait le tableau de Diaz Uribe (*61* pour le millésime, *XI* parce que cette toile était la onzième de l'année 1961). Il faut noter qu'il était exceptionnel que je possède assez d'argent sur moi pour acheter une carte postale. C'est l'accumulation de ces petites anomalies qui finirait par me mener là où je suis maintenant. (Les coïncidences, énoncerait un jour Atanasia Bartolome, reprenant et aménageant le bon mot de sa grand-mère Esperanza, sont bien la preuve de la paresse de l'univers – grand-mère Esperanza ne disait évidemment pas « univers » elle disait « Dieu ».)

Puis j'étais rentrée chez mes parents. J'avais punaisé la carte postale au-dessus de mon lit et passé la soirée à essayer d'en percer le mystère. Je la scrutais. Comme quand il faisait sombre et que je fixais mon visage dans un miroir et que mes traits semblaient s'animer, les ombres avaient alors un relief étrange qui défigurait, les yeux s'enfonçaient sous les arcades sourcilières, le regard prenait une expression hagarde ou effrayée ; l'expérience me donnait l'impression de pouvoir deviner à quoi ressemblerait mon visage dans vingt ans.

Quand Daniela, la mère d'Atanasia, découvrit que le professeur d'histoire de l'art avait emmené sa classe visiter cette exposition, elle s'affola et recommanda à Atanasia de n'en point parler à son père.

Puis elle lui fit décrocher la carte postale : « Ton père ne va pas supporter quelque chose comme ça dans la chambre de sa fille. »

Atanasia argua que son père jamais ne rentrait dans sa chambre, que la dernière fois qu'il avait dû y mettre les pieds elle devait avoir cinq ans, à quoi sa mère répondit qu'elle ne lui permettait pas ce genre d'exagérations, que d'abord c'était faux, que si son père n'entrait pas souvent dans la chambre de sa fille c'était par pudeur, uniquement par pudeur, et par respect pour l'intimité de sa fille, « Tu en connais beaucoup toi des pères qui entrent dans la chambre de leur fille de treize ans comme dans un moulin, c'est mystérieux pour un père une fille de treize ans, ça sent bizarre, et ça a des humeurs étranges, ça pouffe et ça sanglote, on ne sait jamais comment on va les trouver, si bien que les pères au bout d'un moment ils arrêtent de venir faire la conversation à leur fille au pied du lit, le temps que tout ça décante, ils arrêtent de venir déposer le baiser du soir sur la joue de leur gamine. Rien de bien suspect là-dedans.

– Il ne m'a jamais fait la conversation, l'ai-je interrompue.

– Ton père n'est pas causant. Il faudrait le pendre à cause de ça ? »

(Et c'est moi qui exagère.)

« N'empêche qu'il ne rentre jamais dans ma chambre, alors je ne vois pas pourquoi je devrais décrocher la carte postale du musée.

– Cette femme est nue, Atanasia. On n'accroche pas des photos de femmes nues dans sa chambre. Tu fais de la provocation. Cache-moi ça, je te dis », a conclu ma mère en se campant dans l'embrasure de la porte, bras croisés, quasi inébranlable, pour s'assurer que je ne me défilerais pas. La mort dans l'âme, j'ai décroché la carte postale et l'ai glissée sous mon oreiller.

Ma relation avec Roberto Diaz Uribe a donc pris, dès ses prémices, un tour clandestin.

Une éducation bartolomienne

Je ne sais pas ce que je suis venue faire dans ce faubourg de Bilbao, me disais-je en permanence quand j'étais enfant.

C'était le temps de la grande fatigue de l'enfance, ce que ma mère, Daniela Bartolome, connue encore par certains sous le nom de Daniela Mendiluce, appelait « ta mélancolie », et cette mélancolie n'était pas une chose attendrissante pour elle, c'était le signe d'un tempérament trop sensible, inadapté, elle me disait, « Si encore tu étais un garçon », et elle ajoutait, « Que peuvent bien faire les filles de cette langueur ? » Comme si nous étions là pour égayer les jours de ces messieurs. C'est ce que je lui répondais quand je fus en âge de lui répondre. Mais je savais qu'elle aurait dit quelque chose d'approchant si j'avais été un garçon, elle aurait dit, « Le monde n'est pas fait pour les hommes à ce point emplis de désarroi. » Je riais de ses remarques. Et elle hochait la tête et elle riait aussi. Elle était comme ça. Aucune de nous deux n'ignorait qu'elle-même avait toujours fait semblant d'être volubile et pétillante, que ç'avait été un piège pour mon père, qu'elle savait, je n'en doute pas, ce dont les hommes ont besoin, mais que cette mélancolie qui coulait dans mes veines, que je voyais pulser bleu sous la peau à l'intérieur de mon poignet, était la sienne conjuguée à celle de mon père.

Elle en était désolée pour moi.

Elle disait, « L'avantage des hommes sur nous c'est qu'ils peuvent en faire des poèmes. »

Et elle ajoutait, « Et en plus, la peau de leur visage résiste tellement mieux à l'alcool que la nôtre. »

La fatigue me prenait si souvent, cette fatigue qui aurait pu me dessécher sur place, là, debout dans le salon, cette lassitude de tout, cette impression d'être faite de sable et de passer mon temps à consolider l'édifice afin qu'il ne s'effondre pas pour finir par générer simplement une minuscule pyramide au sol, une pyramide de poussière, cette impression de sortir d'un rêve bref qui parlait de ma petite enfance, de ma vie végétative, de ma mémoire, de mon chagrin, et du chagrin de tous les Bartolome et de tous les Mendiluce avant moi, cette impression de ne plus jamais pouvoir bouger de là, de cet endroit au milieu du salon, sur les carreaux disjoints, les jambes écartées comme pour ne pas chavirer, le carrelage remuait sous mes pieds comme sur des lambourdes vieilles, j'aurais pu me dissoudre en autant de particules papillonnant dans l'air brûlant de septembre. Ma mère savait cela. Elle occupait sa vie conjugale à nettoyer les lames des stores avec une application menaçante, à préparer la soupe de poissons, l'axoa de veau, la crème de noix, et le café très fort qu'aimait son mari et qu'ils buvaient tous deux debout dans la cuisine en se regardant dans les yeux.

Mon père et ma mère se ressemblaient. Ils avaient les mêmes yeux gris opaques (« La couleur des yeux des romanichels », disait grand-mère Esperanza en secouant la tête), le même nez droit, la même mâchoire forte, une mâchoire qui n'était cependant pas l'expression d'une volonté mais plutôt celle d'une placidité de ruminant. Ma mère venait de Puerto Carasco, un village juste à côté d'Uburuk, le bourg où habitaient les Bartolome dans la province du Gipuzkoa. Elle me rappelait régulièrement que dans tous ces villages basques existait une consanguinité qui les avait tous rendus hémophiles, colériques et désespérés. « Tous les peuples commandos ont une déficience en ce qui concerne la diversité de leurs gênes », affirmait ma mère qui n'y connaissait rien mais qui savait me convaincre de tout.

Mon père portait la moustache et des chemisettes bleu ciel infroissables comme à peu près tous les hommes qu'il m'était donné de côtoyer.

Ma mère portait des pantalons taille haute en tergal, des chemisiers légèrement transparents, et une perruque rousse ondulée quand ils allaient dîner chez un collègue de mon père. Elle coiffait ses cheveux noirs en un chignon serré serré et hop elle enfilait une perruque synthétique même pas de sa couleur. C'était censé être chic à cette époque. Mon père lui disait, « J'aime tellement tes gros cheveux. » Et elle faisait mine de se vexer. Et ça minaudait et ça se taquinait. Et ça m'horripilait. Quand elle mettait des talons elle était plus grande que mon père. Il la regardait avec une satisfaction trop visible. Comme si avoir obtenu d'une femme aussi belle et aussi grande que ma mère qu'elle partageât sa vie était la victoire la plus éclatante qui fût. En général ce que ma mère déployait de la féminité me semblait passionnant (les crèmes anticernes, les dessous violets, le fond de teint et la pince à épiler). Elle était du genre à danser avec moi dans le salon en me lançant, « On est dingo, pas vrai ? » Je la trouvais parfois si belle que j'en suffoquais. Et puis ça me passait, les choses redevenaient simples et sans magie.

Nous habitions dans une petite maison de plain-pied dans les faubourgs de Bilbao, à côté des voies rapides qui mènent au centre-ville et des lignes des trains de marchandises qui bringuebalaient lentement au petit matin comme s'ils ne voulaient jamais en finir. Ma mère disait, « Les maisons moches c'est ce qu'il y a de mieux, elles permettent de prendre son envol sans regret. » Je n'étais pas tout à fait d'accord avec elle. J'aimais beaucoup notre maison, moi, c'était notre quartier ou notre absence de quartier, ce lotissement entouré de terrains vagues pelés qui me donnait envie de me carapater.

Mes parents s'étaient installés là à ma naissance. Je disposais d'une petite chambre en carrelage avec une vue sur rien du tout, un rien du tout planté d'eucalyptus pour éloigner les moustiques et la malaria, des eucalyptus à fleurs jaunes sur lesquels les moustiques faisaient des pauses en méditant puisque les eucalyptus à fleurs jaunes n'ont jamais éloigné les moustiques. En revanche ces arbres prolifèrent même sur les terres les moins fertiles et ils avaient peu à peu recouvert une grande partie de la colline. Leurs fleurs s'ouvraient comme des araignées ou des anémones ou quelque chose de tout aussi dangereux et attirant.

Je me souviens des eucalyptus et du bruit acéré des automnes secs, du frottement du sable sur les feuilles qui me laissait croire que la colline allait prendre feu.

Parfois de petits chevaux préhistoriques descendaient des montagnes et restaient, ballants, au milieu des eucalyptus. Ma mère m'appelait pour les observer de la fenêtre du salon, ils avaient l'air consternés par la laideur du lieu et ils remontaient bien vite dans les montagnes s'ils n'étaient pas attrapés avant par les enfants gitans.

Ma mère tenait son foyer comme une femme de pionnier, tentant de garder à distance le vent et le sable, tournant en rond et parlant toute seule pendant que son mari était en ville pour ses affaires. Quand il rentrait fourbu, elle était avide de nouvelles, mais comme elle savait qu'il était trop las pour parler, c'était elle qui parlait, et de quoi pouvait-elle parler, elle parlait de ce qu'elle avait entendu à la radio, et puis de moi, et du temps et des voisins, elle l'aimait assez pour chaque soir l'accueillir et le consoler, et je trouvais fascinant son engagement, je me disais que je ne serais jamais capable d'une telle discipline, c'était comme lorsqu'elle mangeait le gras du jambon ou le pain de la veille, je me disais, C'est donc ça être la mère de quelqu'un, c'est donc ça être la femme de quelqu'un, et je ne voulais, de ma vie, jamais manger autre chose que du pain tendre et la meilleure partie de la viande, et elle me souriait, et mon père lui souriait, et je ne comprenais pas bien ce qui se jouait entre eux, je me disais qu'elle le ménageait parce qu'il était mélancolique lui aussi, mélancolique et prude, d'une réserve adolescente, je crois que mon père était un homme si bon si doux si effrayé par la dureté du monde que ma mère avait décidé de le protéger et de lui offrir, quand il rentrait dans notre maison moche, un monde plus cosmétique, sans rivalité, sans compétition, sans coup tordu, sans tout ce qui faisait la vie de mon père à l'extérieur dans l'entreprise de bâtiment qu'il dirigeait (ou ne dirigeait pas).

Je ne savais pas quelle fonction il occupait chez Construcciones Salomó parce que finalement je ne connaissais pas grand-chose de mes parents. Même si ma mère me subjuguait par moments, mes parents n'étaient que le couple de propriétaires qui habitait le reste de la maison. Aussi, quand j'étais revenue, à treize ans, de l'exposition où j'avais fait la connaissance de Diaz Uribe, où j'avais eu l'impression de faire sa connaissance, j'ai enfin pu m'asseoir sur le bord de mon lit, les pieds bien à plat, respirant doucement, les mains posées sur la couverture que ma mère avait crochetée par petits carrés de vieilles laines, sûre que ça y était, le mystère qui donnerait du sens à toute ma vie, passée, présente et future, allait enfin pouvoir m'accaparer. Ce que j'essaie de dire c'est qu'avant ce jour de 1983 je ne faisais que marcher dans l'obscurité et que je cherchais une signification à ma naissance, ici, chez ces gens tranquilles et un peu tristes. J'avais besoin que cela ait un sens, j'étais une enfant de treize ans, je croyais dur comme fer que les choses devaient avoir un sens, j'avais été à deux doigts de devenir mystique et là, voilà, je pouvais regarder à loisir cette carte postale d'*Angela 61-XI*.

Alors j'ai cherché à la bibliothèque du lycée des informations sur Diaz Uribe, mais autant chercher *Les Fleurs du mal* dans la bibliothèque du curé, je n'ai pas interrogé mes parents, j'étais ignorante mais pas idiote. Mon professeur d'histoire de l'art paraissait la personne la plus à même de me renseigner et de comprendre le choc que j'avais ressenti à la vue de la toile de Diaz Uribe. Mais mademoiselle Fabregat avait reçu un nombre incroyable de plaintes de la part des parents de ses jeunes brebis à cause de son initiative, à cause de l'exposition *Mon corps mis à nu*, et elle était fatiguée de tout le chemin qu'il y avait encore à parcourir, elle ne s'intéressait pas à Diaz Uribe, elle ne connaissait rien de plus sur lui que ce qu'on en disait à cette époque, ce qui en deux mots se résumait au fait qu'il avait disparu pendant les années noires (ou plutôt choisi de disparaître puisqu'il peignait toujours mais qu'il était devenu invisible) et qu'il avait préféré ne jamais reparaître. On ne savait pas bien où il vivait, de multiples légendes existaient à son propos, il avait un galeriste quelque part aux États-Unis, il vivait à Hawaii, ou sur une petite île d'Indonésie, on supputait, mais les indices étaient fort peu nombreux, on possédait une photo de lui quand il habitait à Barcelone et on savait que sa femme s'appelait Angela et c'était à peu près tout ce que savait mademoiselle Fabregat.

Atanasia avait treize ans. Un âge pour les énigmes.

« On dit qu'il a créé une communauté sur une petite île près de Bali. »

Atanasia se rendit compte que Diaz Uribe n'éveillait pas du tout l'attention de mademoiselle Fabregat. Celle-ci en parlait avec une indifférence boudeuse comme si tant de bruit autour d'un peintre mineur était affligeant. Elle semblait considérer que le seul intérêt qu'il présentait résidait dans son exil et dans la gestion de cet exil pour faire croître sa notoriété et sa cote. Son invisibilité n'était sans doute qu'une coquetterie ou une trouvaille de galeriste.

« À tous les coups il vit dans un trou perdu du Canada et il peint ses toiles dans sa vieille grange sans jamais voir personne. Ou alors il est mort et son galeriste a encore une centaine de toiles d'avance qu'il met sur le marché avec parcimonie. »

Mademoiselle Fabregat avait haussé les épaules pour clore la conversation. Et elle était retournée à son émancipation.

Avant les périodes

Entre 1970 et 1983, Atanasia Bartolome a entre zéro et treize ans.

Pendant cette phase il ne se passe rien.

En Espagne le monde tel qu'on le connaissait depuis 1939 a disparu et il a commencé à devenir quelque chose de très différent. Et ce n'était pas évident, ce n'est jamais évident, de sortir au grand jour quand on a vécu si longtemps cadenassé, la lumière éblouit et le grand air fatigue. On était sûr d'être heureux le jour où la dictature finirait, on descendrait dans les rues, avec des rubans rouge et jaune dans les cheveux, on mettrait à la fenêtre le drapeau sans l'aigle de saint Jean, le drapeau qu'on avait gardé au péril de sa vie plié en douze derrière l'armoire, on danserait et crierait et embrasserait qui on voudrait, la terre ne serait plus plate et on ne courrait plus le risque de tomber dans un précipice en arrivant au bout du monde. Mais les gens comme mes parents ont simplement plissé les yeux parce que la lumière était vraiment trop forte, ils ont toussoté et ils sont retournés au salon. Ils se sont assis dans leur sofa, ont regardé leurs meubles en Formica et leur papier peint à grosses fleurs marron et ils se sont tenu la main.

Pendant cette phase il ne s'est rien passé.

De zéro à treize ans, j'ai saigné du nez presque tous les jours et j'ai regardé mes guppys nager dans leur aquarium. J'avais un aquarium parce que j'étais fille unique, c'était ce que disait mon père quand quelqu'un s'extasiait sur mon aquarium, qui était dans le salon pour l'agrément de tous même s'il s'agissait de MES poissons, ils faisaient des petits qu'ils mangeaient à l'occasion, je ne le prenais pas très bien, mais je leur parlais quand même, ils me reconnaissaient et se collaient à la vitre en me voyant franchir le seuil de la pièce et ils m'adressaient de petits signes muets pour que je n'oublie pas de les nourrir. Évidemment je n'oubliais jamais de les nourrir. J'étais une personne organisée qui passait un temps fou à gamberger à des problèmes absurdes. J'étais le genre de gamine qui pense que la place des voyelles dans l'alphabet est ordonnée selon une logique souterraine. Parce que tout doit avoir un sens. Il ne peut en être autrement. Vous n'alliez pas me faire croire au hasard.

C'est à peu près tout ce que je me rappelle de ma petite enfance. Ça et les parents fantômes qui habitaient sous mon lit. Mes vrais parents. Ceux qui étaient morts à ma naissance et qui prenaient grand soin de moi depuis leurs limbes. Avec qui je discutais le soir. Souvent ma mère, celle qui vivait avec moi, ouvrait la porte de ma chambre et me demandait, « Tu parles à qui, mon lapin ? » Je lui répondais, « Je parle à mon autre mère. » Et elle disait, « Ah oui bien sûr. » Puis elle refermait la porte. Elle ne rapportait pas la chose à mon père parce qu'il était émotif.

Après il y a eu ce caméraman et ce preneur de son qui se sont intéressés à moi, d'abord par intermittence, et qui ensuite se sont systématiquement installés pendant les périodes de grande anxiété. Ils ont entamé leur documentaire exhaustif sur la vie d'Atanasia Bartolome. Je leur décrivais les situations que j'avais vécues, mais la plupart du temps une voix off s'en chargeait. Une voix off qui parlait de moi à la troisième personne. Tout s'est donc traduit en scènes édifiantes : *L'Humiliation en cours de gym* (saut en hauteur et vautrage, pieds pris dans l'élastique, à moins de quatre-vingt-dix centimètres du sol) ; *La Beauté ravageuse de Miguel Vargas, 6ᵉ B* (j'ai douze ans et Miguel Vargas est l'homme de ma vie) ; *C'est vraiment trop injuste* (scène au supermarché avec refus de la mère d'acheter, malgré les supplications de la fille, un jean neige prédéchiré) ; etc. Il suffirait de faire le montage de ces scènes parfaites et on obtiendrait le tracé convulsif d'une enfance. Ce serait peut-être un brin saccadé, un brin elliptique. Cependant l'idée me convenait à merveille : c'était à l'équipe du documentaire que je confiais la charge d'archiver mes souvenirs.

Si je cherche plus avant, j'ai dû mémoriser beaucoup plus que les saignements de nez, les eucalyptus, les guppys, mes vrais parents cachés sous le lit et mon équipe technique. Néanmoins je ne fais pas confiance à cette mémoire. Je crois que je la bricole à l'envi. En revanche, j'entends clairement ma mère me dire, « Fais ce que tu as à faire dès que possible », et pour me prouver qu'il fallait s'atteler au plus vite aux choses fondamentales elle m'emmenait dans le centre de Bilbao chez son père, son vieux salopard de père dont elle était la fille unique, qui nous accueillait toujours si gentiment quand l'une de ses aides-ménagères était présente, ou l'une de ses infirmières, ou de ses voisines, et il disait, « Oh mes petites chéries » en nous tendant les bras, il réussissait même à avoir la larme à l'œil, mais ma mère ne se laissait pas ébranler, elle rétorquait, « Qu'est-ce qui te prend encore ? Arrête ton cinéma », alors les aides-ménagères, les infirmières, les voisines secouaient la tête devant ma mère sans cœur, et quand elles entendaient mon grand-père dire, « Oh vous me manquiez tant », elles roucoulaient et elles disaient à ma mère, « Vous avez de la chance, il est si gentil votre papa. » Et ma mère sans cœur hochait la tête et répondait, « Ah oui bien sûr. » Parce que, lorsque son public n'était pas là, dès que la porte de son appartement s'était refermée sur sa dernière visiteuse, mon grand-père redevenait mon vieux salopard de grand-père, sa voix changeait, il lançait à ma mère, « Dis à ta fille de ne toucher à rien, elle casse tout », il ne s'adressait jamais à moi directement, il disait, « Cette petite charogne me vole » et il essayait de me battre les mollets avec sa canne mais j'étais trop rapide, alors ma mère me regardait et je savais qu'elle le laissait dire, qu'elle le laissait faire pour que tout cela m'entre bien dans la tête, que je comprenne bien de quoi il retourne, et il disait à ma mère, « Ce sera une petite pute comme toi » et il continuait, « Et elle couchera avec des motards en Ducati » et ma mère lui répondait, « Plus personne ne roule en Ducati » et il répliquait, « Ducati ou pas Ducati, ils se tuent tous à faire les guignols » et ma mère le fixait longuement, elle disait, « De toute façon tu n'as jamais rien compris » et son salopard de père balançait, « Tu crois que je n'ai rien compris, tu crois que je ne sais pas ce qui est arrivé à ton joli cœur en Ducati » et ma mère soupirait et s'approchait de lui et j'avais parfois l'impression qu'elle allait lui coudre les lèvres avec du fil de pêche, j'avais l'impression qu'elle allait lui retirer délicatement ses lunettes de vieux dont les branches jamais ne touchaient ses oreilles afin de lui boxer le visage, j'avais l'impression que mon salopard de grand-père, avec toutes ses insinuations, savait quelque chose que j'ignorais, quelque chose qui concernait la jeunesse de ma mère, et qui du coup ne me concernait pas puisque rien de ce qui s'était passé avant ma naissance ne me concernait, il faut du temps pour que le monde ait existé avant votre naissance, il faut grandir un peu, alors je restais les bras ballants tandis qu'ils s'engueulaient, je me transformais en chandelier, ceux qui étaient en cuivre sur la cheminée, et j'attendais qu'on en finisse, et ma mère en sortant de chez lui me disait pendant que nous marchions dans le vent doux du soir, « Il n'a pas toujours été comme ça. Quand j'étais petite fille, il m'adorait, il m'appelait "mon palétuvier du Bengale", il m'appelait "ma princesse des îles Galápagos" », cependant elle ne perdait jamais le fil de ce qui devait être absolument compris, « Mais, tu vois, c'est quand on ne fait pas ce qu'on a toujours voulu faire qu'on devient un vieux con dépité. » Elle ne parlait pas des insinuations de son père sur le joli cœur en Ducati. Elle ne parlait que de mon grand-père qui avait espéré devenir chanteur d'opéra et partir en Amérique, mais qui n'avait jamais bougé de Bilbao et avait été peintre en bâtiment toute sa vie. Ma mère l'appelait Mobutu. La méchanceté du vieux ne semblait pas l'accabler, elle en faisait une leçon de choses.

Le nez qui saigne, les guppys, les eucalyptus, les parents fantômes, le caméraman et Mobutu.

Je crois que c'est à peu près tout.

De la dissolution
par l'accroissement

À treize ans et demi, malgré mes efforts nocturnes pour dormir les bras serrés contre mon torse afin que mes seins ne poussent pas, la puberté me tombe dessus et le médecin de famille annonce à ma mère, « Elle ne grandira plus. » À partir de ce moment j'ai l'impression de vieillir. La prolifération de mes cellules qui me semblait jusque-là miraculeuse m'apparaît comme un processus œuvrant à ma désintégration. Je me multiplie mais chaque partie du tout devient de plus en plus microscopique. Ne me faites pas croire à l'expansion de l'univers. Chaque jour je m'enfonce un peu plus dans la terre sableuse de notre bout de jardin.

Les nuits près des eucalyptus

Jusqu'à ses treize ans, Atanasia aurait beaucoup aimé disposer d'un frère ou d'une sœur avec qui avoir des conversations sur le comportement de ses parents. Parfois la présence de ses parents fantômes ne suffisait pas. Et quand elle évoquait ses parents Bartolome aux rares personnes avec lesquelles elle parlait, elle les appelait par leur prénom.

La nuit, elle écoutait les trains de marchandises et comptait dans l'obscurité le nombre de leurs wagons. Elle imaginait des catastrophes ferroviaires à cause de ses parents qui commentaient régulièrement le mauvais état des rails. « Ce ne sont pas les trains qu'on entend brimbaler, ce sont les rails qui se dévissent », disaient-ils en souriant comme si c'était drôle.

Elle pensait aux cheminots qui conduisaient les trains, qui restaient silencieux dans leur cabine à attendre que le soleil se lève, en tête de leur long convoi qui serpentait en ferraillant. Ce devait être étrange de conduire un train aussi assourdissant et aussi lent – l'un d'eux aurait pu se dégourdir les jambes en courant à côté et en s'époumonant et puis remonter à bord avant le virage suivant.

La nuit, il y avait aussi le bruit de la télé. Il n'y a rien de plus rassurant que le bruit de la télé, la nuit, dans une maison. Vous êtes dans votre lit. Vous tentez de négocier un dernier virage avant le sommeil. Et le ronronnement de ces voix électriques, cette musique qui crisse et criaille en sourdine, est une bénédiction. Vous n'êtes pas tout seul. Les autres sont encore réveillés. Ou bien ils se sont endormis sur le canapé. Aucune importance. Vous n'êtes pas tout seul. Ça n'a rien à voir avec des gens qui lisent dans leur chambre à la lumière d'une lampe de chevet.

Quelquefois, la nuit, accompagnée de son caméraman, Atanasia pénétrait dans la chambre de ses parents. Elle les regardait dormir. Elle connaissait leur visage quand ils dormaient, elle entendait le bruit de leurs dents qui légèrement et régulièrement grinçaient comme celles des camés ou des petits enfants anxieux. Et puis il y avait leur respiration. Cette façon inquiétante que leur respiration avait parfois de s'arrêter. Tout était bloqué. Tout était suspendu. L'air était emprisonné dans leurs poumons. Allaient-ils cesser de respirer ? Allaient-ils mourir là devant Atanasia, faisant d'elle une orpheline, simplement parce qu'ils avaient oublié de respirer une fois ? Atanasia se concentrait sur les draps et les taies d'oreiller pour avoir moins peur, elle ne les regardait pas vraiment, elle les savait coordonnés, et roses, ses parents dormaient dans du rose, puis elle enfonçait ses pieds dans le tapis bleu au pied du lit, c'était chaud et synthétique, si elle bougeait ses orteils, ça créait de l'électricité statique, elle avait l'impression d'entendre des étincelles crépiter.

Elle écoutait ses parents fendiller l'ivoire de leurs dents et elle remarquait que les draps n'étaient pas roses, ils étaient saumon.

Et puis elle retournait dans son lit, elle s'endormait et elle rêvait.

Une nuit Atanasia rêva que la totalité de la terre avait été recouverte de carrelage.

Au matin quand elle alla à la cuisine en se rongeant les ongles et en essayant de trouver un sens à son rêve (de pareils rêves *ne peuvent pas* être anodins, pensait-elle, pleine d'espoir), sa mère qui était en train de vider le lave-vaisselle, aveuglée par la buée sur ses lunettes, n'eut même pas besoin de se tourner vers elle pour lui lancer : « Tu veux les miens ? » Alors Atanasia retira ses doigts de sa bouche, crachota le dernier ongle sur le sol et elle s'assit sur un tabouret en se disant, Il va bien finir par se passer quelque chose. Aucun doute là-dessus. Un événement allait se résoudre à advenir.

Et Atanasia attendait avec une telle concentration que le monde était en passe de se transformer en crampe.

De la difficulté à garder le bon cap

Atanasia Bartolome a quatorze ans.

Gravite autour d'elle un nombre impressionnant de questions secondaires : qui sont ces gens qui flânent aux terrasses des cafés en pleine semaine vers quatre heures de l'après-midi ? Comment gagnent-ils leur vie ? Où vont les guêpes en hiver ? Pourquoi mon père remue-t-il sans cesse les pièces au fond de ses poches et pourquoi ce petit bruit m'émeut-il autant ? Pourquoi les filles cool portent-elles toujours le Teddy rouge et blanc de leur petit copain ? Comment fume-t-on sans tousser ? Pourquoi les biscuits deviennent-ils mous tandis que le pain devient dur ? Pourquoi le visage de mon père, piqueté de minuscules bouts de papier-toilette rose, quand il sort de la salle de bains après s'être rasé de trop près me donne-t-il envie de pleurer ? Pourquoi les petits enfants laids, obèses ou rouquins me brisent-ils le cœur ? Comment cesser de les regarder comme s'ils étaient handicapés et avaient absolument besoin de ma compassion et de mon amour ? Pourquoi m'a-t-il fallu aller à l'enterrement de mon salopard de grand-père qui m'appelait Charogne ? Pourquoi être une femme attirante semble-t-il être aussi éreintant et demander autant de temps, d'attention, d'implication ? Pourquoi ma mère trouve-t-elle que les chaussures blanches à talons font vulgaire et qu'en même temps elle porte des mules dorées ? Comment devenir une chanteuse punk-rock comme Alaska quand on est timide et qu'aller poster une lettre représente un effort surhumain et exige une préparation vestimentaire de trois quarts d'heure ? Pourquoi les femmes passent-elles leur temps à mettre en garde leurs filles ? Que se disent les figurants attablés au second plan et qui forment le décor du restaurant dans les sitcoms dont je me repais ? Font-ils semblant de se parler et miment-ils des conversations sans qu'aucun son s'échappe de leur bouche ? Ou bien discutent-ils de tout et de rien ou de problèmes syndicaux liés à leur statut d'éternel figurant dans des sitcoms brésiliennes ? Les femmes dans le coma continuent-elles d'avoir leurs règles ? Pourquoi est-ce que je pense que si je meurs en plein été mes parents se diront, Elle s'est arrangée pour nous gâcher les vacances ? Pourquoi est-ce que j'habite ici avec ces deux personnes ? Mon père disait, « Je préfère notre maison au ranch cinq étoiles de Sinatra. C'est moins d'emmerdes. » Il ne disait pas « emmerdes ». Il ne disait jamais de grossièretés. Et moi je pensais, Qu'est-ce qui fait que je suis ici plutôt que dans un ranch cinq étoiles ou dans une favela ? Pourquoi ma grand-mère Esperanza, la mère de mon père, commence-t-elle si souvent les histoires qu'elle me raconte par « Même si tu n'es pas tout à fait une Bartolome », ce qui me paraît normal dans une certaine mesure vu que ma mère est une Mendiluce, et ajoute-t-elle parfois, « Le sang n'est rien, ce qui est important c'est le lien » ?

C'était l'époque où les adultes se sont tous mis à lutter pour ne plus entendre que les marxistes avaient des gènes spécifiques, inutile dorénavant de rééduquer les enfants de communistes, les délinquants n'étaient plus déterminés par leur faciès ou leur chaîne d'hérédité. Cependant nos parents sont tombés dans un autre piège : le contexte socioculturel faisait tout, nos pères et surtout nos mères étaient responsables du fiasco de nos vies, il n'y avait plus de fatalité, seulement des parents toxiques. Ma mère qui lisait beaucoup sur la question s'est inquiétée et n'a pas parlé à mon père des vols dont j'étais coupable. Elle craignait qu'on ne l'accusât de m'avoir élevée comme une herbe folle face à mon père aussi rigide et incorruptible qu'un juge de paix.

Elle avait peut-être encore à faire avec sa propre enfance, celle qu'elle avait vécue auprès de son père, Juan Mendiluce, le peintre en bâtiment ténor qui m'appelait Charogne, il avait éduqué sa fille en lui expliquant qu'il ne fallait jamais être trop bon, jamais tendre l'autre joue, et surtout qu'il ne fallait jamais croire à aucune des bondieuseries dont on essayait de lui farcir le crâne. « Quand on te frappe, frappe deux fois », disait le père de ma mère, mon affreux grand-père. Il répétait, « Ah si tu avais été un garçon. » Mon grand-père méprisait les femmes avec constance – « Et qui fait son ménage ? » éructait-il en entendant des femmes parler à la radio et en laissant son épouse, ma grand-mère, pleurer de rage et d'impuissance en lui tournant le dos. N'ayant qu'une fille et devant, n'est-ce pas, faire avec, il l'a entraînée au bras de fer et lui a appris à se battre. Il l'emmenait dans la courette derrière chez eux et lui ordonnait, « Allez frappe-moi, te laisse pas faire. » Et ma mère frappait mollement dans les biceps de mon grand-père Mendiluce, je la vois d'ici, avec ses poings de petite fille. Il disait, « Ferme le poing, garde-le serré, pouce à l'extérieur, jamais à l'intérieur, sinon en frappant il casse. » Et comme les choses ne se passaient pas tout à fait comme il l'escomptait, il finissait par lui lancer, « Tu ne vas tout de même pas devenir comme l'autre. » L'autre c'était sa femme, ma grand-mère Mendiluce, que je n'ai jamais connue parce qu'elle a capitulé rapidement et s'est laissé emporter par une embolie pulmonaire à quarante-cinq ans. Après cela ma mère avait dû vivre en tête à tête avec mon grand-père Mendiluce jusqu'à son mariage – un peu tardif pour sa génération. Et elle n'avait bien entendu pas eu le droit d'apprendre le moindre métier. Elle avait été son « palétuvier du Bengale », elle n'était plus désormais qu'une jeune femme avec des besoins et des odeurs de jeune femme. Il s'était lassé ou rétracté. Dorénavant ma mère devait simplement savoir tenir un foyer et, en attendant d'en fonder un, il fallait qu'elle s'occupe de celui de son père. Pour lui échapper elle aurait très bien pu prendre pour époux le premier petit tyran venu qui lui aurait conté fleurette dans l'unique but de la transplanter dans sa propre cuisine à récurer. C'était arrivé à la majorité de ses amies. Mais il s'avéra qu'elle eut la chance de rencontrer mon père.

J'ai passé mon enfance à l'entendre seriner, « Ce n'est pas évident d'être féministe quand on est une femme de la classe moyenne. » Elle disait aussi que la classe moyenne vieillit très vite. Mais que j'avais encore quelques belles années devant moi.

Si ma mère me rabâchait les mêmes souvenirs pour les transformer en histoires édifiantes, elle le faisait à mon unique intention, elle ne parlait jamais de son enfance à son mari, tout comme il ne lui parlait pas de la sienne. J'ai toujours pensé que ce silence était lié aux enfances tristes, ou pauvres, inutile de les ressasser entre adultes, si l'on en parle trop c'est comme de refaire chaque jour tout le chemin parcouru. Quant à mon père il ne racontait rien parce qu'il était d'une réserve pleine de prévenances – l'idée générale était de ne surtout jamais se faire remarquer et de ne déranger personne avec des problèmes d'ordre privé. Et je crois, je peux imaginer, qu'ils avaient décidé que leur rencontre était si miraculeuse qu'ils allaient jusqu'à leur mort se regarder dans le blanc des yeux en se répétant, « On a eu une de ces chances. »

Il me semblait que, de mon côté, j'aurais *ad vitam* tendance aux amours fictives, plus faciles, moins compromettantes et plus hygiéniques. Cela ne m'inquiétait pas encore. J'étais depuis toujours celle qui demeurait assise au bord de la piscine et regardait les autres se rendre ridicules en tentant de nager la brasse papillon.

À quatorze ans, l'une de mes principales activités se résumait à essayer de réactiver mon premier choc – ma première extase – en scrutant les reproductions de tableaux de Roberto Diaz Uribe. Comme on pourrait vouloir rester amoureux de quelqu'un en contemplant sa photo d'identité même si on est appelé à ne jamais revoir cette personne – ou dans un délai si incertain que ça ne compte pas. Ce que j'avais réussi à dénicher se bornait à de mauvaises reproductions que j'avais trouvées dans ces braderies du centre-ville où l'on rangeait en piles des ouvrages d'art dont personne ne voulait, on les entreposait sur le trottoir sous des bâches plastique à cause de la pluie, des ouvrages sur les poteries aztèques, le mobilier du Bauhaus et les châteaux de la Loire, des ouvrages sur les records les plus absurdes et sur tout ce qui était incroyable mais vrai. J'y avais volé deux livres. Ils ne contenaient qu'une série déconcertante d'Angela dans des postures quasi identiques, mais avec un visage et un corps qui se métamorphosaient au gré d'on ne savait trop quoi, conservant malgré tout une sorte d'air de famille vaguement inquiétant. Et, comment vous dire, les paysages prenaient de plus en plus de place autour d'Angela et me plongeaient dans un trouble migraineux. Celui-ci ressemblait aux fièvres enfantines quand les objets rapetissent, s'approchent et s'éloignent selon la pulsation qui frappe vos yeux. Angela devenait minuscule sur ces reproductions. Elle disparaissait et laissait la place à de vastes pièces vides et carrelées, une fenêtre dans le fond, du soleil, des ombres sur le sol, des ombres mouvantes au fond de la rivière.

D'où me venait cette fascination ? Cette impression d'un lieu commun. D'un lieu familier que j'aurais quitté un jour, un lieu d'une vieille mémoire, une mémoire fantomatique, que la contemplation des toiles de Diaz Uribe ravivait et renforçait.

Parfois je tentais de ne pas regarder de toile de Diaz Uribe pendant une journée entière, reculant le moment de m'y perdre, me doutant que quelque chose d'obsessionnel et de malsain se jouait là, retardant d'heure en heure l'instant de me pencher sur une reproduction, comme on éloignerait la prochaine cigarette. Parfois j'avais le sentiment de n'être en paix que dans mon sommeil, unique répit de ma dépendance – un peu comme ce que m'avait souvent raconté ma mère de son propre père, le seul moment où il ne buvait pas c'était quand il dormait.

Il existait une photo en noir et blanc où on voyait Diaz Uribe de face, les cheveux touffus prématurément gris, les sourcils turcs, un visage maigre d'oracle oriental, animé par deux yeux très clairs et pas franchement aimables. Ce visage me déplaisait grandement. J'avais donc décidé que ce n'était point le sien et qu'il s'agissait d'une nouvelle entourloupe du maître pour parfaire son anonymat.

Lorsque le responsable de la solderie de la place Constanza m'a prise, la main dans le sac, j'avais quatorze ans et je volais un livre d'art (le caméraman filme la scène : *La Petite Voleuse*). Il a appelé ma mère mais il n'a pas eu le cœur d'appeler la garde civile, il m'en a menacé mais il ne l'a pas fait, « Tu voulais le revendre ? Je n'en peux plus de ces gosses qui volent mes bouquins et les revendent aux puces » et quand j'ai nié, que j'ai dit que c'était à cause de Roberto Diaz Uribe, le type, et on comprend qu'il soit toujours resté responsable d'une braderie de livres parce que ce n'est pas ainsi qu'on fait des affaires et qu'on se retrouve à la tête d'un commerce florissant, le type s'est mis à rire, il m'a asséné une pichenette sur la tête, il m'a dit, « Tu es dingue », il a téléphoné à ma mère, il lui a dit, « Cette petite est bizarre, à son âge on vole des rouges à lèvres sur les ramblas » et j'ai vu que ça lui plaisait, c'était évident, il voulait engueuler ma mère (puisque, c'est bien connu, ce sont toujours les mères qui sont coupables des vols de leurs filles), il essayait de prendre un air sérieux mais on voyait bien que ça l'amusait et quand il a eu raccroché il a déclaré, « Au fond je ne peux pas en vouloir aux voleurs de livres, il faut vraiment être con pour voler un livre, ça se revend mal et ça n'a pas plus de valeur que celle que tu lui donnes » (le caméraman tourne : *Rédemption*). Je suis dans l'instant tombée amoureuse de ce bouquiniste entre deux âges (je tombais amoureuse une à deux fois par jour). Il a ajouté, « Allez laisse-moi le bouquin et casse-toi. » Je suis partie en courant. Quand je suis rentrée ma mère s'est étonnée de ma passion pour les livres, elle a froncé les sourcils et tâché d'évaluer ma religiosité, elle a dû penser qu'aimer les livres et les voler faisait de moi une personne vulnérable, alors je l'ai rassurée, je lui ai dit que j'étais désolée et qu'elle n'avait pas à s'en faire, je m'étais laissé influencer par une mauvaise fréquentation mais ça ne se reproduirait plus. Je me tiendrais dorénavant à carreau et reprendrais ma place sans risque au bord de la piscine. Ma mère m'a fait remarquer qu'au moins, grâce à ce larcin, j'avais cessé d'être lymphatique et de ne répondre que par oui ou par non à ses questions. Elle a dit, « C'est difficile parfois de n'être que ta gouvernante ou ta domestique, n'oublie pas de me raconter deux trois choses de ta vie pour que je n'aie pas l'impression d'être un fantôme. Ou d'héberger un fantôme. C'est toujours bizarre, sais-tu, quand on devient la vieille de quelqu'un d'autre. » Deux semaines plus tard je lui ai fait plaisir en la suppliant de m'offrir le livre que j'avais tenté de voler. Je n'ai pas précisé que je voulais regarder, uniquement et jusqu'à satiété, la toile de Diaz Uribe qui figurait page 126. Elle m'a jaugée, elle a haussé les épaules comme elle le faisait toujours en inclinant la tête sur la droite et en posant presque son oreille sur son épaule, elle a soupiré. Et le lendemain elle m'offrait le livre.

Hésiter puis plonger

Atanasia avait eu quinze ans la veille. C'était le mois d'août. Comme tous les mois d'août depuis des millénaires, la famille Bartolome s'installait à Uburuk, la ville de la province du Gipuzkoa d'où tout était parti. Où grand-mère Esperanza habitait encore. Comme tous les mois d'août depuis toujours, Atanasia rêvait de ne plus aller à Uburuk où elle se sentait régresser à vue d'œil. Grandir lui donnait l'impression de déposer dans une mallette en aluminium (de celles qui ressemblent à des caravanes Airstream) des choses à la fois fragiles et dangereuses. Elle effectuait toute l'opération avec des gants blancs et la concentration d'un scientifique kidnappé qui se serait retrouvé dans une usine nucléaire clandestine en temps de guerre. Le moindre faux mouvement pouvait pulvériser la vie de pas mal de monde.

Le chagrin, avait-elle longtemps pensé, était une manière de vivre ensemble. Le partager (avec ses vrais parents, sa grand-mère Esperanza ou Roberto Diaz Uribe), c'était censé le rendre plus petit, plus léger, plus transportable. C'était une façon de dire, en faisant la grimace, que notre pull est foutu au moment où l'on vient d'avoir un accident de voiture qui va nous coûter les deux jambes. Ça permettait de vivre sa tragédie avec élégance.

Atanasia avait un certain sens du tragique.

Et Uburuk se prêtait parfaitement à ce genre d'affectation.

Rien n'avait changé à Uburuk depuis tant de temps, lui semblait-il, depuis que l'ancêtre Feliziano avait quitté la ville pour fuir, parcourir le vaste monde sans jamais réussir à revenir là où ses sœurs toutes célibataires, toutes vieilles, toutes filles, toutes magiciennes, l'avaient attendu pendant trente ans.

Bref.

J'avais eu quinze ans la veille.

Je me disais, Mais quand cela s'arrêtera-t-il ? Quand pourrai-je ne plus venir ici ? Quand aurai-je le droit de lire les livres qui me plaisent sans avoir à me cacher ? Saurai-je être assez patiente ? Et je jouais comme tous les adolescents de quinze ans avec la possibilité de ma mort volontaire. Je me disais, Ils seront bien avancés comme ça. Et je m'ennuyais à la table de la cuisine en imaginant mon enterrement et la douleur de mon père et la douleur de ma mère (j'évitais d'imaginer la douleur de ma grand-mère Esperanza).

C'était une sorte de rechute.

J'avais vécu une période de grand enivrement à treize ans après l'exposition de Bilbao. Mais mon emballement commençait à sérieusement se tasser. Je sentais, depuis, ma ferveur s'étioler à mesure que mon intérêt pour les Murciens et les séries américaines augmentait. D'une certaine façon l'étiolement de ma ferveur pour Roberto Diaz Uribe m'avait rendue grincheuse. Et parfois même rageuse, comme si je lui en voulais de ne pas avoir daigné entretenir ma flamme. Alors qu'au fond j'étais sans doute simplement accablée par ma propre banalité et le bouillonnement hormonal qui me submergeait. Je me consolais de mon manque de ténacité en pensant qu'on ne peut pas vivre tant de temps dans une exaltation si chichement alimentée sans être une personne complètement démente. J'étais en train d'oublier mon idylle enfantine.

Comme toutes les filles de quinze ans j'espérais beaucoup des étés passés au bord de la mer. Mais si j'attendais un événement, quelque chose qui secouerait la torpeur de mes jours, je ne faisais rien pour que ce quelque chose survînt. J'espérais et me complaisais et grattais mes petites plaies de fillette triste en regardant par la fenêtre.

Je me souviens du balcon sur lequel je n'avais pas le droit d'aller parce qu'on me disait qu'il allait s'effondrer.

Je me souviens que mon père acceptait que je porte des shorts. Mais pas de ceux qui s'effilochent. Et seulement parce qu'il faisait quarante degrés. Il faisait si chaud parfois à Uburuk, alors qu'on quittait Bilbao justement pour ne pas avoir à souffrir de la chaleur, l'air de l'océan était censé être fortifiant, et parce que l'été à Uburuk était bien moins débauché que l'été à Bilbao, etc.

Je me souviens de la rue qui devenait une extension du foyer lors des soirées suffocantes, et des chaises de camping qu'on installait sur le trottoir.

Je me souviens de ma chambre qui avait été celle de mon père et de son cousin quand ils étaient enfants. La fenêtre était grillagée, elle donnait sur un escalier de métal qui rassurait les vieilles dames (les incendies) et les inquiétait (les Tziganes). Les vieilles dames constituaient la totalité des résidentes de l'immeuble.

Je me souviens du cèdre du Liban dans la cour. Ma grand-mère disait qu'il avait huit cents ans.

Je me souviens du piège à frelons en verre que ma grand-mère accrochait au balcon (bière + sucre) et qu'elle appelait l'urinoir. Ce qui faisait rouler des yeux mon père parce que toute allusion même non sexuelle à cette région du corps le faisait rouler des yeux.

Je me souviens de ma grand-mère répétant inlassablement les mêmes choses (« Il fait plus frais qu'hier ou c'est moi ? ») en hochant la tête (« Tout ça ne nous rajeunit pas »), ressassant ses exploits de la veille (« J'ai eu ces trois melons pour le prix d'un ») ou rapportant vingt fois de suite les événements extraordinaires du jour (« Il y a eu dans le quartier une coupure d'électricité entre six et sept heures du matin. Le boulanger de la rue principale a dû aller faire cuire son pain dans le four du boulanger de Cojado »), à qui je répondais, « On sait on sait, amatxi », et je n'en pouvais plus, je n'en pouvais plus des radotages et des vieilles et des considérations triviales, j'étais tellement au-dessus de tout ça, alors je confiais à ma mère, « Amatxi Esperanza est en boucle parce qu'elle n'a rien à raconter » et ma mère secouait la tête et rectifiait, « Ton amatxi est en boucle parce qu'elle ne veut rien raconter de plus. »

Je me souviens que je prenais trois ou quatre kilos par été parce que dès que mon amatxi me voyait désœuvrée ou silencieuse elle me disait, « Tu as faim ? »

Je me souviens des odeurs de la rue Carles-Messidor, l'odeur du ragoût de ma grand-mère Esperanza, son ragoût d'iguane disions-nous depuis toujours, et puis de l'odeur de la cage d'escalier, poussière, moisissure, salpêtre et bois à termites, et puis aussi de l'odeur de l'ozone après la pluie, de l'odeur de thym du linge et de l'odeur des churros.

Je me souviens de l'excitation languissante dans laquelle me mettait le spectacle de mes seins dans le miroir de ma chambre, me désespérant d'être la seule à les regarder, les trouvant si jolis et si parfaits, m'inquiétant que personne jamais ne les trouve jolis ni parfaits, m'alarmant de ce corps qui se dépréciait de jour en jour, frémissant d'impatience.

Je passais depuis toujours les mois d'été rue Carles-Messidor et il n'y avait rien d'autre à faire que d'aller à la plage ou dans les criques regarder les garçons plonger du plus haut qu'ils pouvaient, les écouter s'encourager, se railler et s'insulter, sans participer parce qu'on ne m'avait jamais appris à participer et que je ne savais pas comment les approcher. Je tentais d'imaginer des manières d'aller à leur rencontre, je m'imaginais trébuchant ou m'évanouissant ou me noyant pour que l'un d'entre eux me remarque, mais rien ne se produisait, je n'osais rien, et ils restaient entre eux, j'avais quinze ans et j'avais toujours été si solitaire que mes parents ne soupçonnaient pas que la situation ne me convenait plus du tout et que j'aurais échangé les reins de ma grand-mère Esperanza contre la possibilité de manger des glaces avec les garçons du bord de mer.

Le soir du 5 août, nous étions tous les quatre (mes parents, ma grand-mère Esperanza et moi-même) à table sous l'ampoule mouchetée de la cuisine, écoutant la radio, comme on aurait écouté les vêpres, avec application et ennui.

Cette cuisine fossilisée était la même que celle dans laquelle s'installait ma grand-mère en 1940 avec son fils et son neveu pour dîner de riz à rien du tout parce qu'il n'y avait rien du tout à ajouter au riz, les meubles étaient les mêmes, le garde-manger était le même, avec son grillage troué, mais sans plus de cadenas à son loquet bien sûr, ma grand-mère avait su ce que c'était de vivre avec deux garçons en pleine croissance par temps de disette, elle avait dû pendant des années verrouiller le garde-manger pour que les garçons ne dévorent pas les provisions, et dans ce garde-manger maintenant on mettait les restes du gâteau aux amandes de la veille, les restes de notre superflu, le loquet n'était plus cadenassé, personne ne venait plus chaparder les restes, ma grand-mère me disait, « Tu as faim ? » en haussant les sourcils comme si elle, elle savait bien ce qui me rendait tristounette, et même si je niais toujours, elle me servait un bol de crème à la vanille ou un biscuit, et cette cuisine était une enclave, la possibilité donnée au temps de ne pas passer, une façon de lui rire au nez, c'est ce qui m'avait toujours semblé. Il était manifeste que, durant mon été à Uburuk, je ne faisais que traverser le miroir noir de la mémoire de ma famille et que je m'enfonçais dans ce miroir comme dans un étang.

Le soir du 5 août, donc, je secouais mes pieds sous la table et traçais des chemins sur la toile cirée avec deux doigts qui fonctionnaient comme deux toutes petites jambes, je régressais vous dis-je, j'émettais des bruits en sourdine, des chuintements qui imitaient des sauts dans le vide et des sauvetages in extremis, mes deux doigts bondissaient du bord de l'assiette au bord de mon verre, le temps ne passait pas vous dis-je, pendant que ma mère et grand-mère Esperanza qui étaient mystérieusement en froid ce soir-là servaient le repas et se parlaient par onomatopées avec les gestes brusques des colères qui couvent. Mon père ne disait rien, il faisait semblant de rien, il ne voulait surtout pas avoir à prendre parti pour sa mère ou son épouse. Il disait souvent qu'il y avait trop de femmes dans cette cuisine, alors il sortait se promener sur le bord de mer, avec ses cigarillos et son vague à l'âme. Mais ce soir-là il fumait à table parce que grand-mère Esperanza le permettait, ce qui exaspérait ma mère, et il faisait les mots croisés du journal à côté de son assiette. Il lançait parfois une définition et un nombre de lettres qu'aucune de nous trois ne reprenait.

La nuit tombait. La fenêtre était ouverte, ça sentait le gasoil et les beignets, les fleurs qui exhalent leur dernier parfum avant le grand sommeil, le poisson qui pourrit ou qui sèche ou qui, du moins, attend qu'on se préoccupe de lui plutôt que de le laisser se métamorphoser sur le balcon. On entendait des gens de mon âge rire dans la rue et leurs rires me crevaient le cœur et je me disais que jamais je ne rirais avec eux. Nous étions tous les quatre installés dans ce silence obstiné, et celui de mon père avec ses définitions n'était pas le moins puissant, il n'y avait aucune raison à cela, mais nous étions pétrifiés, nous nous étions tournés à l'intérieur de nous-mêmes vers des régions de mangroves pleines de plantes dangereuses et de dépit.

Alors grand-mère Esperanza a eu un sursaut, et comme elle n'en pouvait plus ni des régions de mangroves ni des conneries débitées à la radio ni du poids du silence dans la cuisine et que mieux vaut une réaction que pas de réaction du tout, elle est allée pesamment tourner le bouton du transistor, elle a réorienté l'antenne, s'est postée bien droit entre l'antenne et la fenêtre pour que les ondes en traversant son vieux corps rendent le programme audible, elle a mis la main sur le haut de l'antenne et elle a dit, ironique et un peu agressive, « Enfin du rock'n'roll. »

Mes parents n'ont pas moufté.

C'est dire si l'ambiance était crispée ce soir-là.

51

Et puis la musique s'est arrêtée et une voix de vieillard (à cette époque il y avait beaucoup de vieillards sur les ondes) a annoncé en chevrotant le passage à notre série d'été *Artistes énigmatiques et autres légendes*. Après l'émission de la semaine précédente consacrée à J. D. Salinger, nous appâtait l'aimable nonagénaire, celle du 5 août 1985 serait dédiée au peintre Roberto Diaz Uribe.

Grand-mère Esperanza a eu un léger mouvement de panique (ça s'est vu à son spasme du sourcil) et elle a voulu éteindre la radio de la main gauche en tenant toujours le bout de l'antenne de la main droite, elle a fait un moulinet avec son bras gauche comme pour attraper une bestiole sur le mur, et son geste a entraîné un minuscule cataclysme dans la cuisine, chute de l'appareil, rattrapage au vol, repositionnement sur le buffet, satisfaction sonore et extinction des ondes. Tandis qu'Atanasia ayant entendu le nom du peintre qui l'avait tourneboulée deux ans plus tôt se figeait et sautait sur ses pieds pour rallumer le poste.

S'ensuivit une lutte brève à l'issue programmée.

« La réception n'est pas bonne », dit grand-mère Esperanza, sans appel et sans regarder personne, mais la main sur le transistor comme s'il lui appartenait – ce qui était d'ailleurs le cas.

Atanasia resta interdite, elle se tourna vers ses parents pour chercher un quelconque soutien mais sa mère eut l'air de ne pas comprendre alors que grand-mère Esperanza et son père se transformaient en statues de sel.

« Que se passe-t-il ? » demanda Atanasia.

Et c'est sa mère qui insista innocemment : « Qui est ce Roberto Diaz Uribe ? »

Trois réponses fusèrent, magnifiquement concomitantes.

« Personne, dit la grand-mère d'Atanasia.

– Un merveilleux peintre, dit Atanasia.

– Mon cousin », dit le père d'Atanasia.

L'Histoire par ouï-dire

Tout ce que je sais de l'histoire des Bartolome et de la manière dont elle fut liée à l'Histoire, je l'ai appris par la voix d'Esperanza qui me répétait, « Tu n'as rien vécu et si Dieu le veut tu ne vivras rien », et cela ne ressemblait ni à une menace ni à l'anticipation d'un ennui insondable, cela paraissait plutôt sous-entendre, « Avec un peu de chance tu ne vivras rien de toutes les tragédies qui ont façonné cette famille et ce coin du monde », elle disait, « Écoute-moi », elle habillait le squelette du récit de tout un tas de vêtements importables et mal taillés, mais brodés de sequins scintillants, il y avait des éclipses d'un siècle parfois dans les histoires qu'elle me racontait, et si je laissais percer mon impatience ou ma curiosité, elle me disait avec un petit geste autoritaire et agacé de la main droite, « Il ne s'est rien passé d'intéressant pendant ces années-ci », et sa voix, maintenant encore, m'accompagne comme un fredon, chaque jour que je vis.

Villa témoin

Que suis-je donc venu faire à Uburuk, se demandait déjà Eusebio Bartolome quand il avait huit ans, qu'il n'était pas encore mon père, qu'il ne vivait pas encore avec son cousin Roberto et que la vie lui semblait une chose étouffante et somme toute assez décevante. Et c'était une question purement rhétorique, une question de gamin qui pense que sa vie serait bien plus épanouissante dans un autre coin du monde, c'était une question purement rhétorique puisqu'en 1940 Eusebio Bartolome avait huit ans et qu'il vivait depuis sa naissance à Uburuk avec sa mère Esperanza.

Ils habitaient au sixième étage d'un ancien palace du bord de mer – là même où nous irions quarante ans plus tard tous les mois d'août. Jusqu'à l'année précédente Eusebio n'avait jamais parlé un mot de castillan. Il parlait basque et puis basta. Son père était marin-pêcheur mais il n'avait pas reparu depuis quelques mois, ce qui laissait présager, il ne fallait pas être sorcier pour le deviner, quelque chose de funeste.

De toute façon il n'avait jamais été beaucoup là, se raisonnait Esperanza et me rapporterait-elle quarante ans plus tard. Mais son mari lui manquait tout de même, il était plutôt gentil, ne la traitait pas trop mal, ne buvait pas plus qu'on ne le fait couramment dans sa corporation. En disparaissant il n'avait pas eu à devenir un ardent défenseur de Papa Tijuano. Et ceci a son importance parce que le père d'Eusebio Bartolome aurait peu goûté la doctrine de Papa Tijuano, sa manière de tenir tout le monde dans son gant de velours parsemé de minuscules tessons de verre.

Je vous parle de 1940 n'est-ce pas, après Burgos, après les bombes au phosphore de Guernica, après que le généralissime fut devenu Caudillo par la grâce de Dieu et après qu'Uburuk se fut retrouvé entre les mains de Papa Tijuano qui étaient elles-mêmes (les mains de Tijuano) une extension de celles de Franco.

Tout était donc parfait.

Mais si j'ai l'air (et Esperanza avant moi) de passer très vite sur tout cela c'est que mon père Eusebio n'avait que huit ans et qu'à huit ans le monde tourne très vite sans se préoccuper de nous, tandis que le temps de l'enfance, lui, ne s'écoule pas assez vite. Et le temps à Uburuk était particulièrement lent, ensommeillé, quasi assoupi. Le temps se traînait sur le bord de mer, entre le port et la conserverie, en faisant des arrêts toutes les dix minutes pour regarder si quelque chose venait du large.

On racontait qu'Uburuk existait depuis mille ans. Cette ancienneté plaisait à Papa Tijuano, l'ami d'enfance de Francisco F. Ce dernier avait mis la ville entre les mains de Papa Tijuano, il lui avait dit, « Fais-en ce que tu veux, c'est un repère d'irréductibles, brise-les menu et la ville est à toi », et Papa Tijuano avait, dès les premières heures de son investiture, fait fusiller cinquante-quatre irréductibles qui avaient entre douze et soixante-cinq ans, puis il avait fait repeindre les bâtiments du bord de mer en rouge et noir, il avait interdit la pêche au thon, à la morue et au colin, il avait installé des religieuses dans les écoles, puisque tout le monde vous dira que quitte à fonder une nouvelle société autant commencer par ceux qui sont nouveaux par naissance et par nature, n'est-ce pas, faisons table rase du maladif et du vicié et transplantons dans les âmes vierges la substance de notre être historique, défendons-nous contre les mauvaises herbes et les ronces, éradiquons le dragon du communisme, couvrons nos poitrines, et partons pour la glorieuse croisade de la Libération.

Uburuk était un avant-poste. Une ville modèle. Une expérience exemplaire. Un peu comme une villa témoin qui est là pour vous donner la soif et l'avant-goût d'une vie idéale.

Quand le cousin Roberto avait surgi dans la vie de mon père avec ses culottes courtes, sa maigreur de chat sauvage, son air de vouloir en découdre, son sac plein d'hameçons et de bouts de bois sculptés, celui-ci avait pensé, Peut-être bien qu'on va s'entendre. Esperanza avait dit à son fils qu'il lui faudrait être patient, que Roberto ne souriait jamais, la vie n'avait pas été un lit d'orchidées pour lui, mais elle était sûre que Roberto était un bon petit, il ne pouvait en être autrement. Esperanza comptait sur Eusebio. Elle n'avait pas tort. Eusebio avait des qualités de pacificateur.

J'avais entendu parler du cousin Roberto toute mon enfance par mon amatxi Esperanza. Mais comme toute la famille s'appelle Bartolome, il ne m'était pas venu à l'esprit qu'il puisse s'appeler différemment de nous et qu'il ait même un patronyme. Il y a des gens dans les histoires qu'on nous raconte qui ont des prénoms, d'autres qui portent des surnoms et c'est bien suffisant. Chercher à leur accorder une dénomination supplémentaire aurait autant de sens que de nommer les œufs que vous allez manger en omelette.

C'était le cas de Roberto, on m'avait toujours parlé de lui en l'appelant Tito. Chez nous tout le monde (ou presque) s'appelle Tito ou Txiki quand il est petit (sauf pendant la guerre, c'était seulement Tito car Papa Tijuano avait décrété la mort de la langue basque et le passage par les armes en cas d'usage réfractaire). Et moi, je n'avais jamais entendu parler de Roberto qu'à propos de ses exploits de gamin.

Esperanza avait récupéré Tito, son neveu, quand le chalutier de son mari avait disparu en mer. Le père de Tito était à bord lui aussi. Tito s'était donc retrouvé seul au monde puisque sa propre mère était morte en couches. La mère de Tito était une Bartolome, elle était la belle-sœur d'Esperanza. Esperanza ne pouvait imaginer abandonner ce gamin à l'Assistance, c'était tout de même le neveu de son mari, il y avait à l'intérieur de ses veines un peu du sang de son propre Eusebio.

La chose est plus ambiguë que je ne l'établis ici. En fait grand-mère Esperanza avait entendu parler des orphelinats et de la prison d'Amorebieta et elle n'était pas idiote, elle savait que son mari et son beau-frère fomentaient deux trois choses dans la salle à manger de l'appartement, fumant des cigarettes noires et tournant leur foulard sur leur cou, et que ces deux trois choses n'avaient rien à voir avec de nouvelles techniques de pêche, elle savait qu'on mettait les garçons orphelins dans des hospices tenus par des phalangistes, et pour les orphelins de rouges c'était encore pire, on les rééduquait à coups de fouet, on changeait leur nom et on brisait leur tendance antisociale, on faisait sortir le marxisme qui empoisonnait leur cerveau à l'aide d'accessoires spéciaux et bien affûtés. Quant aux filles de rouges elles finissaient dans des couvents. Alors c'était un soulagement pour Esperanza que les hommes soient partis en mer et n'aient pas reparu. Elle ne l'aurait jamais dit en ces termes mais elle pouvait ainsi s'occuper des petits, les femmes finissent toujours par s'occuper des petits quand les hommes partent en mer, il faut bien que quelqu'un le fasse, personne ne leur demande jamais si elles auraient préféré elles aussi fumer des cigarettes noires et remplir les chalutiers de beaucoup d'autres choses que de sardines et de maquereaux, Esperanza savait que le prix de la vie des petits était le départ des hommes et que les hommes faisaient tout cela pour la vie des petits. Et toutes ces choses tournicotaient dans sa tête et la rendaient si triste qu'elle s'interdisait d'y penser.

Bref.

L'appartement où habitaient dorénavant Tito, Eusebio et grand-mère Esperanza (qui n'était encore la grand-mère de personne) était donc situé sur la rue Carles-Messidor. Sur cette rue se trouvait le parc Mundu Zaharra qui avait été l'endroit où l'on avait enterré les victimes de la Grande Peste de 1660. Son usage comme cimetière avait été suspendu avec l'inauguration du nouveau cimetière Betiereko Pausua en 1810 et il s'était transformé en un gracieux parc planté d'acacias et d'orangers couverts de perruches, où les vieilles dames s'asseyaient en sortant de l'église, piétinant ainsi les restes de leurs ancêtres pestiférés, tassant leur poussière et la mêlant à la terre du parc. La rue Carles-Messidor n'avait pas changé de nom parce que Carles Messidor était un prêtre et un héros local et que Papa Tijuano n'était pas stupide à ce point, même s'il aimait, par caprice ou par conviction, changer le nom de tout ce qui l'entourait. La nouvelle famille Bartolome (Esperanza +

Eusebio + Tito) vivait dans l'un de ces immeubles roses grignotés par les rouillures des balcons et les embruns, dentelés par le fer forgé et les bougainvillées. Ces anciens palaces étaient tarabiscotés, les escaliers s'avéraient très dangereux et les portes, trois par palier sur six étages, étaient toutes différentes – elles étaient blindées, grillagées, molletonnées, avec de multiples judas comme si la maisonnée était composée de personnes aux âmes inquiètes et aux tailles définitivement discordantes, certaines arboraient des messages de bienvenue ou d'apocalypse en grandes lettres intimidantes (« La fin est proche » au quatrième étage gauche) et d'autres étaient de simples portes avec de simples compétences de portes.

Celle de l'appartement de la famille Bartolome reconstituée était bleu ciel avec une tour Eiffel peinte sur toute sa hauteur. Quand j'étais enfant on voyait encore l'ombre de la tour Eiffel toute grêlée sur la porte. Le locataire précédent qui y avait séjourné pendant trente-cinq ans se faisait passer pour un caricaturiste français, ce qu'il n'était pas le moins du monde et, quand on lui faisait remarquer qu'il ne parlait pas un mot de français, il disait qu'il avait oublié sa langue mais point les complots francs-maçons qui avaient fini par le faire fuir de son beau pays natal. On n'avait jamais vu par ailleurs le moindre vrai dessin de lui, mais ceci allait avec l'histoire des complots francs-maçons : il avait trop eu à endurer la susceptibilité des élites pour imaginer encore montrer une seule de ses caricatures.

Esperanza avait habité au deuxième étage jusqu'au moment où le faux caricaturiste français s'était noyé dans sa baignoire, un soir de cuite. Après discussion avec le bailleur de l'immeuble, elle avait monté ses affaires jusqu'au sixième. En effet, l'appartement du faux caricaturiste bénéficiait d'un balcon, ce qui serait appréciable les nuits d'été, on pourrait, comme il l'avait longtemps fait lui-même, dormir dehors sur un matelas pour jouir de la brise nocturne. Mais les étages et les articulations étant ce qu'ils sont, Esperanza avait fait promettre à son fils Eusebio de toujours remonter les pains de glace. Eusebio, arrangeant, avait promis.

Eusebio et Tito s'entendaient parfaitement ; autant l'un était timoré, autant l'autre était au gouvernail. Tito avait un an de moins qu'Eusebio, ce qui ne l'empêchait pas d'être le meneur, et Eusebio effectuait strictement tous les gestes que Tito amorçait, avec un temps de retard et les yeux qui brillaient. Je suis assez convaincue que mon père était amoureux de Tito, j'ai souvent vu mon père s'enticher des gens à qui il voulait ressembler. Mais ceci, il va sans dire, ne fait pas partie de la légende familiale.

Esperanza à l'époque s'ouvrait à ses voisines de la différence entre les deux garçons, « Je crois que mon Eusebio manque de personnalité. » Elle attendait qu'elles la rassurent, qu'elles la consolent et qu'elles lui disent que jamais rien n'était joué et que de toute façon les bons petits soldats étaient fort appréciés par les temps qui couraient. Et elles ne manquaient pas de le faire.

Elle disait de Tito, « Je crois que c'est une forte tête », et les voisines répondaient, « Ce sont ces garçons-là qui font de grands chefs. »

Comme on le voit tout était parfait.

Ce qui rapprocha d'abord Eusebio et Tito fut que leurs pères avaient vécu leurs dernières secondes côte à côte, ou tout du moins les deux garçons se plaisaient-ils à imaginer la chose ainsi. Ils avaient peu connu leurs pères – ils demeureraient pour eux des hommes qui sentaient le tabac et le poisson, avec des mains calleuses et des éclats de voix, des hommes qui chuchotaient souvent des paroles incompréhensibles ou inaccessibles (c'était comme d'écouter des gens parler une autre langue ou même votre propre langue mais tellement plus élaborée et mystérieuse que celle dont vous usez), des hommes qui dînaient dans la salle à manger alors que les petits mangeaient avec les femmes à la cuisine, des hommes qui partaient en mer et semblaient avoir du mal à tenir en place. Il est difficile d'évaluer le chagrin d'Eusebio et de Tito. Il s'agit d'une période où beaucoup d'adultes mouraient ou étaient emprisonnés. C'était une donnée objective de leur enfance. On peut toutefois considérer que ce qui les rapprocha vraiment fut qu'ils s'ennuyaient ensemble. Ils restaient enfermés à regarder par la fenêtre les pendus mollement agités par le vent, ceux que la garde civile décrochait des réverbères tous les deux ou trois jours.

Au printemps 1940, à huit ans, Eusebio, qu'on avait fini par surnommer clandestinement Lekeda à cause de sa tendance à être collant, découvrit presque simultanément le plaisir de désobéir et la chasse au thon.

Ce printemps-là, la deuxième femme de Tijuano vint à mourir d'un empoisonnement du sang – exactement comme la première. Mais cela pouvait avoir à voir avec un fatal atavisme puisque ses deux épouses successives étaient sœurs. N'allez donc pas imaginer autre chose. La ville entière se retrouva en deuil. Toute autre couleur que le noir fut proscrite. Même les chemises bleues et les bérets rouges des phalangistes furent teints en noir. Il était interdit de conduire une voiture qui n'était pas sombre (et comme il était impossible de savoir quand la période de deuil cesserait, on commença à voir partout des types repeindre leur véhicule ou leur carriole), les chevaux qu'on croisait dans les rues étaient noirs, les petits enfants étaient tout habillés de noir, les bâtiments administratifs portaient des calicots noirs et les étendards qui claquaient au vent furent tous remplacés par des drapeaux noirs. Le glas sonnait tous les jours sur les coups de dix-sept heures. Certaines âmes exaltées ou courtisanes allèrent jusqu'à peindre les vitres de leur maison en noir. Les écoles fermèrent pour un temps indéterminé.

Uburuk n'était pas pour rien la ville modèle par excellence.

Le petit Tito qui se morfondait déjà à la maison la majeure partie du temps, malgré la présence et l'admiration constantes de son cousin Eusebio (mais on se lasse de tout), le petit Tito donc qui se tenait souvent dans cette furieuse et impuissante immobilité d'enfant, le regard fixe, un si fort désir d'invisibilité le tenaillant qu'il en arrivait parfois à une certaine forme de transparence (« Oh je ne t'avais pas vu, s'exclamait Esperanza, tu m'as fait peur »), le petit Tito mit au point un plan que sa tante aurait réprouvé mais qui, d'une certaine façon, pouvait lui assurer qu'il avait la capacité de passer réellement inaperçu.

Il rallia Eusebio à son projet. Les deux garçons se sauvèrent de la maison une nuit en passant par les balcons, grimpèrent sur le toit de la capitainerie du port, amenèrent les trois drapeaux noirs jusqu'à eux, les lissèrent sur le toit et y dessinèrent, à l'aide d'un chiffon à poussière et de la chaux antiparasitaire dont on se servait pour badigeonner le tronc des platanes, trois têtes de mort, avec fémurs croisés à l'arrière, trois têtes pour pirates comme il y en avait dans l'unique bande dessinée de la maison, puis sans attendre que ce fût sec, ils hissèrent les drapeaux et contemplèrent le résultat. C'était malhabile et dégoulinant. Mais de loin, d'en bas, depuis le bord de mer, l'effet serait saisissant.

Ils redescendirent par le même chemin et réintégrèrent leur chambre non sans avoir lancé des pierres grosses comme le poing sur le chien des voisins, une rosse demeurée que son propriétaire adorait et appelait Général, et jeté leurs ustensiles dans le bidon de métal sur la terrasse du même voisin, bidon dans lequel celui-ci faisait brûler tout ce qu'il ne pouvait pas mettre à la poubelle.

Ils se sentirent comme des héros.

Des héros de sept et huit ans mais des héros tout de même.

Je me suis longtemps demandé comment Tito avait pu rallier le timide Eusebio à cet acte dissident. Mon père voulait-il prouver qu'il pouvait être un héros, lui aussi ? Avait-il simplement besoin d'un ami, à la vie à la mort ? Je le vois d'ici, suivant Tito les yeux écarquillés, le cœur battant trop vite et la nausée le prenant, se disant, Dans quoi me suis-je fourré ? ou ne se le disant pas. Trop jeune pour s'interroger et pour être mortel. Trouillard certes, trouillard des araignées, des ombres et du père Odei (le père Fouettard dont les menaçait parfois Esperanza) mais certainement pas de la milice ni de Papa Tijuano. Je le vois d'ici, suivant Tito sur les toits et n'en revenant pas que l'autre lui ait proposé de l'accompagner, empli de gratitude et d'adoration, et l'autre lui disant, « Eusebio il faut de la discipline, es-tu capable d'être discipliné ? » Et Eusebio acquiesçant. Prêt à n'importe quelle mission. Prêt à n'importe quoi. Je le vois d'ici.

Ce fut le lendemain que la crise éclata.

La capitainerie découvrit les trois drapeaux saccagés. Un traître à l'autorité franquiste avait voulu blesser Papa Tijuano dans son cœur et son âme et son deuil, et l'impudence, l'ingratitude et l'arrogance de l'infâme étaient allées jusqu'à la destruction du symbole de la douleur du grand Tijuano. En donnant la couleur de la piraterie aux drapeaux du port c'était toute l'autorité tijuanesque qui était remise en question : l'État franquiste ne serait donc rien d'autre qu'une quelconque association de malfaiteurs.

« L'affront ne restera pas impuni », décréta la radio d'Uburuk.

Heureusement les preuves avaient déjà flambé dans le brasero du voisin.

Les garçons écoutaient l'air de rien ce qui se disait dans la cuisine de la rue Carles-Messidor. Esperanza ne pouvait s'empêcher de glousser en entendant ça et en préparant son riz sans poulet. Les voisines paniquaient en buvant, après l'office, le café goudron au-dessus de la toile cirée dans la cuisine d'Esperanza.

« Le régime ne peut tout de même pas être ébranlé par la malice d'un rigolo », raisonnait Esperanza.

Tito découvrit le plaisir de l'impunité (et sa limite : ne pas être reconnu coupable c'est ne pas détenir sa carte de héros). Il aurait aimé fanfaronner mais il n'était pas assez bête pour se laisser séduire par les feux d'une gloire aussi périlleuse qu'éphémère. Il se contenta de jouer le rôle de ce qu'il était, un petit garçon de sept ans étranger aux problèmes des adultes.

Quant à mon père il calqua en tous points les faits, gestes et opinions de son cousin Tito.

Gaver le peuple eût été l'autre solution pour l'endormir

Voilà où j'en étais. Ce que je savais du cousin Tito, ce qu'on m'avait toujours raconté, s'est superposé à ce que je ne savais pas de Roberto Diaz Uribe. En fait la totalité de mes connaissances sur la question se résumait à ce que ma grand-mère m'avait rapporté. Elle était la source de toutes choses. Elle disait souvent pour que je n'aille pas colporter n'importe quoi, « Ton père n'aime pas tellement ces trucs de bonne femme. » Il était assez clair qu'elle m'enjoignait au silence.

J'ignorais la façon dont le parcours de Diaz Uribe s'était articulé entre ses débuts comme garnement à Uburuk et son statut de peintre énigmatique à la renommée internationale. Quelque chose s'enchaînait mal, un rouage grinçait, c'était comme si on m'avait offert un jouet très beau et très fragile et qu'il fonctionnait malgré l'absence de piles ou de pulsations. Quelque chose m'échappait.

J'ai voulu en savoir plus le lendemain de l'intervention radiophonique que j'avais eu le malheur de rater et qui m'aurait donné j'en suis sûre des informations cruciales sur Roberto Diaz Uribe. Il me fallait interroger grand-mère Esperanza. Inutile de tenter de faire parler mon père, je l'avais bien compris.

« Je n'étais au courant de rien, donc je n'ai rien pu faire pour empêcher ce qui est arrivé, a dit grand-mère Esperanza, comme si elle allait me raconter une histoire d'amour tragique.

– Mais qu'est-il arrivé, amatxi ?

– Il est arrivé que Tito était plus malin que n'importe lequel d'entre nous et que c'était une époque où il ne fallait pas être trop malin.

– Je ne comprends pas, amatxi.

– Ça a commencé à cause des thons et de l'interdiction.

– Je ne comprends toujours pas, amatxi. »

Alors, grand-mère Esperanza a soupiré et m'a tendu la boule de laine qu'elle était en train de former avec le pull qu'elle détricotait. Les mains de grand-mère Esperanza étaient toujours occupées. C'était l'une des lois de l'univers. (Et le bruit de la laine sur la peau sèche des doigts, le geste automatique qui tourne tourne tourne pour recréer une nouvelle pelote, ce bruit mécanique et feuillu est le bruit de mon enfance.) Je me suis assise en face d'elle, je me suis dit avec délectation, Il se passe enfin quelque chose dans mon caveau. J'ai empoigné la boule de laine et grand-mère Esperanza a commencé à raconter la suite.

La semaine qui avait suivi le deuil profané, Esperanza était partie chercher à la conserverie d'État les cinq boîtes de thon mensuelles que lui procuraient un de ses amis, un type qui lui devait une fière chandelle (elle avait accepté quelque temps auparavant d'être le témoin à décharge dans une affaire d'accident de bicyclette où il était impliqué). L'homme était devenu depuis deux ans l'un des ouvriers qui mettaient en conserve les thons qu'ils pêchaient jadis. Il extrayait de la chaîne un petit nombre de boîtes dont il se servait pour payer de menus services ou rétribuer des créanciers. Excepté ces quelques boîtes tombées du tapis, les conserves partaient toutes à l'exportation.

Tito voulut comprendre quel était le fin mot de l'histoire dans cette affaire de thons. Ce fut au déjeuner qu'il posa la question, Esperanza venait de revenir avec les cinq boîtes de conserve.

« Au fait, demanda-t-il, pourquoi ne doit-on dire à personne que nous mangeons du thon ? »

Tito débutait toujours ses phrases par « Au fait » ou « Par contre » ou « D'ailleurs » comme s'il était déjà en pleine conversation.

Esperanza s'assit et expliqua aux garçons.

Que l'effort de renouveau tijuanesque nécessitait quelques menus sacrifices pour qu'ils aient tous la chance de vivre en harmonie à Uburuk, parce que c'était une chance incroyable de vivre là, ça, leurs père et oncle l'auraient clamé haut et fort, eux qui s'en sortaient si difficilement avec la pêche et qui d'ailleurs n'en étaient point revenus, c'est dire, donc « Nous sommes, mes trognons (au fond elle ne s'adressait qu'à Tito, Esperanza avait un faible pour Tito mais c'était indigne de préférer son neveu à son fils), très heureux d'habiter ici où presque jamais il ne fait mauvais temps et où Papa Tijuano nous protège si généreusement, et vos pères s'ils étaient encore parmi nous ils y croiraient aux douces paroles de Papa Tijuano, ils y croiraient dur comme fer, n'allez pas imaginer le contraire, et n'écoutez pas ceux qui vous diront que vos pères n'étaient pas de purs phalangistes, n'écoutez pas ceux qui vous diront que vos pères étaient des rouges, non non non, ils y auraient cru à cette nouvelle société et aux lendemains riants, et ils auraient eu raison, mes sucres, ils auraient en raison, observez bien, observez bien cette nouvelle vie si solide, si indépendante que nous ont offerte Papa Tijuano et notre Caudillo.

– Et pour les thons ? » tenta calmement de recentrer Tito.

(Selon une expression de ses voisines, Esperanza avait été vaccinée avec une aiguille de phono.)

« Les thons, eh bien, les thons, ils sont bourrés de plomb et de métaux lourds et de produits chimicos, alors Papa Tijuano qui ne voulait pas qu'on finisse mal a fait interdire la pêche et les bateaux. Tous les bateaux, mes canaris, restent au port sauf ceux qui sont affrétés par la marine franquiste, personne ne part plus en mer, ah si cette loi avait pu être votée plus tôt, ou décrétée, puisque je crois que les lois ne sont plus votées, eh bien vos pères ne seraient point morts noyés, grignotés par les crevettes, et donc les bateaux franquistes, qui s'en vont jeter leurs filets dans la mer toute pourrie, pêchent des thons, des thons phosphorescents tellement ils sont garnis de produits chimiques et ensuite, ces thons, on les met en conserve pour les Ritals et les Cubanos, ils sont prêts à tout pour une poupée espagnole à la fête des rois, ils sont prêts à tout pour les turrones de Jijona à Noël, mais surtout ils sont prêts à tout pour bouffer du thon qui vient de chez Papa Tijuano, ils l'aiment, notre thon, parce que tout le monde dit qu'il est especial, ils le paient à prix d'or, alors hop notre poiscaille il part sur des cargos sécurisés, blindés comme des tanks BT-5, et on n'en voit pas la couleur.

– Mais pourquoi on en mange, nous, s'ils sont pourris, ces poissons ? interrogea judicieusement Tito.

– Parce que tout ça, mon ragondin, c'est la version officielle et qu'il n'y a rien de mieux que d'affamer la piétaille pour l'avoir à sa pogne », conclut Esperanza trois tonalités plus bas.

Les interdits alimentaires

Mais que suis-je donc venu faire chez ma tante Esperanza ? devait se demander Tito le lendemain de cette révélation. Il sortit de la maison pendant que sa tante était partie travailler à la pesée des postes et qu'Eusebio, du haut de ses huit ans, avait dû se rendre au cours hebdomadaire des jeunesses tijuanesques – où l'on apprenait à se tenir droit, à faire le salut romain, à chanter le *Cara al Sol* et à vouer sa vie au généralissime. Tito devrait se plier à cette discipline un an plus tard. Pour le moment, il musardait.

Esperanza Bartolome travaillait à la pesée des postes du bureau du Travail et elle recevait toute la journée des candidats qui voulaient trouver un emploi dans les étages du bunker où ce bureau était situé. Ils passaient devant elle, s'asseyaient, déclaraient tout ce qu'ils avaient fait dans leur vie, les années d'études, l'expérience professionnelle officielle, les accointances phalangistes, et la mère d'Eusebio remplissait les cases de leur demande, puis elle additionnait les points sur sa machine en laiton (deux points si votre réponse à la question concernant vos plus grandes qualités étaient Piété, Fidélité ou Extrême Discrétion, trois points par enfant, vu que plus vous aviez d'enfants plus vous étiez dépendant du bon vouloir de Papa Tijuano, un point en moins si votre réponse à la question concernant votre pire défaut était Insatiable Curiosité) et là-dessus, au bout d'une demi-heure d'interrogatoire et de moulinage, la machine expulsait le poste que devrait remplir le futur fonctionnaire, ainsi que le salaire qui lui serait attribué, le type de siège, le nombre de fenêtres de son bureau, la possibilité de fermer à clé ou non la porte dudit bureau, la puissance en kilowatt de sa lampe et ses heures de pointage. Bien entendu vous augmentiez vos chances d'obtenir un emploi au sein des services si vous connaissiez plus de six chants patriotiques, si vous étiez d'Uburuk depuis plus de deux générations (la sédentarité est une qualité), si votre famille avait dès le premier jour participé au Grand Effort pour le renouveau tijuanesque, et, cela va sans dire, si aucun membre de votre famille n'avait été tenté de devenir communiste ou anarchiste.

Tout le monde souhaitait s'installer à Uburuk – la ville modèle, la villa témoin – qui jamais ne se prendrait de bombe au phosphore sur le nez. Les arrivants chaque jour postulaient et Esperanza chaque jour moulinait. La façon dont elle avait obtenu cette place à la pesée des postes n'a jamais été claire. Cependant, il existait tout un système de tractations opaques pour éviter les moulinages capricieux de la machine à postes, et Esperanza était une femme qui savait dire ce qu'il fallait pour protéger sa famille, qui n'en pensait pas moins, mais était devenue experte en effets de manche.

Il faisait orageux ce jour-là, de grosses gouttes tièdes s'écrasaient paresseusement sur l'avenue et tachaient le sol de cercles disjoints. Le soir tombait. L'avenue est un léopard, pensa Tito qui connaissait du monde beaucoup plus que ce que pouvait imaginer sa tante

Esperanza, grâce à la lecture assidue de tout document imprimé qui lui passait entre les mains. La mer était calme et grise et transparente comme elle l'est souvent quand l'orage est encore loin, qu'il claque au large et qu'on ne voit de lui que quelques éclairs silencieux zébrant verticalement l'horizon.

C'était un temps à gros poissons.

Tito monta dans le tramway 5B, appelé aussi tramway Grâce de Dieu (parce qu'il passait avenue de la Grâce de Dieu), il resquilla, jouant de sa petite taille, risquant peu si contrôle il y avait car il savait mimer le simple d'esprit à la perfection. Le conducteur était tout habillé de noir et portait des lunettes miroir pilote de chasse qu'il avait dû acheter de la main à la main. Il tentait de dépasser la vitesse autorisée et freinait avec des étincelles à chaque arrêt. Papa Tijuano avait fait prolonger la ligne de tramway jusqu'à l'école des infirmières de la Phalange qu'il avait installée dans une ancienne conserverie à l'extérieur de la ville. Il voulait déplacer le centre, disait-il, il voulait que le centre soit à la périphérie. C'est dans ce genre de décisions qu'éclatait son génie de stratège.

Tito descendit à l'arrêt 1362A (Avenir radieux). Là se trouvait la crique des Naufrageurs, ainsi qu'on l'appelait, des grottes dans la roche en nombre suffisant pour abriter du matériel de pêche et des barcasses, et assez de souterrains pour déjouer les contrôles de la police du littoral – il n'y avait en réalité pas grand-chose à craindre de ce côté-là, seuls les bleus faisaient du zèle, car les vieux policiers, ceux qui venaient de l'ancienne milice, étaient sensibles aux dons divers, poissons entiers, ou simplement têtes, queues et peaux pour soupes à la sauge et au piment rouge. Tito s'engagea dans les rochers, glissant pieds nus sur le sable et les gravillons, se blessant aux figuiers de Barbarie qui poussaient dru dans la pierraille. Il passa par de minuscules chemins que seul un garçon de son gabarit pouvait emprunter. À l'école on parlait beaucoup de la crique des Naufrageurs, tous les gamins en dessinaient le plan et lui inventaient de nouveaux accès. Et son père avant de sombrer au large avec le père d'Eusebio lui avait farci le crâne d'histoires de ce genre : les petites gens d'Uburuk attirant les bateaux sur les récifs à l'aide de lanternes et, après le naufrage, les pillant sans vergogne. Tito savait faire la part du rêve. Et il était doté de l'intuition assurée des futurs chefs. Comme la pluie s'intensifiait, il se mit à l'abri sous un palmier nain. Il observa les alentours et vit deux types sortir une barque d'une grotte. Il n'avait pas remarqué qu'il y en avait une à cet endroit. Il n'avait fait que deviner un trou dans la roche en apercevant un gros rat musqué bicolore (de ceux qui mangent les chauves-souris) vagabonder de ce côté-là. Il faisait entre chien et loup. L'orage qui claquait en mer y était pour quelque chose. Le meilleur moment pour pêcher. Les deux types montèrent dans l'esquif, ils avaient tuba (ou tout comme), masque, cordes et harpons. Étaient posées dans le fond de la chaloupe des branches d'eucalyptus, pratiquement un arbre entier, dont toutes les feuilles étaient recouvertes de ce que Tito ne pouvait pas reconnaître comme étant de l'aluminium. Il vit seulement que ça brillait étrangement et magnifiquement. Les deux hommes partirent et Tito les perdit de vue parce qu'ils longeaient la côte afin de, même dans cette lumière déclinante, ne pas trop se faire repérer.

Tito attendit.

Une heure plus tard ils étaient de retour. Il n'y avait plus que la lueur du bec de gaz là-haut sur la route à l'arrêt 1362A. Tito entendit d'abord le clapotis de la chaloupe, il n'avait pas bougé de son poste d'observation malgré la pluie, les fourmis rouges et les salamandres de roche qui tentaient de se faufiler dans son short réglementaire. Ensuite il distingua un thon de cinquante kilos au fond du bateau et l'eucalyptus trempé qui pendouillait accroché à une corde.

Les deux types plaisantaient en sourdine. Et ils disparurent dans le trou de la roche.

Tito rentra à Uburuk, revint le lendemain, attendit les deux types dans la grotte et, quand ils arrivèrent, ceux-ci furent estomaqués par l'aplomb de ce petit garçon malingre qui leur intimait, malgré l'étroitesse de sa cage thoracique, de lui apprendre la chasse au thon avec harpon et eucalyptus miroitant. Et tout ça avec les poings sur les hanches. Ils lui demandèrent de qui il était le fils. Et Tito leur répondit que son père Antonio Diaz Uribe était le plus grand pêcheur de louvines de la côte, ce qui était absolument faux, et ce qui fit ricaner les deux types parce qu'ils savaient qui était Antonio Diaz Uribe et qui était aussi son beau-frère Bartolome et ils avaient une idée précise de ce qui s'était passé quand ils n'étaient pas revenus au port il y avait de cela quelques mois. Cela avait plus à voir avec du trafic d'armes et un bateau qui saute qu'avec un naufrage par gros temps. Mais ces deux drôles de types n'étaient pas de mauvais bougres et ils ne voulaient pas détruire les illusions de ce petit gosse avec les poings sur les hanches. Et Tito qui désirait devenir un héros réussit à convaincre les deux pêcheurs de lui apprendre l'apnée et la chasse au thon. En fait ils le laissèrent revenir tous les jours dans la grotte pour étudier leurs préparatifs puis recouvrir lui-même le feuillage de l'eucalyptus d'aluminium.

(Il s'agissait de papiers de bonbons, menthe poivrée et pistache, fabriqués par une firme suisse qui s'était installée dans le coin une dizaine d'années auparavant pour produire de l'alumine à partir de la bauxite locale. Je tiens ces informations de grand-mère Esperanza en personne qui les rapportait ou les inventait, quelle importance.)

Il est fort possible que les deux pêcheurs pensèrent que Tito se lasserait. Mais Tito ne se lassa pas. L'école n'avait pas repris mais allait reprendre incessamment, on annonçait le prochain mariage de Tijuano avec une cousine de ses deux précédentes femmes : le temps donc pressait. Alors, au bout d'un mois de cette assiduité, les deux pêcheurs (Juanito 1 et Juanito 2) l'emmenèrent avec eux.

Cette pratique de pêche si particulière à notre région et si dangereuse fortifia le petit Tito. Ce furent les prémisses de ce qu'il deviendrait, soupirait Esperanza (pourquoi soupirait-elle ?), un homme qui n'a peur de rien, non par manque d'imagination, car cela, en l'occurrence, est un défaut et sans doute aussi une fatale arrogance, mais plutôt parce qu'il savait mesurer ses capacités et évaluer la réalité avec justesse.

(Mais moi je ne voyais toujours pas le rapport avec Roberto Diaz Uribe le peintre miraculeux. Cependant je savais me montrer patiente et je me disais que je finirais bien par comprendre.)

Et Esperanza m'a raconté que très vite il avait plongé et observé les deux pêcheurs encordés à leur eucalyptus qui frétillait et scintillait près de la surface comme un banc d'anchois et il avait pu voir les thons arriver vers eux, les hommes (mais il n'y en avait qu'un à la fois, n'est-ce pas, l'autre restait dans la barque) tirer sur la bête, la flèche attachée au fusil, le fusil attaché au bras, le bras attaché à l'homme et l'homme attaché au bateau, et le thon blessé tenter de se dégager, faire demi-tour violemment, la flèche fichée dans le corps (il y avait des endroits où la planter, des endroits dont les pêcheurs étaient plus fiers que d'autres, ils disaient, « Je l'ai eu derrière les ouïes » ou « Je lui ai traversé l'œil »), et c'était une grâce de voir un animal aussi gros se mouvoir avec tant d'aisance et de vitesse, une grâce et une tragédie, l'océan était son territoire, la puissance de l'animal et sa colère s'accordaient magnifiquement à cet élément, Tito avait l'âge où seule l'excitation de la chasse le tenaillait et où il ne pensait pas un seul instant à la douleur de l'animal, il aurait cru que c'était de la mièvrerie et il n'avait que faire de la mièvrerie, le thon essayait de se dégager et de regagner le large dans un sillage de sang et c'était là que les choses se corsaient, le pêcheur en apnée devait se rapprocher de la barque le plus vite possible sinon il était tiré vers le fond, emberlificoté dans son arbre, ses cordages et vaincu par la bête, et il se serait noyé sans ambages, l'autre, le frère (parce que Juanito 1 et Juanito 2 étaient frères ou tout comme), le sortait alors de l'eau et amarrait la corde du fusil au taquet et le thon tirait tirait mais il n'y avait rien à faire, il s'épuisait, la mer devenait écumeuse puis rouge et les frères hissaient le poisson à bord et revenaient à la grotte, tout cela bien sûr en chuchotant et en se congratulant comme s'ils avaient mené un combat dans l'arène.

Tito adora les accompagner.

Juanito 1 et 2 disaient que c'était une technique noble et dangereuse (noble parce que dangereuse), que le poisson avait sa chance (toutes ces conneries de torero), que le stress qui empoisonnait la chair du thon quand il est capturé dans un filet avec des milliers d'autres bestioles (et les filets raticoisent le fond des mers, mon garçon) n'avait rien à voir avec ce que le poisson ressentait grâce à leur savoir-faire, nous avions là de l'adrénaline pure, ce qui procurait un goût spécial à sa barbaque, ils disaient, « C'est le goût de l'aventure et du combat. » Dans la grotte ils découpaient des lamelles de chair rouge et ils en offraient à Tito et celui-ci mangeait ce qu'on n'était pas censé manger à Uburuk, sous le règne de Papa Tijuano, quasiment frère de lait du Caudillo, et il n'y avait rien de meilleur.

Deux pas en avant,
trois pas en arrière

J'ai quinze ans, c'est l'été, et jusque-là, je m'étais ennuyée. Essayer de reconstituer une histoire familiale avec autant de trous, c'est de la dentelle à repriser, je tente de ne pas modifier le motif du début, je pense à mon arrière-grand-mère (la mère d'Esperanza) qui était si bonne couturière, qui était culottière, et qui pouvait repriser n'importe quoi, sa dentelle était d'une finesse d'araignée, les habits se passaient de père en fils et de mère en fille, on portait la robe de mariée de sa grand-mère, les choses duraient, se métamorphosaient, se déployaient, rien n'était vraiment périssable. Uburuk existe depuis tant de siècles, je sens pulser dans les montagnes des histoires qui ne demandent qu'à être écoutées, et jusque-là je m'en foutais parce que j'ai quinze ans, et il fait si beau à Uburuk, le ciel est si bleu, il ne pleut jamais à Uburuk l'été, je sais toujours quel temps il va faire le lendemain, il n'y a que les vieux pour établir des nuances entre aujourd'hui et demain, entre la brise d'hier et la chaleur lourde d'aujourd'hui, ça les maintient dans un présent tranquille, ils se lèvent tôt, Esperanza et toutes ses vieilles voisines se lèvent tôt, moi j'ai quinze ans et je n'ai rien à faire, et jusque-là je me levais à midi et j'entendais mon père râler derrière la porte de ma chambre et ma grand-mère lui

disait, « Laisse-la donc, elle prend des forces », et mon
père demandait, « Des forces pour quoi, pour qui ? » et
ma grand-mère répondait, « Pour toute sa vie », mais
depuis qu'elle m'a révélé deux trois choses supplémentaires sur Diaz Uribe, sur son enfance et sur son lien
avec nous, je me lève tôt pour prendre mon petit déjeuner avec elle dans la cuisine, je vais même jusqu'à
l'accompagner au marché, et les voisines s'extasient
sur mon sérieux et ma gentillesse, et je ne réponds pas,
je souris vaguement, je regarde ailleurs, c'est dur
d'avoir quinze ans et que des vieilles dames vous
trouvent sérieuse et gentille, ça ne fait rêver personne,
et ma grand-mère leur explique, « C'est parce qu'elle
aime bien les vieilles histoires », et elle marche à petits
pas dans l'avenue avec moi qui lui tiens son cabas, et je
la suis comme son ombre, « Tu as enfin un os à ronger », déclare grand-mère Esperanza, mais il y a des
choses qu'elle ne veut pas dire, parce qu'elles sont
difficiles à dire ou parce qu'elle les a oubliées, ou parce
qu'elle pense que lorsqu'elle aura tout révélé je ne
l'accompagnerai plus nulle part, je l'interroge encore
et encore, elle va prendre son petit vin sucré vers onze
heures à la cafétéria derrière la place du marché et je
reste près d'elle, elle me paie un verre de son vin sucré,
elle dit, « De toute façon on a toujours trop bu dans
cette famille, autant commencer à t'habituer », ça rendrait dingue mon père, mais aucune de nous deux n'a
l'intention de lui en parler. Et moi j'essaie de faire
quelque chose de nos conversations pointillées, il me
faut de la patience et de la détermination, je me dis que
cela doit amuser grand-mère Esperanza de me faire
lanterner, elle dit toujours qu'on ne fait jamais rien
sans idée fixe, alors j'imagine qu'elle teste ma volonté.

« Il est resté jusqu'en quelle année, Tito ?

— À la maison ?

— Oui. À Uburuk.

— Voyons. Il est resté jusqu'en 48 je crois.

— Il avait quinze ans quand il est parti ?

— Ah ça je ne sais plus.

— S'il est né en 33 alors il avait quinze ans en 48.

— Si tu veux.

— Ce n'est pas si je veux, c'est arithmétique.

— Oui oui mais je ne me souvenais plus qu'il était si gamin quand ils ont voulu l'arrêter.

— Qui a voulu l'arrêter ?

— Bah. Les gars de la Phalange.

— Mais pourquoi donc ?

— À cause de la pêche aux thons. Heureusement qu'ils ne savaient pas pour le reste.

— Quel reste ?

— Les montagnards.

— De quoi parles-tu ?

— Tito apportait aux gars qui s'étaient repliés dans la montagne non seulement du poisson séché mais aussi des messages. Juste après la guerre c'était dangereux d'être indépendantiste ou rouge, avec tous ces inquisiteurs en soutane. Alors ils se cachaient, comprends-tu. Les deux Juanito se sont servis de lui pour transmettre des messages et puis après il a trimballé des trucs plus importants.

— Des trucs ?

— Je ne sais rien de plus. Il était très secret. Mais les deux Juanito ont été arrêtés et fusillés en 49 à cause d'armes qui venaient de France, qu'ils récupéraient sur leur bateau et qu'ils envoyaient dans la montagne, alors je ne peux qu'imaginer que Tito leur donnait un coup de main. Tout ça c'était avant l'ETA, avant la lutte armée. Il fallait préparer le terrain.

– Tu veux dire que Tito bossait pour une organisation révolutionnaire ?

– Il rendait des services. Comme tout le monde.

– Toi aussi ?

– Oh non moi tu sais.

– Non je ne sais pas.

– C'était ton grand-père qui s'occupait de ça.

– Le père de papa ?

– Oui oui. Avec Antonio le père de Tito, et quelques autres, ils avaient fondé un petit groupe de militants communistes. Maintenant on peut en parler, il y a prescription. Il n'y a bien que les Cataldo pour continuer à considérer que les communistes sont un danger pour l'Espagne.

– Les Cataldo ?

– Les notaires de la rue principale.

– On s'égare, amatxi.

– Mais c'est toi qui me demandes.

– Bon. Reprenons. Le groupuscule politique de mon grand-père, il avait un nom ?

– Oui, Borroka.

– Jamais entendu parler. C'était en quelle année ?

– Ça a débuté en 36 ou 37, je ne sais plus.

– Et ?

– Eh bien pas grand-chose. Borroka a disparu corps et biens avec Antonio et ton grand-père, leur chalutier et toute leur cargaison. C'est les gars de Borroka qui avaient commencé à récupérer des armes à Saint-Jean-de-Luz, en France, dès 38. Et ils les balançaient à la baille si les garde-côtes venaient leur rendre une petite visite.

– C'était un groupe paramilitaire ?

– Non non mais on ne pouvait pas lutter avec seulement quelques lance-pierres, mon poussin.

– Et les deux Juanito continuaient à faire du trafic en 49 ?

– Eh oui. On ne retourne pas ses idées comme une veste. Pas ces gens-là en tout cas.

– Et mon père ?

– Quoi ton père ?

– En digne progéniture d'un fondateur de Borroka canal historique, il jouait lui aussi au guérillero ?

– Si tu te moques je ne te raconte plus rien.

– Allez, amatxi.

– Ton père suivait partout Tito comme un petit chien. Mais je crois bien qu'il n'était pas vraiment au courant de ce que bricolait son cousin. Il se doutait juste que Tito ne lui accordait pas toute sa confiance et qu'il traficotait à droite à gauche. Et puis ils se sont chamaillés.

– Chamaillés ?

– Tito s'est peut-être un poil servi de ton père, tu comprends. Et ton père a toujours été très susceptible. Tito était son héros.

– Susceptible d'accord mais rancunier à ce point ?

– Ah la rancune, ma châtaigne, ça a son charme. Si la vengeance est trop prompte, c'est une riposte, comme disait l'autre. Et si la colère se calme trop vite, c'est juste de la bile.

– Tu ne sais pas ce qui s'est passé entre eux ?

– Je ne sais pas exactement. Je sais seulement qu'un soir ton père n'est pas rentré, il devait avoir quinze ou seize ans, et Tito paraissait très inquiet, Tito était sans doute au courant que les phalangistes le surveillaient, j'ai compris sans avoir à le demander, je suis un vieux singe, ma mie, j'ai compris qu'il avait envoyé ton père faire quelque chose dont il ne voulait ou ne pouvait pas se charger à ce moment-là. On avait dû dire aux phalangistes que Tito rendait des services. Je savais bien qu'il transportait des tracts depuis chez les rebelles jusqu'à Uburuk – ils avaient une petite imprimerie, là-haut –, et il y a toujours eu de bonnes âmes à Uburuk prêtes à se joindre à la majorité en place, de bonnes âmes qui quémandent un bon point et qui vont en tout bien tout honneur dire ce qu'elles ont à dire à l'occupant fasciste, et qui continuent à se regarder dans le miroir chaque matin avec la conviction du travail bien fait, ou du moins l'assurance qu'il aurait été impossible de faire autrement, c'est nauséabond, ma princesse, mais c'est comme ça. En tout cas Tito a eu la trouille, ou alors il a voulu vérifier qu'il était bien dans le collimateur des phalangistes. Et il a envoyé ton père à sa place. Pour tester. Il a mis un vif au bout de l'hameçon. Et ton père n'est pas rentré. Tito, ce soir-là, tournait dans le salon et fumait des cigarettes noires comme son père et son oncle avant lui. Je n'ai pas posé de questions. J'ai continué de crocheter ce que j'avais à crocheter et de coudre ce que j'avais à coudre. Puis j'ai dit, « Ramène-le-moi. » Alors il est parti au milieu de la nuit. Ils sont revenus tous les deux au matin, ton père avait le visage amoché, je ne sais pas ce que Tito leur avait raconté pour le récupérer, et ton père a dormi deux jours et deux nuits complètes, il n'est plus sorti pendant des semaines, et surtout il n'a plus jamais adressé la parole à Tito. Je ne les ai jamais entendus s'engueuler. Ou mettre les choses à plat. Le vin était tiré, mon sucre. Tito a fait des tentatives pour se réconcilier avec ton père mais lui, il restait muet comme peut décider de le faire un garçon de quinze ans. Tito a quitté la maison peu de temps après.

– Et c'est tout ?
– C'est tout.

– Tu n'as jamais rien demandé à papa ?

– On ne pose pas des questions comme ça, ma doucette. Ça nous embarquerait dans des histoires à n'en plus finir.

– J'aime bien les histoires à n'en plus finir, amatxi.

– Toi oui, mais pas eux.

– Et tu as encore des dessins de Tito ?

– Des dessins de Tito ?

– Il dessinait déjà, non ?

– On n'avait pas de papier. Alors il dessinait sur le journal. Mais le journal servait à éplucher les légumes. »

En général, à un moment aussi crucial, Esperanza posait son petit verre épais avec un claquement de langue, elle se levait, disait en grimaçant, « Oh mes vieux os », disait, « Il va pleuvoir » ou des choses plus énigmatiques, « Le cuir se vendra pas cher », et c'en était fini, je ne pouvais plus rien tirer d'elle, je restais avec ses répliques incomplètes, ses raisonnements elliptiques, la séance était bouclée, je ne pouvais que me demander comment on apprend à dessiner dans une cuisine comme celle-ci, le fait-on en dessinant au canif sur le bois de la table, ou s'entraîne-t-on d'abord dans l'eau, sur les pierres, dans la montagne, comme le diamant de mon Teppaz ou comme un patineur, je devais patienter jusqu'au lendemain, mais le lendemain on ne reprenait pas là où on avait laissé la conversation, il fallait suivre le protocole, on recommençait presque à zéro, elle se contredisait, et quand je le lui faisais remarquer, elle disait, « C'est du passé, Sucre ». Et elle se taisait, vexée comme un Eusebio.

Narcolepsie

Le 31 août 1985, la veille de notre retour à Bilbao, je ne me suis pas levée assez tôt pour accompagner grand-mère Esperanza au marché. Quand je me suis réveillée il était dix heures et demie. J'ai sauté sur mes pieds. Je me suis habillée en hâte. C'était le dernier jour, il me manquait tellement d'informations encore. Elle avait promis de passer la journée avec moi. Mais l'appel du petit vin sucré s'était fait pressant et elle ne m'avait pas attendue.

Ma mère était à la cuisine en train de repasser du linge, j'ai dit, « Je vais rejoindre amatxi » et au moment où j'ai franchi la porte, j'ai entendu les cris dans la cage d'escalier. Les bisons. C'était le troupeau des voisines qui montait jusqu'au sixième, et elles gueulaient, je me suis demandé si elles riaient ou si elles pleuraient, mais de toute façon ça ne me concernait pas. J'ai pensé que grand-mère Esperanza était peut-être avec elles mais les trois vieilles sont apparues sur le palier sans elle, elles étaient rondes et moustachues, elles se frappaient la poitrine et elles ont dit et redit, « Ton amatxi. » Ma mère est sortie en entendant tout ce raffut. Elle a tout de suite compris je ne sais quoi mais que quelque chose de grave était survenu, alors elle a dévalé l'escalier avec les vieilles derrière elle qui tentaient de la

85

suivre en évitant de faire un arrêt cardiaque ou de se briser le col du fémur, et moi qui ne comprenais rien, qui répétais, « Mais qu'est-ce qu'il y a ? », personne ne me répondait si bien que je suis descendue en vitesse pour rattraper ma mère, j'ai laissé le peloton des vieilles au quatrième étage et nous avons couru avec ma mère sur le trottoir de la rue Carles-Messidor, sur le trottoir à l'ombre des acacias et des orangers, et il y avait un attroupement à l'angle de la rue Valentin-Gonzalez, une camionnette jaune de la Poste avait stoppé au milieu de la rue, portière ouverte, et des fruits étaient éparpillés sur la chaussée (le caméraman surgit : *Nature morte aux melons*), les fruits ne pouvaient pas provenir de la camionnette de la Poste, ils avaient glissé du cabas de ma grand-mère qui était allongée sur le dos dans sa blouse de tergal bleue à petites fleurs – pourquoi, lorsqu'on lance négligemment le soir ses vêtements dans le panier à linge et qu'on enfile le lendemain son dernier vêtement de vivant, n'y a-t-il pas une petite voix qui nous dit, « Réfléchis bien, ce sera ta dernière tenue » –, sa blouse anodine, coutumière, reprisée, tachée mais propre, légèrement relevée sur ses genoux bruns et ses mi-bas de contention, ses cheveux n'avaient pas bougé, ils étaient toujours aussi bien coiffés, comme si elle s'était simplement allongée au milieu de la rue pour faire un petit somme en ayant oublié de positionner son filet sur la tête et du coup bougeant le moins possible pour s'assurer de ne pas avoir une tête de vieille hirsute en se réveillant. Elle avait les bras le long du corps, les chevilles croisées et les paupières closes, ce qui redoublait cette impression de quiétude. « C'est ma belle-mère », a crié ma mère. Tout le monde s'est écarté. Je me suis assise sur le bord du trottoir. Nous avons attendu les secours qui ne pouvaient plus secourir personne. Le postier pleurait et les gens présents le consolaient. Ils lui disaient, « Ça peut arriver à n'importe qui. » Et à ma mère ils disaient, « Elle n'a même pas compris ce qui se passait, pobrecita. » Et j'ai trouvé évidemment ces phrases insupportables, elles disaient, ces phrases, qu'il n'y avait pas de coupable, et je ne pouvais pas supporter qu'il n'y ait pas de coupable, « Il faut un responsable », ai-je eu envie de leur dire comme si ma grand-mère venait de se faire opérer et que je pouvais accuser son chirurgien, « Il faut un responsable », ne m'avait-on pas répété durant toute mon enfance de ne pas dire « Je ne l'ai pas fait exprès », que cette justification n'en était pas une, qu'elle n'excusait rien, qu'elle ne faisait que mettre en exergue mon incapacité et mon autoapitoiement, je voulais que le postier soit responsable, je ne voulais pas qu'il soit désolé, et si ce n'était pas le postier, je voulais que la femme du postier soit responsable parce que ce matin elle s'était disputée avec lui et qu'il en avait été affecté et perturbé à tel point qu'il n'avait pas vu la vieille dame qui déboulait de derrière la voiture garée le long du trottoir, je voulais que le garagiste des fourgons postaux n'ait pas fait son travail, qu'il ait un problème d'alcool depuis fort longtemps, un problème que tout le monde taisait parce que le gars était gentil même s'il était incompétent, et il aurait mal vérifié les plaquettes de freins, préférant boire un verre du vermouth qu'il cachait dans ses bottes plutôt que d'aller faire son boulot, « Il faut bien que quelqu'un soit responsable », avais-je envie de gueuler. (Le caméraman s'est rapproché de moi pour la scène du *Premier Deuil de l'enfance*.) J'ai entouré mes genoux de mes bras, les pieds dans le caniveau. Je me suis mise à pleurer, je ne pouvais plus m'arrêter, j'étais submergée par un flot de larmes, à cause de cette évidence : nous recevons tant de nos mères et de nos grands-mères et nous leur donnons si peu. J'ai préféré me rendormir pendant quelque temps puisque personne n'allait plus dorénavant vouloir me parler.

Et tout s'est calcifié

Mon père est mort le 31 août 1986. Le même jour que sa mère à un an d'intervalle. Nous avions passé, comme de coutume, l'été à Uburuk, c'était notre premier été à Uburuk sans grand-mère Esperanza, il n'y avait plus de ragoût d'iguane et plus aucune nouvelle des vieilles bigotes du parc Mundu Zaharra, ça n'avait pas la même saveur, ça n'avait pas la même odeur Uburuk sans mon amatxi, ma mère tentait de négocier que l'année suivante nous ne passions pas l'été à Uburuk, elle parlait de la Costa Brava, elle parlait de la Méditerranée, elle disait qu'elle n'avait jamais vu la Méditerranée, cependant que mon père durant tout ce mois d'août 1986, mon père plus taciturne que jamais, ne lui promettait rien – et ne s'opposait pas non plus à un quelconque projet.

Tandis que ma mère et moi restions encore quelques jours à Uburuk avant la rentrée des classes, il est retourné avant nous à Bilbao pour faire des examens médicaux – on lui avait découvert une tumeur au foie un mois plus tôt. Je ne l'avais su que lorsqu'il avait pris rendez-vous par téléphone à l'hôpital de Bilbao. Pendant tout ce mois d'août ils avaient évité le sujet, comme ils évitaient tous les sujets qui fâchent depuis vingt ans. Ils l'avaient contourné avec application, c'était leur célèbre ballet de l'esquive. Mon père avait rendez-vous à l'hôpital de la Santa Maria de Bilbao mais il n'est jamais allé jusque-là, il a préféré, sur le trajet entre notre maison moche et l'hôpital, se jeter du Puente del Ayuntamiento dans la rivière, je dis préférer, et ce n'est sans doute pas le mot le plus pertinent, il s'agit plus d'un enchaînement de circonstances, de la manière dont on va du point A au point B, de l'impossibilité qu'on a parfois de distinguer le point B et de l'abattement qui nous tombe dessus à l'idée de ne pas trouver le chemin jusqu'au point B. Il s'agit d'un certain type d'inclination, d'abandon et de l'inaptitude à être consolé. J'aurais bien aimé que ma mère se contente de cette explication plutôt que de passer toutes les années qu'elle avait encore à vivre à examiner les circonstances en tentant de leur donner une autre forme que celle qu'elles avaient en réalité.

Après notre retour à Bilbao et le règlement des obligations liées à la mort de mon père, j'ai fait quotidiennement pendant quelque temps le trajet de la maison au Puente del Ayuntamiento. Je me dirigeais à chaque fois à petits pas vers mon chagrin, je me penchais sur la balustrade tarabiscotée, la rivière était verte, d'une indifférence de prédateur, ou d'une indifférence de chose, me corrigeais-je, mais je savais que la voix off qui faisait le commentaire de ma vie aurait parlé d'indifférence de prédateur et qu'au montage la scène aurait été intitulée *La Fille au désespoir génétique*. Le pont-levis était scellé depuis des années, j'avais l'impression de marcher sur un grand corps aux articulations immobilisées par des excroissances osseuses, le pont ne bougeait plus depuis longtemps, et moi j'essayais de deviner si mon père avait jamais eu l'idée de traverser complètement ce pont et qu'une impulsion lui avait fait enjamber le parapet, ou bien si depuis le début il savait qu'il s'y engagerait ce jour-là sans aucune intention de le franchir.

Pendant l'année qui avait séparé la mort de mon amatxi de ce 31 août 1986, je n'avais pas réussi à m'entretenir avec mon père de ma passion pour Diaz Uribe. Ou plutôt, si j'avais pu mentionner le nom de celui-ci, je n'avais pas pu poser les questions qui me taraudaient. C'eût été inconvenant. Mon père me l'avait fait savoir très vite. « Ce sont les femmes qui parlent. Avec tout le respect que je dois à ta grand-mère, elle parlait trop. » J'avais voulu insister, j'étais si pleine de ferveur, encore. J'étais ce genre de fille qui abordait sa passion pour Diaz Uribe comme un lecteur qui adopte la lecture comme mode de vie, qui lit à tout moment, qui lit Philip K. Dick ou Cortázar ou Baudelaire pendant son cours de maths, pendant qu'il se douche, pendant qu'il fait la guerre et attend dans les tranchées, un lecteur (une lectrice) qui se choisit un auteur pour l'aider à cartographier son monde, un lecteur (une lectrice) qui dialogue à jamais de manière insupportable, inefficace et nécessaire avec un écrivain. J'étais ce genre de personne. Et j'avais vu que mon père, qui me regardait si tristement, comprenait quelque chose de la passion regrettable qui m'animait. Il secouait la tête comme s'il ne revenait toujours pas d'une terrible déception. Un soir il avait fini par me dire, « J'étais un enfant timide, et je ne savais pas boire. » Puis il m'avait demandé solennellement de ne plus JAMAIS lui parler de Diaz Uribe. Comment vouliez-vous que je me dérobe à une telle injonction ?

Avant toute chose, déterminer
ce qu'on ne veut pas être

Atanasia n'avait jamais voulu être comme sa mère qui parlait bouche cousue en fumant trop, et avait des mimiques laissant penser qu'elle conversait et argumentait dans le silence de sa petite tête.

Atanasia n'avait jamais voulu être comme sa mère ni sa grand-mère qui répétaient sans cesse les mêmes phrases, des phrases qui n'avaient pas de fonction rituelle, mais qui semblaient être des garde-fous – sa mère disait chaque jour pour se donner du courage, «On va se cramponner», et elle était capable de lui demander quotidiennement si elle aimait les carottes râpées, ce qui donnait à Atanasia, quand elle était enfant, l'envie de la tester pour s'assurer qu'on ne lui avait pas remplacé sa mère par un clone extraterrestre.

Atanasia n'avait jamais voulu être comme sa mère et se mettre à danser en fin d'après-midi dans le salon en écoutant de la musique gitane sur la chaîne hi-fi, pour tromper l'attente avant que son mari rentre du travail, tout en buvant, afin que l'attente soit encore moins longue, un ou deux verres de xérès, justifiant ses débordements auprès de sa fille qu'elle voyait se renfrogner, en disant, «Que veux-tu? Je suis un animal diurne et comme tous les animaux diurnes mon angoisse monte avec la tombée du jour» – bémol:

Atanasia avait longtemps pensé qu'elle était la seule enfant à ne pas supporter certains comportements (qu'elle jugeait) indécents de ses parents, tout comme elle avait longtemps cru qu'elle était la seule à ne pas marcher sur les lignes du trottoir. Ce que c'est de ne pas assez communiquer avec ses pairs.

Atanasia n'avait jamais voulu être comme sa mère qui courait les brocantes et les magasins d'antiquités pour emplir sa maison d'objets très vieux et très morts, sa mère qu'elle surprenait parfois la nuit assise en robe de chambre à la table de la cuisine, buvant un café décaféiné et fumant la fenêtre ouverte en disant, « Je pensais à cette petite lampe à huile qu'il y avait chez le brocanteur d'Espimundo », et qui dès le lendemain dynamitait son intranquillité en se rendant au plus tôt chez le brocanteur d'Espimundo pour aller y chercher la lampe à huile, la rapportant chez elle, la posant dans son bric-à-brac, rassérénée pour un temps très bref, la regardant déjà, cette lampe à huile, avec un œil soupçonneux comme s'il ne s'agissait pas vraiment de l'objet qu'elle avait fini par rêver, lui en voulant, à cette petite lampe à huile, de sa nouvelle et brusque insatisfaction.

Atanasia n'avait jamais voulu devenir comme les amies de sa mère qui parlaient de leur mari en permanence, comme si elles avaient parlé d'une catastrophe avec laquelle elles cohabitaient, qui discutaient sans cesse de gens absents, trouvant dans l'exercice de la médisance une joie, un réconfort et une preuve de la confiance qu'elles s'accordaient, partageant des secrets, désignant celle qui serait exclue du groupe et celle qu'on réintégrerait, jetant l'opprobre, s'épouillant comme le font les grands singes.

Atanasia ne voulait pas être l'une de ces femmes qui passent leur temps à regretter ce qu'elles sont pourtant sûres de ne plus vouloir.

Atanasia ne voulait pas d'un homme qui la croirait naïve ou innocente et qui douterait de son courage et de sa solidité.

Atanasia trouvait plus simple de ne pas avoir d'homme dans sa vie – ou du moins avait quelque interrogation sur son propre désir de fonder, un jour, l'une des parties d'un couple.

Atanasia ne voulait pas devenir une fille méprisante qui a honte du mépris que lui inspirent ses parents. Elle ne voulait pas se reprocher le soulagement qu'elle éprouverait à les voir quitter son salon le jour où elle en aurait un.

Atanasia ne voulait pas être l'une de ces filles qui, lorsqu'elle retourne chez ses parents, a l'impression que tout progrès intellectuel qu'elle a pu accomplir loin d'eux se retrouve annihilé en moins de huit minutes.

Atanasia ne voulait pas être comme sa mère et se mettre à aimer le confort domestique et à organiser le bien-être quotidien comme unique recette pour éloigner le désastre.

Atanasia ne voulait pas être comme sa mère et passer sa vie à se priver pour conserver un poids stable – l'idée même d'arrêter de se priver avait toujours plongé sa mère dans l'effroi : quel aurait été son poids réel exempt de privations ?

Atanasia ne voulait pas de cette étrange satisfaction de ne pas manger à sa faim.

Atanasia ne voulait pas être comme ses parents qui dînaient chaque soir en se congratulant sur le choix du vin et qui se souriaient par-dessus la table *parce que* tous les deux savaient que le vin venait du supermarché Eroski et que la paella était surgelée.

Atanasia ne voulait pas être l'un de ces parents hélicoptère qui tournent autour de leur progéniture en surveillant la dose de ketchup qu'ils ont mise sur leurs frites, qui répètent, « C'est bon, maintenant, c'est bon, c'est bon » et qui finissent par mourir, la radio allumée, assis à la table de leur cuisine rutilante.

Atanasia ne voulait pas choisir la maison qu'elle habiterait en songeant uniquement à l'admiration et à l'envie que pourraient ressentir ses connaissances quand elle la leur ferait visiter. Elle ne voulait faire *impression* sur personne à l'aide d'un salon traversant.

Atanasia ne voulait pas être celle qui n'arrête pas de se justifier alors qu'on ne lui demande rien. Elle ne voulait pas être celle qui demande pardon quand on lui marche sur le pied.

Atanasia ne voulait pas devenir l'une de ces femmes (l'une de ces mères) qui pleurent de rage et d'impuissance en faisant la vaisselle – et en y trouvant une forme de réconfort.

Atanasia ne voulait pas être comme sa mère qui se recouchait souvent le matin après le départ de son mari et de sa fille, et qui se disait sans doute, Oh c'est le meilleur moment de la journée, goûtant le silence et le calme de la maison, s'allongeant en diagonale dans le lit, contemplant le plafond, faisant des ciseaux avec ses jambes pour profiter de la fraîcheur des draps, et prenant grand soin de sa dépression.

Atanasia ne voulait pas être comme son père qui ramenait à la maison les VRP de l'entreprise de bâtiment où il travaillait parce qu'ils avaient du bagout et que lui-même avait toujours voulu avoir du bagout.

Atanasia ne voulait pas être comme son père qui avait été un garçon trahi et qui portait toujours le poids de cette trahison.

Atanasia ne voulait pas être comme son père et finir par se laisser rattraper par sa mélancolie.

Sauvée de quoi ?

Atanasia n'avait pas encore dix-sept ans quand elle rencontra Rodrigo. Elle était élève au lycée où il était surveillant. Elle faisait en général peu acte de présence – elle ne se rendait qu'en cours d'histoire de l'art, de natation et de français, les trois seules matières où elle excellait. Personne ne lui faisait la moindre observation. Elle venait de perdre son père. Quant à sa mère, elle se levait à midi et, le peu de fois où elle sortait de la maison, elle enfilait juste un imperméable sur sa chemise de nuit. Cette situation n'aidait pas Atanasia à se faire des amis mais, au demeurant, elle n'avait jamais été très douée pour nouer des liens amicaux avec qui que ce fût. Elle avait remarqué, dès la rentrée, que Rodrigo Rosario ne la quittait pas du regard quand elle passait dans le couloir devant le bureau des surveillants. Éveiller l'intérêt d'un homme lui arrivait assez peu fréquemment pour que sa curiosité fût piquée. Et sa vanité flattée.

Rodrigo était un garçon taciturne qui poursuivait par ailleurs des études d'histoire. Il n'était pas très grand, s'habillait pareillement été comme hiver, il avait les cheveux précocement gris, de beaux et grands yeux marron un peu lointains (parce que myopes) et un très léger problème d'élocution. Comme quelqu'un qui aurait bégayé dans son enfance et surmonté la

97

chose avec détermination. Elle crut pendant quelques semaines être tombée amoureuse de lui alors elle lui tourna autour le temps qu'il se décide à l'aborder. Elle affichait le deuil de son père de manière ostentatoire. Elle s'habillait en noir, se maquillait en noir, mettait des bas noirs sous ses jupes noires et dessinait des têtes de mort au Tipp-Ex sur son sac à dos. Elle savait qu'elle était un peu effrayante mais elle estimait aussi qu'on pouvait la considérer comme captivante.

Un matin qu'elle était en retard et courait dans un couloir pour rejoindre sa salle de cours, Rodrigo l'intercepta et lui dit : « Tu devrais cesser de t'habiller comme une veuve portugaise. »

Elle fut si vexée qu'elle ne retourna pas au lycée le lendemain ni le surlendemain. De s'être trompée à ce point sur l'intérêt qu'il lui portait était un camouflet. Mais le soir du deuxième jour, le téléphone sonna chez Atanasia et, comme sa mère tardait à répondre, Atanasia décrocha. C'était Rodrigo Rosario qui voulait savoir si tout allait bien. Elle n'était pas venue au lycée depuis deux jours. On s'inquiétait. Atanasia sentit son cœur bondir – c'est incroyable comme le cœur semble parfois devenir un organe fait d'acidité et de tambourinement qui aurait sa vie propre et pourrait se balader dans le corps au gré de son usage. Et puis de but en blanc il lui demanda si elle voulait l'accompagner le lendemain dans le centre-ville, il devait aller s'acheter des chaussures de sport. Elle accepta. Personne ne lui avait jamais fait une telle proposition, elle avait l'impression d'entrer de plain-pied dans une sociabilité adolescente classique.

Il s'avéra ainsi que la passion de Rodrigo, en plus de celle qu'il vouait à l'Espagne médiévale, était la course à pied.

Atanasia ne parvint ni à manger ni à dormir jusqu'au moment du rendez-vous, elle essaya tous ses habits, multiplia les combinaisons (pull, jupe, tee-shirt sur pantalon, jupe sur pantalon, mitaines, cheveux humides nattés dénattés pour l'ondulation), en écoutant Prince et en se déhanchant devant son miroir, avec ce truc bizarre, incandescent, ardent, au milieu de sa poitrine, un truc qu'on pourrait appeler excitation sexuelle mais qu'on n'appelle pas comme ça quand on a seize ans et qu'on est la fille de feu Eusebio Bartolome.

Ils s'étaient donné rendez-vous devant une boutique de sport où la musique était aussi assourdissante que dans un club.

En entrant à l'intérieur avec Rodrigo, elle voulut faire la maline en lui demandant qui avait eu l'idée d'inventer des tissus aussi sophistiqués pour accomplir des choses aussi simples que nager ou courir. Rodrigo haussa les sourcils mais ne lui répondit pas. Pendant qu'il s'adressait à l'un des jeunes types qui pliaient des polos au comptoir, elle traînailla dans les travées en observant les vendeurs désœuvrés à l'allure de vigiles en jogging – c'est d'ailleurs ce qu'ils devaient faire, vendeur la journée, videur le soir. Il y avait également des filles qui caressaient les vêtements et plaisantaient avec les types en question. Elles portaient des chaussures compensées, de tout petits shorts soyeux, des lunettes de soleil surdimensionnées et des extensions de cheveux. Rien n'était à la bonne échelle.

Atanasia n'avait jamais fréquenté d'endroits comme ça. Elle en vint même à penser que si quelqu'un remarquait sa présence il déciderait au mieux de la raccompagner jusqu'à l'entrée de la boutique. Cela dit, Rodrigo paraissait tout aussi incongru, avec son air morose et ses cheveux gris. Elle se rapprocha de lui pour se sentir moins je-ne-sais-quoi, moins bête, moins isolée, moins vulnérable, moins inadéquate – à deux on est toujours un tout petit peu moins inadéquat.

Rodrigo était en train d'expliquer au jeune type qu'il voulait des chaussures pour courir dans le sable. Celui-ci lui présenta une paire de chaussures si chère qu'Atanasia éclata de rire. Rodrigo resta très sérieux et dit, « Je ne crois pas que je vais mettre autant d'argent dans une paire de baskets. » Et le vendeur, qui avait l'habitude de ce type de phrases dans la bouche des quelques clients du genre de Rodrigo, ne battit pas en retraite et lui proposa simplement de les payer en plusieurs fois.

« Comme une voiture ? l'interrogea Atanasia.

– Je vous demande pardon », répondit très poliment le vendeur.

Rodrigo repartit avec ses chaussures dans un petit sac de feutrine glissé dans une boîte en similicuir. Il mettrait six mois à les payer. S'il mourait avant, ce serait tout bénef, précisa-t-il à Atanasia.

Après ça il l'emmena boire un café, il s'assit à côté d'elle sur la banquette, lui dit qu'il avait remarqué qu'elle plaisait au vendeur de baskets, que c'était sans doute dû à sa jupe un peu courte, puis il parla de la politique du gouvernement espagnol, de la nécessaire refonte du système éducatif et de la peu souhaitable disparition du patriarcat. Il finit par passer un bras autour de ses épaules pour l'embrasser. Atanasia ne put s'empêcher de noter que son haleine sentait l'ail mais elle fit scrupuleusement avec ses lèvres et sa langue ce qu'elle était censée faire.

L'équipe technique tourne : *Lui ou un autre ?*

Ils restèrent ensemble deux mois et demi. Ils firent l'amour cinq fois sur le canapé convertible de la chambre que louait Rodrigo. Expérience qui ne présenta pour aucun des deux un grand intérêt. Si ce n'est celui de débarrasser Atanasia de son hymen. L'idée que l'acte sexuel ne saurait se résumer à la rencontre de deux épidermes n'avait pas fait son chemin jusqu'à eux. Ils s'étaient contentés de rapports muets et maladroits dont ils ne reparlaient surtout pas après. Penser qu'une caresse incarnait l'autre et m'incarnait dans ma chair était quelque chose qui leur avait échappé. Ils étaient appliqués et de bonne volonté. Mais ça ne suffit jamais.

Atanasia aurait voulu, avant toute chose, aimer l'âme de quelqu'un et que cette âme, si possible, ne fût pas de la taille d'une tête d'épingle. Rodrigo, lui, était un homme à humeurs, il était souvent obscurément mécontent. Atanasia était, il faut l'avouer, captivée par cette personnalité si exigeante et difficile à satisfaire. Malgré ses efforts, ils se disputaient fréquemment. Si elle était plus conciliante que lui, elle était en revanche plus rancunière. C'est d'ailleurs lui qui était prêt à sacrifier son orgueil, et pour se faire pardonner sa jalousie et sa brusquerie, il amorçait la réconciliation en faisant amende honorable et en lui offrant des cadeaux – livres, fleurs, babioles. « Si tu étais un parrain de la Mafia tu me cognerais et juste après tu m'offrirais une rivière de diamants », lui disait Atanasia.

Il se plaignait souvent aussi de la manière dont Atanasia s'habillait ou se maquillait. « Les hommes subissent le fard des femmes. Ils n'y comprennent rien », déclarait-il. Quand il voyait une grosse femme dans la rue en minijupe, il trouvait cela inadmissible. Il le prenait comme une agression personnelle et stigmatisait la bêtise de celle qui s'exposait ainsi et qui, d'après lui, n'avait pas conscience de sa silhouette disgracieuse. Atanasia lui répondait qu'exhiber quelque chose que tout le monde admire (en l'occurrence de longues jambes) était d'une facilité redondante. Pour elle, l'assurance de ces grosses femmes était revigorante. Celles-ci lui paraissaient en paix avec elles-mêmes, ou du moins réconciliées. Ce qui était somme toute une situation enviable.

Certaines des postures de Rodrigo le rendaient aussi agaçant qu'un moustique, pensait Atanasia.

Il vint deux fois la voir chez elle. Sa mère était là – puisqu'elle ne sortait quasiment plus. Elle accueillit chaque fois le garçon comme s'il était venu les sauver du naufrage.

Un jour il dit à Atanasia que la majorité des hommes étaient des idiots prêts à se sacrifier pour toute personne en difficulté, surtout si cette personne possédait un potentiel érotique relativement élevé. Elle lui répondit que, en ce qui la concernait, elle n'avait aucune envie d'être protégée ni consolée. Elle voulait simplement être fortifiée.

Quelques jours plus tard, elle s'inquiéta car, ayant eu tout à coup l'idée de changer de couleur de cheveux, elle s'aperçut qu'elle y renonçait aussitôt, épuisée anticipativement par la perspective de la séance d'explications que lui imposerait Rodrigo. Elle se rendit compte qu'ils se traitaient l'un l'autre avec une forme vaine de cruauté taquine. Et que c'était une modalité courante dans les couples. Elle réfléchit à tout cela et l'appela le soir même : « J'ai peur que ne commence la grisaille. »

Il fit mine de ne pas comprendre.

« Je crois que j'ai besoin de faire le point », tenta-t-elle.

Il lui rétorqua qu'elle ne savait vraiment pas s'y prendre pour rompre. Mais comment aurait-elle su ? Il ajouta qu'il se doutait bien qu'elle avait rencontré quelqu'un.

L'équipe technique tourne : *Les Rois du malentendu.*

Rodrigo partit sur un coup de tête pour Barcelone, on était le 19 juin 1987, il alla courir le long de la mer puis il se rendit à la Sagrada Família et enfin au centre commercial Hipercor afin de trouver un cadeau à Atanasia en vue d'une énième réconciliation. Alors qu'il sortait de sa voiture dans le parking du centre commercial, il fut soufflé dans l'attentat commandité par l'ETA qui mit le feu à plusieurs étages du garage et fit en tout vingt et un morts et quarante-cinq blessés. Après cet impair, le plus meurtrier depuis 1968, l'ETA diffusa ses excuses.

« Il était toujours de bonne humeur, déclara la mère d'Atanasia quand elle apprit que Rodrigo faisait partie des victimes de la bourde.

– Je ne peux pas te laisser dire ça.

– Et pourquoi donc ? fit sa mère en reniflant.

– Parce que pour commencer c'est faux. Et puis la vie des gens n'a pas plus de valeur parce qu'ils sont gentils. Tu trouverais plus normal ou plus supportable que les vingt et une victimes aient été de mauvais pères, de vilaines filles et des vieillards bougons ?

– Je t'en prie. Tu es si dure et tu embrouilles toujours tout. »

Et c'était vrai. Atanasia embrouillait toujours tout. Et si elle était dure c'était assurément pour ne pas se fendiller en mille petits morceaux friables.

Un certain âge

J'ai dix-huit ans, je m'en vais, ma mère pleure dans la cuisine, elle est assise devant sa tasse préférée, ou du moins sa tasse à elle, je ne sais même pas si elle l'a choisie un jour ou si elle lui a été désignée par je ne sais quel hasard, donc il n'est pas tout à fait juste de dire que c'est sa tasse préférée, elle est assise et elle dessine des arabesques avec son café répandu sur la toile cirée, elle pleure et je ne sais pas quoi lui dire, et elle répond « Rien » à chaque fois que je lui demande ce qu'elle a, alors j'insiste et elle répond encore, « Rien, rien » et puis elle finit par avouer, « C'est parce que tu pars, je ne pensais pas que tu partirais si tôt », et je lui rétorque mi-figue mi-raisin, « Tu as tout fait pour que je devienne quelqu'un d'"autonome" » (et je figure avec deux doigts des petits guillemets en l'air comme dans une série américaine parce que, en général, ça l'amuse) et elle dit, « Oui oui je sais », et elle pleure de plus belle, et je lui redemande, « Alors qu'est-ce qu'il y a ? », mais je sais que pour moi la porte est ouverte, et je sais ce que signifie son chagrin, et je sais qu'elle voit son tombeau juste après mon départ, qu'elle a du mal à imaginer qu'il puisse se passer quelque chose entre mon départ et son tombeau et elle ajoute, « Je pensais qu'il y aurait tellement plus de bons moments » et je ne sais pas quoi répondre parce que moi je sais ou j'espère que mes bons moments sont à venir et je suis aussi démunie qu'elle tout à coup sauf que je suis vraiment pressée de m'en aller et en même temps j'aime cette femme qui pleure sur sa toile cirée et qui mélange ses larmes à son café pour faire des arabesques.

Mon équipe technique filme *Farewell My Lovely* (ils essaient de dédramatiser).

Et Daniela, ma mère, assise devant la toile cirée, portant son peignoir bleu qui fut un cadeau chic de mon père un Noël d'une année faste, entourant sur son index l'une de ses dernières mèches à peu près longues (ma mère me rappelant sans cesse qu'à partir d'un certain âge, une femme ne doit plus porter les cheveux longs si elle ne veut pas passer la moitié de sa journée à s'en occuper et moi qui lui répète toujours, « Alors les cheveux courts c'est une capitulation ? » Et elle me répondant, « Ne fais pas semblant de ne pas comprendre »), dit, « Quand j'avais quarante ans je me disais que j'étais lasse. Je ne pouvais pas savoir que mon corps était encore un bijou, qu'il fonctionnait à merveille et qu'un jour je me souviendrais de mes quarante ans en pensant, ma mémoire était impeccable, les rouages de mon esprit tournaient à plein régime, je ne ressentais aucune douleur nulle part, mon corps était encore un accessoire parfait, je pouvais marcher ou m'asseoir n'importe où en oubliant mon corps, je pouvais penser, écrire, boire et manger, et mon corps fidèle me servait sans faillir. »

Et Daniela, ma mère, dit, « Ça me fait du bien de pleurer. Je crois que je vais pleurer encore un peu. » Elle ajoute, « Ne t'occupe pas de moi », sur le ton qu'emploient les gens pour supplier qu'on s'occupe d'eux.

Mais comment voulez-vous qu'Atanasia comprenne ce que c'est de jouer un match contre son corps et sa propre mortalité ? Comment voulez-vous qu'Atanasia fasse passer le chagrin de sa mère avant sa propre excitation ? Atanasia a dix-huit ans depuis un mois. Elle est encore une mécanique admirable. Et elle est à l'orée de quelque chose.

Sa mère continue, sa mère a besoin de formuler les choses quand les événements surviennent, c'est parfois encombrant, mais en même temps beaucoup disent que c'est une qualité, c'est ce qu'elle a fait depuis le 31 août 1986, pas un mot sur l'enfance, pas un mot sur le passé, mais une relation exhaustive de tout ce qui se passait et qu'elle ressentait depuis la mort de son mari, Atanasia avait fini par lui dire, « Écris un livre » et sa mère avait compris qu'Atanasia était assommée par son monologue. Aujourd'hui Daniela ne peut pas s'empêcher de parler à sa fille, elle se dit peut-être qu'elles ne vont pas se revoir de sitôt, elle a sans doute raison, quand on part à dix-huit ans pour Paris, on n'espère pas rentrer trop vite.

« C'est terrible que le corps vieillisse, Atanasia, c'est terrible que le corps vieillisse alors que l'esprit vieillit à un autre rythme. J'ai parfois l'impression d'être une jeune fille prisonnière dans un corps de vieille. Quand je m'assois dans le bus à côté d'une personne qui a vingt ans, il me semble avoir le même âge qu'elle, il me semble faire les mêmes gestes qu'elle, il m'arrive de lui adresser un sourire de connivence, et je vois son léger recul, son recul courtois, il me faut faire un effort d'imagination pour me souvenir que je suis une vieille. Pourquoi y a-t-il un tel décalage, un tel désaccord entre ce que je suis, ce que je donne à voir et ce que j'abrite en moi ? »

Atanasia est muette.

« Quand cessons-nous d'être jeune ? À quel moment cela se produit-il ? »

Atanasia n'en sait rien, elle s'approche de sa mère, elle la prend dans ses bras, mais sa mère est raide et caparaçonnée parce qu'elle sait qu'Atanasia va sortir de cette cuisine et que rien jamais ne sera plus comme avant pour elle, sa mère est raide mais elle finit par poser sa joue sur l'épaule d'Atanasia, elle soupire et mouille le tee-shirt de sa fille, et c'est moi qui suis obligée de la consoler, c'est moi qui suis obligée de lui chuchoter, « Mais maman ce n'est pas grave. » Et elle répond avec cette voix mouillée, « Je sais je sais. » Alors je juge bon d'ajouter, « Amatxi Esperanza aurait dit, C'est la vie, mon sucre. » Et ma mère ajoute, « Tu seras plus en sécurité à Paris. C'est terrible mais c'est comme ça. » Et elle pense à Rodrigo et à l'attentat de Barcelone. Et je ne sais pas quoi lui répondre. Je ne me sens pas en danger en Espagne. Mais, comme je suis un tout petit peu lâche et que son raisonnement me permet de justifier mon départ, je lui dis, « Tu as raison, je serai plus en sécurité à Paris. »

DEUXIÈME PARTIE

Tout ce que j'ai failli devenir à Paris

Ce que je savais de Roberto Diaz Uribe avant de devenir parisienne

Il est né à Uburuk en 1933. Sa mère, Francesca Bartolome, est morte en couches. Son père, Antonio Diaz Uribe, est mort avec mon grand-père en 1940 dans le naufrage de leur chalutier.

Il a été recueilli en 1940 par ma grand-mère Esperanza Bartolome née Otxaga.

Il est le cousin de mon père.

Il a trahi mon père d'une façon ou d'une autre en 1948. Difficile d'évaluer la gravité de la trahison mais mon père n'a jamais voulu lui reparler (ce qui n'induit pas une trahison d'une importance fondamentale ; cela en dit peut-être plus long sur mon père que sur Diaz Uribe).

Il est parti pour Barcelone en 1948, à la suite de cette « trahison ».

Il a été remarqué assez vite par un galeriste américain, Jo Lodge (à Barcelone ?).

Sa femme s'appelle Angela.

Il a peint à ma connaissance deux cent cinquante-deux toiles (quarante-trois représentant Angela seule ou avec leur petite fille, et les autres représentant des enfants (différents ?) de genre féminin). Au moins douze d'entre ces toiles sont absolument sidérantes (je me permets des données non objectives dans cette liste, c'est MA liste).

Il a fait l'objet de cinq expositions personnelles (Miami, New York, Berlin, Londres, Mexico).

Il a organisé (« orchestré », disent certains) sa propre disparition en 1961.

L'historien d'art Vladimir Velevine a écrit deux monographies à son sujet. Il s'agit des livres les plus complets et les plus érudits qui soient sur son œuvre – les publications qui font allusion à Roberto Diaz Uribe se contentent de rendre compte de sa disparition et parfois de son style figuratif postabstraction (« Pollock passé à la moulinette du réel », a écrit un astucieux critique).

Diaz Uribe est narcissique, désinvolte et génial (données non objectives).

Atanasia se croit maline

Atanasia Bartolome s'était remise, durant l'année qui précéda son départ d'Espagne, à sérieusement s'intéresser à Roberto Diaz Uribe (les obsessions occupent l'esprit et chassent la mélancolie scélérate). Et le phénomène fut le suivant : plus son idée fixe reprenait possession de son esprit et de ses journées, plus Atanasia perdait de son épaisseur. Ce fut comme si se détachaient, avec régularité, des particules d'elle-même. On aurait pu se figurer une traînée atomique, la poussière de la fée Clochette qui accompagnait chacun de ses mouvements et la fragmentait en autant de brisures. Le phénomène ne commença vraiment à devenir inquiétant que lorsqu'elle partit de la maison des faubourgs de Bilbao pour s'installer à Paris et entamer son étude sur les multiples vies de Roberto Diaz Uribe.

Elle avait lu quelque part que 15 % des gens ne se remettaient jamais d'un deuil ou d'une rupture. Ce genre de considération permettait à Atanasia de justifier sa ferveur maniaque. Elle se disait qu'il était tout aussi possible que 15 % des gens vouent l'entièreté de leur vie à une obsession.

Si Atanasia avait choisi d'aller à Paris c'était pour rencontrer Vladimir Velevine, professeur aux Beaux-Arts et, en 1988, le plus éminent spécialiste de Roberto

Diaz Uribe (et puis, accessoirement, elle se débrouillait plutôt bien en français, ce qui n'était pas une mauvaise chose, les Français étant ce qu'ils sont). Velevine avait publié deux livres au sujet de Diaz Uribe et de nombreux articles. On disait qu'il avait réussi à le rencontrer. Il était arrivé à Paris en 1982 à l'occasion d'un colloque et il n'était jamais reparti. Il avait décidé de ne pas retourner en URSS avant même de quitter Moscou. C'était la deuxième occasion qui lui était donnée de passer à l'Ouest. Vladimir Velevine n'était pas du genre à rater continuellement des occasions. C'était surprenant bien entendu qu'il se fût installé à Paris où, a priori, Diaz Uribe n'avait jamais mis les pieds, plutôt qu'à, je ne sais pas, Bilbao ou Barcelone. Mais j'imagine qu'il n'avait pas trop eu le choix. Et que maintenant, alors qu'il avait réussi à franchir la muraille d'acier trempé, il ne faisait pas la fine bouche, il ne bougeait plus et attendait que ça se tasse, il jouissait, j'en suis sûre, de ne plus être surveillé en permanence par un type en costume trop ajusté posté sur le trottoir en face de chez lui, oscillant d'un godillot sur l'autre afin de ne pas mourir de froid, et fumant des cigarettes Prima aussi goûteuses que de la paille. J'avais lu tout ce que Velevine avait écrit sur la question Diaz Uribe. Il y avait très peu d'éléments biographiques et il ne paraissait rien savoir de Tito, il évoquait Barcelone puis les États-Unis, mais tout cela demeurait dans un flou singulier. Ses ouvrages étaient des livres d'esthétique qui essayaient entre autres de percevoir l'élaboration d'un projet politique dans le travail de Diaz Uribe et qui s'intéressaient à sa sphère d'influence. J'avais l'intention de lui faire des révélations, de les monnayer, j'ignorais encore comment m'y prendre, mais je savais que l'enfance de Roberto Diaz Uribe était une botte secrète. Je voulais travailler pour Vladimir Velevine, je voulais être sa petite main, l'ombre de sa petite main.

Je lui avais écrit par l'intermédiaire de sa maison d'édition. Il ne m'avait pas répondu.

Je suis donc allée le voir à la fin d'une conférence qu'il donnait sur « L'art mural au Mexique depuis 1867 » dans une petite salle de la Bibliothèque espagnole avenue Marceau. Je m'y étais rendue avec une chemise en carton élastiquée et un stylo quatre couleurs. Le public était clairsemé et n'a pas assailli Velevine au terme de sa palabre alors qu'il rangeait ses papiers avec lenteur comme s'il attendait qu'on l'interrompît ou qu'il n'était pas à ce qu'il faisait. La responsable du lieu s'est approchée pour lui dire quelques mots, le réconforter, lui serrer la main et lui assurer que le mauvais temps ou une retransmission de football ou un débat télévisé entre Mitterrand et je ne sais quel homme politique rugissant étaient les seules explications possibles à la maigre assistance ; il avait l'air contrarié.

J'en ai profité pour le détailler. Il avait les cheveux en brosse, des yeux asiatiques, la mâchoire prognathe, je l'aurais bien vu s'occuper d'un élevage de rennes dans la toundra. Il portait une veste Nehru bleu ciel, je ne sais pas pourquoi mais ce détail m'impressionnait. Alors j'ai gardé la chemise en carton bien serrée contre ma poitrine, prête à la brandir comme un crucifix. J'avais collé dessus un sticker « Université du Pays basque » avec sa devise « Eman ta zabal zazu » (Donne et ouvre-toi), ce qui m'avait paru d'abord une bonne idée et qui finalement s'avérait stupide – je n'avais jamais mis les pieds dans cette université, etc. Je suis restée debout un peu à l'écart afin de ne pas les déranger mais en me débrouillant pour qu'il soit obligé de passer devant moi en sortant. Il me jetait de petits coups d'œil depuis l'estrade.

Récapitulons un instant. J'avais dix-huit ans. Ce qui était à peu près le quart de l'âge moyen du public. Et j'avais les cheveux de ma mère avant qu'elle abdiquât. Noirs, incoiffables, lourds, si lourds que ma nuque n'y résistait pas toujours. Ce genre de chevelure impressionne certains hommes et les laissent rêveurs. J'avais dix-huit ans et mon père avait enjambé la balustrade du pont parce qu'il était incurable – ou plutôt pour un faisceau de raisons que je ne veux pas préciser mais qui avaient à voir avec l'*absence de sentiment d'avenir*. J'avais dix-huit ans, j'avais couché avec un seul garçon qui était maintenant mort (*vade retro* pensée sinistre) et je n'étais même pas sûre de ce que ça m'avait fait (coucher avec lui et aussi apprendre sa mort). J'avais dix-huit ans et je portais une robe couleur de volubilis. J'étais féministe parce que j'avais dix-huit ans et que c'est facile d'être féministe à dix-huit ans. J'étais féministe parce que toute mon enfance j'avais vu ma mère nettoyer ses stores en fumant des cigarettes et en aspergeant le salon de pschitt pschitt aux agrumes. J'étais féministe mais je portais quand même une robe couleur de volubilis – je savais un peu y faire même si je n'étais pas ce qu'on peut appeler une fille sûre d'elle (comment l'être avec ma mère pschitt pschitt et mon père pathologiquement pudique). J'ai pris ma respiration. J'avais dix-huit ans, j'étais seule à Paris et lui aussi.

C'est ce qu'il m'a dit avec son accent slave (nous nous parlions en français, c'était notre seule langue commune) quand nous avons pris un verre ensemble, après la conférence, dans un bar à l'angle de la rue

Bizet. (Le caméraman nous a suivis pour la scène : *Conversation avec homme exilé d'âge mûr.*)

« Je me sens très seul à Paris. Je n'ai pas eu une conversation personnelle avec quelqu'un depuis six mois », m'a-t-il confié.

Contrairement à ma mère je n'aime pas les hommes qui ont l'air vulnérables ni ceux qui le déclarent à brûle-pourpoint. Je me suis dit qu'il fallait que je le sauve de ce mauvais pas.

« Tout ici est très petit, très vieux et très encombré, ai-je confirmé.

– Vous habitez de quel côté ? m'a-t-il demandé.

– Montparnasse.

– Vous louez quelque chose ?

– Une chambre avec une fourmilière au milieu.

– Une fourmilière ? (Il a fait mine de s'intéresser à la chose.)

– Je plaisante. C'est juste une colonie de fourmis qui arpente les montants de mes fenêtres et suit scrupuleusement les joints de carrelage dans la cuisine en transportant des miettes colossales dans leurs mandibules.

– Vous avez essayé le jus de citron ?

– Je ne veux pas m'en débarrasser. Elles sont merveilleuses. Elles travaillent pour le bien commun. J'ai seulement délimité leur territoire à la craie. Elles ne sortent jamais de leurs frontières.

– Ah si la vie était aussi simple.

– Nous ne serions pas là. »

Il a souri. Il était russe et moi espagnole. Nous étions à Paris. Heureusement que personne ne traçait de frontières à la craie ou avec du jus de citron.

Il avait cinquante ans (c'est ce que ses notices biographiques m'avaient appris, j'étais bien incapable à l'époque d'évaluer l'âge de quelqu'un de plus de vingt-cinq ans) et il était assez séduisant, je me méfie des hommes séduisants comme des premiers élans. Ses cheveux étaient poivre et sel (mais majoritairement poivre), et sa peau jaune foncé (« Un problème hépatique », aurait diagnostiqué ma mère). J'étais le genre de fille à trouver attirants tous les hommes de cette génération, à partir du moment où ils étaient sans bedaine, sans calvitie et pourvus d'un accent.

« Vous êtes russe ? » (J'ai ma tactique pour ne pas avoir à parler de moi et laisser l'autre raconter ses petites histoires. Je demande en général la confirmation de ce que je sais déjà.)

Il a acquiescé en modérant sa réponse par un haussement de sourcils qui pouvait signifier « pas tout à fait russe » et qui du coup m'a plongée dans l'incertitude, il a expliqué que son père était russe, mais que sa mère était à moitié chinoise et que l'une de ses grands-mères était japonaise, et Atanasia se dit qu'elle s'ennuyait déjà.

Elle voulut changer de conversation (avant qu'il ne veuille savoir d'où elle venait et ce qu'elle fichait là) et elle ne trouva rien de mieux que :

« Il y a combien d'heures de vol entre Moscou et Paris ?

– Cinq ou six selon la force des vents, répondit Vladimir Velevine en finissant son cognac. Ou sept. (Atanasia pensa qu'il racontait n'importe quoi.) Au milieu du vol l'équipage sert du bortsch et de la vodka à l'arrière de l'avion, tout le monde se lève et reste debout pour se dégourdir les jambes, en faisant des bruits de bouche et en bavardant, bol à la main. J'ai toujours l'impression que tous ces gens à l'arrière vont déséquilibrer l'appareil.

– Je crois qu'ils ne feraient pas ça s'il y avait le moindre risque », dit Atanasia avec un air très raisonnable, très concerné, très spécialisé.

Puis elle décida de faire comme si de rien n'était (et comme s'il n'était pas en train de perdre la boule ou de se moquer d'elle) et elle lui demanda quelle vie il menait à Paris, il réfléchit un instant et il répondit, « Celle d'un moine trappiste. » Vu qu'elle ne savait pas précisément ce qu'était un moine trappiste, il entreprit de lui raconter la vie quotidienne des moines trappistes au XIIIe siècle, ou même au XVIIIe siècle, les choses ont un caractère stationnaire dans ces corporations, on n'est pas à deux ou trois siècles près, il raconta les matines, l'heure glacée de la nuit dont rien ne vous protège, le monde qui se réduit et s'agrandit au format d'une cellule, l'eau froide de la toilette, les oraisons, les galeries du monastère qui résonnent de silence, de mystère et du chuintement des sandales des moines, la cellule, le soulagement de la cellule, les laudes, le travail des champs, la prière et le détachement, le silence, le vœu de silence, la nécessité du silence, les signes simples pour exprimer les choses simples, les vêpres, le sacrifice et la discipline, le refus de la servitude aux choses matérielles, le refus d'appartenir à une ville, à une autre communauté que celle des frères, l'objectif d'être soi, le renoncement et l'étude, le rythme du jour et de la nuit, le rythme des saisons, et le désir – non non pas le désir, l'Espoir – que rien jamais ne redevienne comme avant ni ne change, que tout demeure immuable, et cette répétition du même n'a pas le moindre sens mais elle est consolation et espérance et obéissance.

Quand il eut terminé son exposé, ils se turent un moment, jusqu'à ce qu'Atanasia finisse par se secouer et reprendre la parole : « Pourquoi être resté à Paris, monsieur Velevine, pourquoi ne pas vous être installé dans un endroit désert, bien plus propice à votre retraite ?

– Je ne peux plus me passer de Paris. »

Elle fit semblant de méditer la réponse, regardant les deux poivrots accoudés au comptoir qui marmonnaient, utilisaient un lexique dont elle n'avait pas idée et émettaient par intermittence des sons brouillés, des rires ou des sanglots ou des bruits de petits mammifères difficiles à identifier.

« Et vous ? demanda Vladimir Velevine en se penchant vers Atanasia.

– Moi ?

– Pourquoi être venue écouter une conférence sur la peinture murale mexicaine alors qu'il y a tant de choses bien plus excitantes à faire à Paris ?

– Pour vous rencontrer, Vladimir Velevine. »

Un peu roman russe, cette réplique, grimaça Atanasia en elle-même.

Une lueur étincela dans l'œil du professeur, oh mon Dieu, quand les hommes cesseront-ils de se croire plus malins que les jeunes femmes.

Elle ajouta : « Pour parler avec vous de Roberto Diaz Uribe. »

Et encore : « Je vous avais écrit pour vous demander un entretien mais (elle lui sourit, magnanime) vous n'avez pas dû recevoir ma lettre. »

Il acquiesça et il se tourna vers la rue où la pluie avait commencé de tomber, il alluma une cigarette, commanda un nouveau cognac, il avait un regard avec des chevaux sauvages, la steppe et des ancêtres mongols sous le pas desquels l'herbe etc.

Mais je n'étais pas impressionnée, j'avais tout ce qu'il fallait moi aussi en matière d'ancêtres et de chevaux sauvages.

Le lieu hasardeux
où nous sommes nés

Mais que suis-je donc venu faire à Uburuk ? se demandait sans doute Feliziano Bartolome comme s'il avait fait le tour du monde et s'était arrêté dans ce village de pêcheurs par caprice ou par la grâce de Dieu. Alors qu'il était né à Uburuk aux alentours de 1630 et qu'à l'époque où il s'interrogeait sur les raisons qui l'avaient fait prendre racine à Uburuk il n'était encore jamais allé plus loin que Puerto Carasco, le village voisin.

Feliziano Bartolome était, d'après ce que m'a raconté Esperanza, un petit homme ténébreux et sanguin comme tous les hommes de notre famille depuis mille générations, il était d'une intelligence vive et ombrageuse, avait toujours su s'abstenir de la moindre médisance, semblait de ce fait fort sûr de lui-même, bien qu'il ressentît, comme on peut le percevoir dans sa complaisance à se désespérer de n'être qu'un Bartolome d'Uburuk, quelque aigreur à cause du mauvais sort qui l'avait fait naître pauvre et sagace.

Il avait le regard clair des Basques des montagnes, une couleur de feuillage, un côté vert, un côté argent, scintillement de forêt tiède.

Feliziano Bartolome avait si souvent tenu des propos moraux et sentencieux, dont il excluait la parole de

Dieu, qu'il avait fini par être mis à l'écart de la petite communauté d'Uburuk. Il interrogeait, « Pourquoi obéissons-nous à nos gouvernants ? Pourquoi sommes-nous complices de notre état de servitude – face à Dieu ou à nos seigneurs ? Quels sont les obscurs mécanismes de notre obéissance ? » Ses propos ne paraissaient pas naturels parce que, s'il était un homme à principes, il était de petite extraction. Et on n'aime pas dans nos contrées l'éloquence mésalliée. Les espérances de certains jeunes gens semblent parfois trop hautes. Feliziano Bartolome n'avait cependant aucune ambition inconvenante, c'est seulement qu'il ne se plaisait guère en la compagnie des hommes, ou du moins des hommes de son temps et de sa caste, il leur préférait la solitude et les livres. Il s'était éloigné de la mer et tourné vers les forêts et la montagne qui lui convenaient mieux. Son activité de garde forestier le satisfaisait à merveille et lui avait laissé assez de temps libre pour apprendre à lire et à écrire. Il ne vivait pas très loin de chez ses trois sœurs, dans de minuscules communs sur le domaine des Iturralde, contrôlant que personne ne volât ni leur gibier ni leur bois et que leurs arbres restassent en bonne santé, procédant aux saignées, surveillant les feux. Comme en toute chose, il s'adonnait à sa carrière avec le plus grand sérieux et la plus belle rigueur.

Mais, le monde n'étant ni parfait ni bienveillant, Feliziano Bartolome tomba très amoureux de Maria Caterina Izagirre. Or celle-ci appartenait à un autre. Elle partageait, de manière exclusive, la couche de l'évêque de la province, le frère du seigneur d'Iturralde. Et le saint homme pour s'assurer de sa présence si ce n'est de son consentement l'avait en quelque sorte écrouée pour son propre loisir.

Maria Caterina Izagirre était une femme d'une si grande beauté que l'évêque avait renoncé à ses frasques passées pour elle. Il l'avait choisie alors qu'elle n'avait pas quinze ans en la voyant passer dans la carriole de son père, et il avait été saisi par l'intensité de son regard et la sauvagerie qui se dégageait de toute sa personne. Il avait obtenu la belle, m'a-t-on raconté, en la gagnant à l'izkolariak contre le père Izagirre. Il aimait à se donner l'illusion de ne pas être un despote (il aurait pu tout simplement l'obtenir en disant à son émissaire « Je la veux »).

Il adorait l'idée de l'avoir *gagnée* et non de l'avoir *capturée*. L'izkolariak consistait à couper le plus rapidement possible soixante-dix troncs de hêtre, d'un diamètre de dix à vingt-cinq pouces et de les disposer horizontalement sur une hauteur de trois toises. Évidemment l'évêque avait envoyé jouer son champion et le père Izagirre qui ne savait pas refuser un pari avait perdu sa fille.

Cette passion durait depuis trois ans.

Dompter la demoiselle n'avait pas été chose facile et si l'évêque avait pu s'en vanter, il aurait aimé arborer sur sa mitre des armoiries supplémentaires symbolisant son trophée. Il l'avait cadenassée chez son frère dans l'une des dépendances du château des Iturralde, et il venait la visiter dès que son ministère le lui permettait. Il disait lui-même à ses quelques proches qu'il ressentait une fièvre d'adolescent quand il faisait le chemin depuis Pampelune pour aller la voir. Il descendait de son carrosse en soirée, le cœur en lambeaux, ayant fait prévenir de son arrivée afin qu'elle se préparât pour lui plaire. Maria Caterina Izagirre, sa première répulsion étouffée, avait joué le jeu de s'apprêter comme il le désirait pour que jamais il ne vînt sans la prévenir. Elle était prisonnière du vieil homme licencieux et elle attendait son moment. Elle trouverait un moyen de sortir de cette situation. Elle le savait. Elle était si jeune qu'elle espérait même qu'on l'y aiderait.

À certaines heures du matin et du soir elle avait le droit de se promener dans le parc accompagnée d'une suivante, dont elle aimait déjouer la surveillance. L'évêque avait accepté cette dérogation parce qu'il avait craint un temps pour la santé de sa belle, il l'avait vue qui commençait à s'étioler, sa pâleur, son manque de souffle et la progressive mollesse de sa chair l'avaient alerté. Après en avoir délibéré avec le médecin du roi, à qui il n'avait bien sûr pas confié qu'il s'inquiétait pour la santé de sa jeune maîtresse, il avait décidé de lui permettre une sortie à l'aube et une autre au crépuscule.

C'est la raison pour laquelle Feliziano Bartolome l'avait croisée. Elle était assise au bord du ruisseau qui coulait sous les pins et les chênes du vallon, elle avait relevé sa robe pour mettre ses pieds dans l'eau froide, pour se rappeler peut-être par cette sensation qu'elle était bien encore vivante, comme j'aime à l'extrapoler. Feliziano marchait avec son chien sur le chemin qui mène au château et il avait d'abord entendu la voix de Maria Caterina qui chantait si joliment, il s'était approché et avait aperçu la peau blanche et douce de son cou, une peau qui voyait si peu la lumière, il avait aperçu ses bras ronds et sa chevelure noire, et son cœur qui avait pourtant renoncé au monde s'était fait aussi pesant qu'une pierre.

Feliziano Bartolome tenta d'éviter de sortir aux heures où il la savait près du ruisseau mais la force de son désir fut plus impérative que son renoncement. Il y avait chez lui aussi, j'en suis sûre, une forme de curiosité. Il avait envie de savoir ce qui allait advenir. Il n'avait aucune crainte. Il voulait simplement s'approcher d'elle.

Feliziano sut apprivoiser Maria Caterina grâce à sa réserve et à sa délicatesse. Il sut venir jusqu'à elle. Ils s'assirent d'abord chacun d'un côté du ruisseau, à quelques dizaines de mètres l'un de l'autre, ne se regardant jamais, mais percevant dans un coin de l'œil la présence de l'autre, bougeant le moins possible comme pour ne pas effrayer un chevreuil. Feliziano taillait des appeaux, le chien courait de l'un à l'autre en les éclaboussant, et les eût-on surpris ainsi, on aurait cru voir quelque vieux couple goûtant au plaisir d'être ensemble, à distance harmonieuse. Ce fut elle qui traversa le ruisseau pour aller à lui, c'était cela qu'il attendait, il désirait ne pas la forcer, il souhaitait que ce fût elle qui décidât puisqu'elle n'avait jamais rien décidé jusqu'alors, passant de l'autorité d'un père à celle d'un amant libertin, il souhaitait qu'elle décidât même si ce qu'elle décidait pouvait l'entraîner vers des contrées tragiques.

Ce fut ainsi qu'il lui apprit ce qu'il savait des choses. Les connaissances de Feliziano Bartolome, on l'aura compris, ne se bornaient pas au chant des oiseaux et à l'essence des arbres. Il avait beaucoup réfléchi dans sa solitude sylvestre, on aurait pu le qualifier de progressiste à défaut d'autre mot, il disait qu'il préférait garder ses idées pour lui parce qu'il savait que les hommes n'étaient pas prêts à les entendre. Les hommes étaient encore des ânes. Il disait que non seulement les hommes acceptaient le joug mais qu'en plus ils appréciaient le joug. Feliziano Bartolome était un homme qui supportait mal l'indignité des hommes, il s'interrogeait sur la légitimité de toute autorité et essayait de comprendre, dans l'isolement de sa maisonnette, la raison de la soumission des uns à la domination des autres. Il pensait que le pouvoir d'un seul était une chose injuste et malheureuse.

J'aime à imaginer que Feliziano et Maria Caterina finirent par être assez intimes pour qu'il puisse dire à sa belle, « C'est toi qui donnes le pouvoir à ton maître. » Et que, si elle semblait le questionner de ses grands yeux attentifs, il précisait, « C'est toi qui rends puissant le puissant en acceptant son pouvoir. »

Feliziano s'interrogeait, on l'a dit, sur le désir des hommes d'avoir un maître et des racines. Il devait parler à Maria Caterina des Anciens, des batailles des Perses contre les Grecs, il devait lui parler d'Ulysse qui était un homme plein de nostalgie, qui n'avait eu de cesse de revenir dans sa patrie, et cette idée semblait une aberration à Feliziano, qu'était une patrie sinon le lieu hasardeux et conjoncturel où vous étiez né, Feliziano devait parler à Maria Caterina d'Énée parce qu'il préférait Énée à Ulysse, Énée l'homme qui était parti pour toujours, l'homme qui désirait déplacer Troie, et que Feliziano concevait comme un homme ne voulant pas de ses racines, un homme qui réfutait son origine. Il devait parler à Maria Caterina de La Boétie, dont il s'était procuré les écrits qu'il avait déchiffrés avec détermination, il devait lui parler de la soif de domination et du désir de servitude, « Cette énigme » répétait-il, et il lui disait qu'il espérait qu'un jour les hommes ne se soumettraient plus à la volonté d'un seul et qu'ils le feraient en leur âme et conscience et non pas encore une fois dans l'illusion d'un prochain maître, il disait qu'un jour les hommes cesseraient tout bonnement de servir, il n'y aurait plus ni batailles ni horreurs, il n'y aurait plus que des hommes libres et égaux.

Et elle lui demandait : « Mais ne sommes-nous pas tous entre les mains de Dieu ? »

Et il répondait : « Ne te résigne pas. »

Et elle lui demandait : « Se soumettre à la volonté de Dieu est-ce une servitude ? »

Et il répondait : « N'abdique pas. »

Et elle disait : « Le seul moyen d'accepter les paillardises du vieillard, c'est de disparaître en moi-même. »

Et il la laissait pleurer sur son épaule.

Souvent ils passaient la nuit ensemble. Il venait la rejoindre dans sa chambre. Avec l'arrogance ou l'imprévoyance des jeunes amants, Feliziano et Maria Caterina imaginaient que les domestiques n'y voyaient que du feu. Ils ne se pensaient ni insensés ni félons, ils ne connaissaient rien de plus beau que leur amour.

Elle disait, ma très chère Maria Caterina, qu'elle n'allait pas pouvoir supporter encore longtemps les violences de monseigneur Iturralde, qu'elle ne voulait plus coucher qu'avec son Feliziano, qu'il fallait qu'il la sauvât, et il lui répondait : « Je ne peux pas te sauver. C'est toi qui dois te sauver. »

Comment échapper
au discours de nos mères

Velevine et Atanasia sortirent du café et ils marchèrent un moment. Un si long moment qu'ils finirent par traverser Paris. Il simulait d'être un guide touristique. L'impression de bizarrerie était accrue par son accent de réfugié soviétique. Atanasia ne comprenait d'ailleurs pas tout ce qu'il disait. Au début elle joua le jeu, elle trottina à côté de lui, docilement admirative, et amusée aussi sans doute, assez désœuvrée pour ne pas avoir d'autre projet ce soir-là que de se laisser traîner dans la capitale pour une visite guidée, elle faisait la fille qui se passionnait, qui l'eût cru, pour la diversité architecturale de Paris même si elle trouvait la ville plutôt crasseuse et malodorante et hostile. De toute évidence Velevine inventait une partie des anecdotes qu'il racontait.

« C'est ici que Marat fut assassiné dans son bain par la courageuse Charlotte Corday. On dit qu'elle lui a planté un couteau dans le cœur. Mais c'est faux. Elle lui a brisé le crâne avec un buste en marbre de Louis XVI. »

Ils ne déambulaient même pas rue de l'École-de-Médecine mais rue du Faubourg-Saint-Denis.

« Ici une femme du nom de Mélusine Beauséjour passa par la fenêtre de chez elle en pleine crise de somnambulisme. On voit encore que le trottoir a été déformé par sa chute. »

Le bitume était défoncé mais rien de probant ne pouvait en être conclu.

« C'est ici que Hemingway a fait sa première tentative de suicide. Il venait de se disputer avec Fitzgerald. Il était très jaloux du succès de celui-ci. Et il en pinçait, c'est évident, pour la folle Zelda. »

Il me désignait un bâtiment des années 1970.

Velevine semblait aimer plonger une flopée d'événements dans sa lessiveuse à morts violentes. Cela m'a donné quelque inquiétude concernant ce qu'il savait ou croyait savoir de Diaz Uribe. Il marchait avec la majestueuse pesanteur d'un Canadair. Et, soudain, tout en continuant de soliloquer, il s'est baissé pour ramasser un escargot au milieu du trottoir et l'a balancé d'un geste ample au-dessus de la grille du square que nous longions, sans commenter ni justifier ce geste il a continué de soliloquer, et c'est ce geste qui m'a touchée, se baisser et lancer et sauver minusculement, c'est ce geste qui a fait que je l'ai rappelé plusieurs jours après alors que la suite de la soirée aurait dû m'en empêcher.

« Viens je vais te montrer quelque chose », m'avait-il dit ce premier soir.

Il s'était mis à me tutoyer en arrivant dans le 10e arrondissement.

Mon visage avait adopté une expression qui disait « Quoi encore ? ». Ma connaissance de la géographie parisienne était très approximative mais je me rendais vaguement compte qu'on se dirigeait plus ou moins vers le 18e. Là où il habitait. Et qu'on s'éloignait inexorablement de ma chambre avec ses fourmis et ses tomettes de guingois. D'autre part je commençais à avoir froid dans ma robe volubilis. Et mon collant était filé. Et puis j'avais faim.

Nous avons débouché sur le canal Saint-Martin.

« Voilà. »

J'ai regardé pour comprendre de quoi il s'agissait mais je crois bien que la surprise en question était le canal. C'était sinistre. Des lampadaires souffreteux éclairaient les deux côtés de la voie d'eau. Ce genre de lieu et tout ce qui va avec – écluses, ponts tournants, péniches, mariniers, etc. – m'évoquent un état de dépression sans fin. J'imagine un inspecteur dans la brume du petit matin, les mains dans les poches de son imper, en train de surveiller le repêchage du cadavre d'un vagabond coincé dans une écluse. Je ne peux pas croire qu'il fasse parfois soleil sur des endroits pareils.

« Je vais rentrer, monsieur Velevine, je suis fatiguée.

– Non non viens voir. »

Je l'ai suivi vers la passerelle la plus proche en traînant les pieds.

« Regarde. »

Depuis la passerelle, on apercevait, grâce à un surprenant jeu de lumière, un amoncellement de grilles et de cages posées au fond de l'eau. Je ne pouvais que supputer la profondeur du canal.

« Ce sont les cages du Jardin d'acclimatation », a-t-il déclaré, triomphant.

Sa remarque est tombée à plat. Je ne savais pas ce qu'était le Jardin d'acclimatation.

Velevine a alors entrepris, pendant que je gelais bras croisés en sautillant sur place, de m'expliquer que dès le XIXe siècle l'État français avait fait venir dans la métropole des espèces exotiques par cargos entiers afin de les acclimater dans un but tout autant agricole que commercial ou de divertissement. « Désirant contribuer à l'éducation des familles, Paris voulut présenter des animaux que les Parisiens n'auraient jamais pu rencontrer au détour d'une rue de la capitale », a discrètement ironisé le professeur Velevine. Pour ce faire, on avait aménagé un jardin d'agrément et d'exposition d'animaux de tous les pays. On y trouvait des ours des girafes des kangourous des lions des chameaux des antilopes des gnous des babouins des éléphants des rhinocéros (on ne pouvait plus l'arrêter).

« Des centaines de milliers d'animaux, a-t-il conclu en reprenant son souffle. Et ce qu'on voit sous l'eau du canal ce sont les cages de transport dont on s'est débarrassé à moindre coût quand cette activité édifiante s'est arrêtée.

– Mais que sont devenus les animaux ?

– Lesquels ?

– Ceux dont vous parliez. Les girafes les éléphants les gnous…

– Ils les ont noyés ici même », a-t-il inventé dans la seconde.

La ville était très silencieuse tout à coup. Son ronronnement s'était étouffé, je n'entendais plus que le bruit de la circulation au loin, un bruit mouillé, paresseux, celui que produisent des pneus sur du macadam après la pluie, comme un pansement qu'on décolle. Et puis le clapotis de l'eau sous mes pieds. Un chantonnement qui aurait pu être apaisant si mon histoire familiale n'avait pas été mon histoire familiale. Je ressentais la froidure verte du canal qui remontait le long de mes mollets après avoir enserré mes chevilles dans une pression anesthésiante mais très légèrement menaçante. « Fais-moi confiance », me disait le canal.

« Quand ils vident et nettoient le canal, et qu'ils en retirent tout ce que les gens y ont jeté, ils laissent systématiquement en place les cages du Jardin d'acclimatation. Parce que ce sont les tombes des animaux, a précisé le menteur Velevine avec enthousiasme, ce sont leurs sépultures. Et puis, ce qui en dit long sur les mœurs de nos contemporains, on repêche toujours un nombre impressionnant d'armes blanches et de pistolets qui ont évidemment fait leur office avant d'être envoyés par le fond. »

J'allais bientôt ne plus pouvoir bouger, mes mocassins devenaient une extension des poutrelles glacées de la passerelle.

« On prend un taxi pour aller chez moi ? m'a-t-il dit.

– Non.

– Pourquoi non ?

– Il faut que je rentre.

– Il fait trop froid », m'a-t-il raisonnée.

Qui avait dit que je voulais rentrer à pied ?

« On va aller se réchauffer un peu chez moi », a-t-il insisté.

Il s'est approché et a passé un bras autour de mes épaules.

« Non non non et non », ai-je gueulé.

Ma politesse avait ses limites.

« Qu'est-ce que ça te coûte ? » l'ai-je entendu dire. Mais je ne suis pas sûre qu'il ait vraiment dit ça.

Le caméraman malgré le manque de lumière filmait la scène : *En bien mauvaise posture.*

Alors j'ai enjambé le parapet et j'ai fait mine de sauter dans le canal. Velevine m'a rattrapée au vol. Ou du moins il a essayé, en fait il a agrippé la manche de ma veste tandis que je perdais l'équilibre et basculais. Je suis, malgré sa tentative, tombée dans l'eau qui ne devait faire à cet endroit qu'un mètre vingt de profondeur.

« Je voulais seulement te réchauffer », a-t-il crié depuis la passerelle.

Quelle abominable soirée.

Je me suis remise debout, m'efforçant de recouvrer un peu de dignité, et je me suis rapprochée de la berge comme si tout ce qui se passait là était parfaitement normal. J'ai trébuché sur le bric-à-brac qui jonchait le fond du canal – poignards, vipères, ossements de girafe, sables mouvants. Il y avait un léger courant, mortifère mais existant, qui tentait de m'entraîner vers une écluse pour me broyer – ainsi ce serait moi dont l'inspecteur en imper mastic surveillerait le repêchage en tirant pensivement sur sa pipe. J'ai entendu une chouette au-dessus de ma tête. Elle a hululé dans les platanes. J'ai aperçu une fouine qui courait sur la rive dans la lueur des réverbères. Velevine est descendu tranquillement de la passerelle pour m'aider à remonter sur le quai. Il répétait, « Tu es une idiote. » Et je trouvais ça un peu fort de me faire rabrouer par ce type. Alors j'ai refusé son aide. J'ai pensé, Dois-je nager ? Mais il était probable que je n'aurais produit qu'un petit saut ridicule. J'ai donc continué d'avancer en glissant pour me rapprocher de la berge. J'étais lourde, trempée, exténuée, glacée.

« Foutez-moi la paix », ai-je beuglé.

Il me tendait la main.

« Foutez-moi la paix, foutez-moi la paix, foutez-moi la paix. »

Alors, quand il se fut assuré que je n'avais plus à fournir qu'un petit effort pour sortir de l'eau, il a posé ma veste sur un banc et il est parti. Je l'ai vu traverser la rue et s'éloigner sans se retourner. J'étais ahurie qu'il m'abandonne dans une situation pareille. J'ai recommencé à crier, « Foutez-moi la paix » et puis j'ai fini par grimper sur la berge. L'équipe technique filmait *Paris Ville lumière*. Je les ai chassés. L'un de mes mocassins était resté dans la vase et ma robe, que j'avais imaginé être un atout majeur, était revenue à un état d'avant la confection. Je me suis traînée jusqu'au banc et je me suis assise à côté de ma veste. Pendant un moment, il me semble bien, j'ai sangloté de rage, là, dans la lumière jaunâtre, entourée de tous les animaux sauvages qui vivaient dans les profondeurs du canal.

De la mauvaise évaluation
du puissant

En ce matin de juin 1654, le cœur de Feliziano Bartolome était joyeux et anxieux comme à l'orée d'un grand événement. Avant la fin de cette journée il serait obligé de fuir son village mais il l'ignorait encore. Il rentrait chez lui dans cette lumière si fidèle et satisfaisante de l'été qui poignait, après avoir passé la nuit avec Maria Caterina Izagirre. Il marchait accompagné de son chien Zakur dans la hêtraie qui séparait sa cabane de la demeure de sa bien-aimée. C'était un moment délicieux. Une excitation enfantine et une absence totale d'intuition le faisaient se sentir palpitant. La tête lui tournait un peu. On aurait même pu croire qu'il esquissait de légers pas de danse.

Maria Caterina lui avait annoncé qu'elle attendait un enfant et il savait, il était impossible de ne pas le savoir, que cet enfant était le leur. Les préférences de monseigneur Iturralde étant ce qu'elles étaient, celui-ci ne pouvait être le géniteur de personne. Je ne pense pas que Feliziano Bartolome ait pu imaginer que monseigneur Iturralde ignorait que ses propres plaisirs infernaux le mettaient à l'abri de la paternité. Il ne pouvait pas le considérer comme un si parfait idiot. Feliziano savait que l'une des grandes erreurs des faibles – et des plus douloureuses – est de croire que le puissant est un crétin. Certes, il ne faut pas lui prêter plus d'intelligence qu'il n'en a. Mais il est tout aussi dangereux d'oublier que le puissant possède toujours une forme – même dénuée de la moindre sophistication – de malice et de ruse.

Donc Feliziano Bartolome savait qu'il allait être temps de prendre une décision. Qu'il lui faudrait aider Maria Caterina Izagirre, quitter Uburuk sans doute, trouver un moyen de la faire vivre et de faire vivre leur enfant.

Cependant, en ce même jour de juin, monseigneur Iturralde, ayant appris la veille au soir par l'une des suivantes qu'il rémunérait pour espionner Maria Caterina que celle-ci non seulement le trompait avec le garde forestier mais qu'en plus elle portait un enfant, entrât dans une si grande fureur qu'il fit atteler son carrosse à la première heure du jour, après être allé voir son confesseur.

Depuis le vallon où il marchait avec son chien, Feliziano Bartolome aperçut le carrosse de monseigneur Iturralde qui, dans un jaillissement de pierraille et de poussière, roulait à toute allure vers la demeure où il gardait Maria Caterina Izagirre à couvert. Feliziano fit demi-tour, son chien sur les talons, et gravit la colline pour retourner le plus vite possible auprès de sa belle, pressentant un drame, ne sachant pas bien sûr quelle forme ce drame allait prendre mais imaginant déjà la douce Maria Caterina Izagirre éventrée, et le sang, du sang partout sur le sol et les murs, celui de Maria Caterina et celui de leur enfant à venir. Il courut si vite qu'il arriva à la maison de Maria Caterina au moment où Son Excellence y pénétrait, encombré pas ses riches habits et son imposante stature, marchant pesamment et commençant dès le seuil à hurler le nom de Maria Caterina. Son valet sourd et muet était assis sur le marchepied du carrosse comme à son habitude. Il vit passer Feliziano, qui entrait à la suite de Son Excellence dans la maison de Maria Caterina, mais il ne bougea pas d'un pouce.

On ne sait pas exactement ce qui advint à l'intérieur, pourtant il paraît clair que Son Excellence avait l'intention de faire payer à Maria Caterina sa trahison, je le vois bien la traînant par le bras, déterminé à faire passer l'envie à tout homme de la prendre pour maîtresse, une potion dans la manche de son pourpoint, une potion confiée par l'alchimiste du roi, quelque chose s'apparentant à l'esprit de soufre, qui défigure les femmes infidèles, je le vois, la traînant, et elle comprenant et criant ou ne criant pas, je ne parviens pas à l'entendre crier, dans un état de sidération qui l'empêchait de crier, ce qui faisait croire à Son Excellence qu'elle était presque consentante et attendait son châtiment, escomptait son châtiment, il lui donnait mille noms infernaux, il répétait, « Infâme pécheresse, traînée, goulue » et Feliziano Bartolome est apparu sur ces entrefaites et il a sorti le poignard qu'il portait toujours à la cuisse et il a repoussé l'évêque, il l'a forcé à se retourner, ne voulant en aucune façon le frapper dans le dos et il lui a planté le couteau dans le cœur, son cœur tiède et morose et noir sous son velours bleu nuit. Et je vois Maria Caterina Izagirre écarquiller les yeux, j'entends les suivantes galoper dans les escaliers, et je vois Feliziano Bartolome qui laisse tomber son arme, main ouverte, pris d'effroi et d'accablement, Maria Caterina Izagirre lui enjoignant « Ne te rends pas, cours cours, malheureux », et poussant son amant dehors, le valet somnolent ouvrant un œil, et les suivantes diraient qu'elles avaient vu la scène ou bien ne diraient rien, l'une dirait avoir reconnu Feliziano et l'autre non, et Feliziano commencerait en ce jour de juin sa première errance, celle qui durerait sept ans jusqu'à son retour en 1661, un an après la Grande Peste.

Intermittences

Quelques jours après sa rencontre avec Vladimir Velevine, et plus précisément quelques jours après avoir fini dans le canal, Atanasia Bartolome descendit de la chambre de bonne qu'elle louait et croisa dans l'escalier sa logeuse, une vieille romancière alcoolique et bougonne. Celle-ci ne la vit pas, la bouscula, ne s'excusa pas et continua sa pénible ascension. Atanasia Bartolome mit cela sur le compte de son humeur grincheuse coutumière et ne s'en formalisa pas.

La chambre d'Atanasia, au dernier étage de l'immeuble qui clôturait le fond de l'impasse du Mont-Tonnerre, bénéficiait d'une vue imprenable sur la tour Montparnasse et sur la cour suintante tout en bas – la logeuse disait « le jardin » parce qu'il y régnait une odeur d'humus et de moisissure qui sous-entendait que du terreau et des lombrics avaient dû un jour y avoir une place, le soleil n'y pénétrait jamais, un long bouleau triste paraissait soutenir l'un des murs de la cour, son écorce blanchâtre s'en allait en copeaux, et derrière on voyait la silhouette lumineuse et anachronique de la tour Montparnasse, sa modernité extravagante pour une courette aussi chiche, la tour si proche qu'elle semblait surplomber le bouleau, et d'une certaine façon le menacer ou le surveiller –, à droite de la fenêtre il y avait un petit évier fêlé (les toilettes et la douche étaient sur le palier), des livres étaient empilés sur des étagères, un portant avec quelques vêtements, une radio, un matelas et des fourmis qui vivaient leur vie de fourmi constituaient le reste.

Les fourmis étaient mes gardiennes. Esperanza disait, « Les fourmis ça empêche tout », elle voulait dire que ça éloignait les cafards, les mille-pattes, les lépismes argentés qui vivent dans les salles de bains la nuit et mangent les livres si les portes ne sont pas fermées.

J'ai peur des araignées et des cafards. J'ai peur du bruit que produit la carapace du cafard quand je l'écrase – et de ses entrailles jaunâtres et gélatineuses. Esperanza disait qu'il n'existe que trois moyens de les éradiquer – et les cafards d'Uburuk n'avaient rien à voir avec leurs congénères parisiens, petits et roux, qui s'égaillent quand vous allumez la lumière. Les cafards d'Uburuk sont des blindés, des durs à cuire, ils mesurent huit centimètres et se prélassent au soleil la journée, et au frais la nuit sur le carrelage de la cuisine (ne *jamais* aller chercher un verre d'eau pieds nus en pleine nuit sans allumer la lumière). Esperanza disait aussi que les cafards ne supportent pas d'avoir un prédateur dans la place, un prédateur qui les mange, alors il allait falloir nous résoudre à les faire griller et à les déguster de manière ostentatoire et cela les effraierait définitivement. La deuxième solution, celle qu'elle avait jusque-là adoptée, était de les emprisonner dans des verres retournés et d'attendre qu'ils s'asphyxient, ça prenait en général une journée, elle disait qu'ainsi ils ne pouvaient pas envoyer de message de détresse à leurs congénères – les ondes cafardiennes ne traversant pas le verre, selon les dires de ma savante aïeule.

Quand j'étais enfant j'étais persuadée que si j'en tuais un (mais ça marchait pour les araignées aussi), toute une armada viendrait venger l'éclaireur et me régler mon compte. La troisième méthode était de laisser prospérer les fourmis.

Cela faisait maintenant un mois que j'étais à Paris.

L'équipe technique filmait *Un automne solitaire*. (Ils avaient, je crois, décidé d'être aimables, ils s'abstenaient de faire du mauvais esprit.)

Atanasia avait besoin de réfléchir à sa désastreuse rencontre avec Vladimir Velevine, et à ce qu'elle escomptait faire dorénavant. Mais elle n'arrivait pas à se remémorer cette soirée sans ressentir une honte cuisante – cuisante, c'était le terme juste, le rouge lui montait aux joues à chaque fois qu'elle voulait évoquer la chose, elle avait tout à coup très chaud, et même quelques palpitations, alors elle chassait ce souvenir en agitant la main (elle agitait réellement la main devant ses yeux), il semblerait que ce qu'elle voulait éviter c'était de se poser des questions qui auraient pu être : est-il possible que j'aie imaginé que ce type me faisait des avances ? Et pourquoi me suis-je foutue à l'eau ? Est-ce par simple répugnance ? Ce type a-t-il bien fait de me laisser me dépatouiller ? Suis-je une cinglée ? Ou plus certainement une pauvre fille dont la monomanie crame les neurones ? Atanasia était bien consciente que considérer Velevine comme un salopard n'eût été rien d'autre qu'une facilité.

Le jour où elle décida de mettre à plat son incertain avenir à Paris, elle sortit faire quelques courses chez l'épicier du coin. Atanasia Bartolome ne réfléchissait jamais aussi bien que lorsqu'elle cuisinait. Elle choisit de quoi préparer des pâtes au piment, et prit aussi du riz, du lait, de la sauce de soja, des biscuits diététiques, du poisson séché, elle pirouetta entre les rayons, l'endroit n'était pas très grand, mais parfaitement organisé, on s'y sentait bien. Le patron, Zahid, était un homme agréable et arrangeant (si Atanasia payait rubis sur l'ongle et n'avait pas expérimenté personnellement la générosité de Zahid, elle avait vu celui-ci se comporter charitablement à plusieurs reprises). Au bout de dix minutes alors qu'ils étaient seuls dans la boutique, Atanasia s'approcha du comptoir pour y déposer ses emplettes et Zahid sursauta.

« Oh ma sœur, je ne t'avais pas vue », s'exclamat-il.

C'était une remarque anodine – mais tout de même comment était-il possible que Zahid ne l'ait point aperçue furetant dans les rayons depuis déjà un bon moment alors que le magasin disposait de plusieurs miroirs astucieusement positionnés et d'une caméra de surveillance. Zahid en couvait le moniteur noir et blanc du regard une bonne partie du temps, perché sur son tabouret, sa position favorite.

J'ai répondu, « Vous roupillez Zahid, ce n'est pas bon pour les affaires. »

(J'adorais lui parler avec familiarité, cela me donnait l'impression d'être intégrée et de minimiser le risque de finir comme Vladimir Velevine, ne jamais discuter avec personne, vouloir imposer ma nostalgie à tout un chacun et désirer coucher avec le premier venu.)

J'ai payé et demandé à Zahid ce qu'il traficotait. Il était assis sur son tabouret et cousait des bandes de velcro sur des baskets taille 24.

« C'est pour Hammad.

– Vous savez coudre ?

– Dans son école maternelle les gamins doivent remettre leurs chaussures tout seul après la sieste.

Comment veux-tu qu'à deux ans et demi on sache lacer ses chaussures. »

J'ai acquiescé, n'ayant aucune opinion sur la question.

« On dirait des camps de GI leurs écoles maternelles. Tout le monde pisse en même temps, tout le monde doit réenfiler son short en moins d'une demi-seconde, chacun doit présenter ce qu'il a apporté dans sa boîte de déjeuner, et s'il y a des chips ou des sucreries, le gamin doit enfiler un bandeau sur son front où il y a écrit "Faisons la guerre aux calories". Je déteste ce qu'on leur fait faire, à nos mômes. »

Zahid venait du Pakistan via Londres, il avait fini par atterrir à Paris après qu'un vague cousin lui eut promis l'obtention d'une licence de chauffeur de taxi, qu'il n'avait d'ailleurs jamais obtenue. Ma logeuse m'avait dit qu'il avait été obligé de quitter sa femme et leurs deux filles restées au pays, qu'il avait tenté de les faire venir et qu'on avait fini par lui dire qu'elles avaient péri dans l'incendie de leur maison. Il s'était remarié avec une Indienne d'une quarantaine d'années qui avait des seins et des cuisses spectaculaires et ils avaient eu un petit garçon que Zahid aimait déraisonnablement. Sa femme avait voulu que le petit aille dans une école privée ruineuse. Hammad était, de tout l'établissement, le seul garçon à peau grise – c'est lui qui se décrivait ainsi.

M'est alors revenu en mémoire une phrase de Velevine, une phrase qu'il avait prononcée sur un ton mystérieux après ses trois premiers cognacs, et je savais qu'il l'avait prononcée ainsi pour éveiller ma curiosité mais à ce stade de la conversation j'en étais déjà arrivée à la conclusion que Velevine était un pauvre type dépressif et qu'il n'avait rien à m'apprendre de nouveau sur Diaz Uribe. J'avais donc arqué les sourcils au moment où il avait dit avec ses airs de conspirateur, « Tous les gens qui s'intéressent à Roberto Diaz Uribe commencent à disparaître », j'avais arqué les sourcils à cette confidence parce que je voulais qu'il comprenne que je le trouvais ridicule, parce que j'avais dix-huit ans, que ce paranoïaque qui venait du froid me lassait, que je devais déjà faire avec ma déception de ne plus vouloir être son ombre ou l'ombre de sa main, ce type ne présentait aucun intérêt, il se croyait surveillé par le KGB et moi je me demandais comment mettre à profit les quelques mois que ma mère m'avait octroyés avec l'argent de l'assurance de mon père, comment contourner le triste Velevine et continuer mon enquête – impossible de l'appeler autrement – concernant Roberto Diaz Uribe.

Et c'est en quittant Zahid et en remontant avec mes achats que je me suis rendu compte que Velevine n'avait pas dit, « Tous les gens qui s'intéressent à Roberto Diaz Uribe finissent par disparaître » mais « Tous les gens qui s'intéressent à Roberto Diaz Uribe commencent à disparaître », et cette nuance, peut-être due au fait que nous nous parlions dans une langue intermédiaire, m'est apparue soudainement d'une importance fondamentale.

Le caméraman a filmé la scène intitulée : *Et la lumière fut*.

Je suis donc montée chez moi déposer mes courses, j'ai fouillé un peu partout pour remettre la main sur la carte de Vladimir Velevine, je l'ai retrouvée dans la poubelle, allez savoir pourquoi, et je suis redescendue pour demander à Zahid de me permettre d'appeler avec son téléphone. Il a haussé les épaules, « Si ce n'est pas en Espagne. » J'ai secoué la tête en le remerciant et en déposant une pièce sur son comptoir.

« Allô ? a fait une voix pâteuse ou endormie ou mal embouchée.

– C'est Atanasia Bartolome.

– Atanasia Bartolome ?

– La fille avec qui vous avez bu des cognacs l'autre soir (j'ai éliminé le reste de la soirée, espérant qu'il n'en avait gardé aucun souvenir – à cause des cognacs).

– Ah oui la fille qui s'intéresse à Roberto Diaz Uribe.

– C'est ça.

– La fille avec la robe vulgaire et les bas filés, la fille qui croit qu'un geste bienveillant d'un pauvre poète russe esseulé est une menace, la fille qui voit des mauvaises intentions partout, la fille qui pense que le monde lui doit quelque chose… »

Il avait bu, ça ne faisait pas un pli. Quand mon père avait bu il s'asseyait à la table de la cuisine et nous prenait à témoin du fiasco de sa vie, ma mère mettait les poings sur les hanches et disait, « Je te remercie, c'est moi ton fiasco ? », alors il lui attrapait la cuisse et il rétorquait, « Toi tu es ma beauté » et je détestais ce geste qui me semblait un geste de possession et de domination, particulièrement inconvenant chez un homme aussi réservé, et mon père ajoutait, « Je n'en reviens pas qu'une femme comme toi ait épousé un pauvre type comme moi. » Et il était évident qu'il prenait un immense plaisir à se dénigrer, ma mère lui caressait les cheveux et répondait, « Ne dis pas de bêtise, Eusebio, tu es un chic type » et il insistait, « C'est bien ce que je dis, je suis un pauvre type » et elle protestait, « Non, tu es travailleur et généreux, tu es fidèle et attentionné. Je ne pouvais pas rêver meilleur mari. » Et leur parade pouvait durer encore un bon moment, et Atanasia au comble du dégoût se carapatait dans sa chambrette pour parler de son écœurement avec ses vrais parents, ceux qui habitaient sous le lit.

Pour en revenir à Vladimir Velevine il était donc évident qu'il avait l'alcool complaisant et un brin agressif.

« Bon et qu'est-ce qui me vaut le plaisir ? a-t-il demandé.

– Pourrions-nous nous retrouver ce soir ? Il faut que je vous parle. »

Il a répondu quelque chose en russe, mon Dieu, il était déjà ivre mort.

Je lui ai donné rendez-vous près de Montmartre puisqu'il habitait là-bas, il a dit, « Allons au Rêve » et j'ai eu l'impression qu'il se rendormait.

Quand j'ai raccroché j'ai cherché dans le bottin Le Rêve et je m'y suis rendue le soir même.

La Mort Noire

Feliziano Bartolome trouva asile au monastère cistercien de Veramundo, en haut de la montagne Monterhuna. Cela peut paraître d'une indécente ironie de se réfugier dans une retraite chrétienne après avoir tué un évêque. Mais Feliziano Bartolome ne confondait pas les catholiques avec certains représentants de leur ordre. Et comme le lui confia frère Pablo quand il comprit au bout de quelques années d'où venait Feliziano, « Tout cela peut aussi prouver la haute idée que tu te fais de Dieu. Dénoncer les compromissions de l'Église, crier au scandale, c'est accepter qu'il en va de l'honneur de Dieu et que c'est une imposture de le mêler à des manèges douteux. En combattant l'infâme on peut imaginer que tu défendais, sans t'en douter, la réputation de Dieu. »

Il me semble clair que ce n'est pas seulement la difficulté d'accès au monastère qui convainquit Feliziano Bartolome de s'y replier mais également sa renommée de refuge d'esprits avancés – on disait même que les moines de Veramundo s'adonnaient à l'astronomie.

Les moines l'accueillirent, ne lui demandèrent pas de décliner son identité mais uniquement, en échange du gîte et du couvert, de participer à la reconstruction de la façade de l'église qui datait de l'époque wisigothique. En effet le monastère ne comptait plus qu'une poignée de moines cacochymes qui peinaient à s'atteler à ce type d'ouvrage et qui ne s'y intéressaient pas vraiment non plus. Comme il était en altitude, le monastère n'était sur aucune route de communication et les pèlerins de Compostelle n'y séjournaient jamais. Du coup l'édifice tombait en ruine et personne ne s'en souciait.

Feliziano Bartolome y resta sept ans, il aida les moines à remettre en état le cloître et l'église, il s'occupa de la roseraie et du jardin médicinal et il participa à l'élevage des brebis, il fabriqua du fromage et de l'eau-de-vie, il étudia l'astronomie et les herbes d'apothicaire, il apprit cinq langues et il pria sept fois par jour. Son nom au monastère de Veramundo était Juan.

Les voyageurs étaient donc rares, comme on l'a dit, mais à chaque fois que l'un d'eux passait par le monastère, Feliziano Bartolome demandait des nouvelles du monde, particulièrement des villages du littoral et spécialement d'Uburuk. On lui rapporta les suites de l'assassinat de l'évêque puis on ne lui rapporta plus rien.

Quand la Grande Peste fit ses ravages dans la vallée et que les pèlerins égarés se mirent à colporter de terribles nouvelles sur l'épidémie, Feliziano Bartolome décida de quitter le monastère afin de savoir ce qu'étaient devenues ses sœurs et Maria Caterina Izagirre et aussi dans le but d'apporter son aide. Les moines de Veramundo étaient si vieux et si isolés qu'ils ne pouvaient eux-mêmes descendre soigner les pestiférés, condition qui assura leur survie – tous les autres monastères de la région fermèrent dans les cinq années

149

qui suivirent le début de l'épidémie. Ils confièrent à Feliziano une mule et des vivres, ils lui répétèrent qu'il se sentirait démuni face à la Grande Peste, mais il devrait toujours se souvenir qu'il s'agissait de la volonté de Dieu, que si Dieu nous avait envoyé les maladies, c'était pour mortifier notre corps et le rendre obéissant à l'esprit afin de nous détacher de l'amour des créatures. Frère Pablo, avec lequel Feliziano s'entendait si bien, pressentant la colère et l'impuissance de son ami quand il assisterait à la désolation causée par l'épidémie, lui rappela que si Dieu permettait qu'il nous arrivât de grands maux, c'était par souci d'expédience pour sa gloire et pour le bien de notre âme.

« Dieu purifie ainsi ses élus ; ce n'est pas un juge qui punit, c'est un père qui corrige et qui châtie. De cette façon les maux deviennent de grands biens. »

Feliziano fixa son ami Pablo quand il prononça ces mots. Il acquiesça mais frère Pablo savait que ses paroles ne pouvaient être une consolation pour les hommes comme Feliziano. Alors il lui dit qu'il lui faudrait ne pas s'éloigner de sa mule, qu'il lui faudrait la frotter avec un linge chaque jour et se frictionner le corps avec ce même linge car l'odeur de cet animal éloignait les puces du rat. Puis il lui confia des fioles de la thériaque qu'il avait lui-même préparée selon les indications d'un vieil apothicaire de Montpellier qu'il avait connu quand il était très jeune. La potion avait fermenté un an et il y avait mis plus de cinquante ingrédients, elle contenait entre autres de la gentiane, du fenouil, de la valériane, du serpolet, de la rose et de l'iris, mais aussi de la chair séchée de vipère et de marmotte, le tout malaxé avec du vin et du miel. Le pavot qu'il cultivait dans son jardin médicinal derrière

le monastère sur les flancs de la montagne réduirait les
diarrhées et les douleurs, dit-il. Il emplit ses sacoches
de genièvre, de marjolaine, de cannelle, de girofle, de
muscade et de camphre. Il lui confia quelques bouteilles bien bouchées de vinaigre des Quatre Voleurs,
il lui dit de s'en frotter le corps et les tempes et d'en
respirer quand il s'approcherait des portes des villages
pestiférés. Il ajouta qu'il n'y avait pas grand-chose à
faire de plus si ce n'était prier saint Roch et saint
Sébastien.

Feliziano le remercia et descendit de la montagne
Monterhuna, chargé de médecines, de plantes et
d'espoir. Il marcha avec sa mule à travers des paysages
silencieux. Les chemins étaient herbeux comme si
aucune charrette, aucun pas d'homme ne les avaient
plus foulés depuis des siècles. En avançant sur les sentiers nappés de fumerolles de chaleur, Feliziano était
taraudé par cette question qui depuis si longtemps lui
grignotait la moelle : comment donc la fin du monde
pouvait-elle se dérouler sous un ciel aussi bleu, aussi
transparent, dans lequel les nuages paraissaient peints,
fixes, goguenards, si parfaits qu'ils ressemblaient à une
idée de nuage ? Il savait pourtant que, après sept ans au
monastère, se questionner encore avec cette obscène
ingénuité ne le mènerait nulle part. Il n'avait jusque-là
pas réussi à justifier – ni à accepter qu'on justifiât – le
scandale de la souffrance des innocents.

Feliziano ne rencontra personne pendant plusieurs
jours. Mais, en passant près des marais de Zumaburga,
il entendit les insectes. Il n'avait jamais imaginé que
leur bourdonnement grouillant pût autant l'emplir de
satisfaction. Puis lorsqu'il traversa la forêt d'Izoriaty il
entendit les oiseaux.

Il avait décidé d'éviter le plus possible les villages. Il préférait dormir dans la forêt avec sa mule et ses médecines. Quand il ne put plus esquiver les territoires des hommes, il entra à Salvatierra. Et ce qu'il découvrit était plus terrible encore que ce qu'il avait imaginé. Comme tous les bourgs et les villages de la vallée, Salvatierra avait été dévastée. Il aida, plein d'amour et de chagrin, à chercher les survivants, il aida à transporter les derniers cadavres, il aida à creuser les dernières fosses, empilant des rangées de morts les unes sur les autres, séparant la rangée inférieure de la rangée supérieure à l'aide d'une couverture ou d'un drap et les recouvrant toutes de terre sous de beaux soleils naissants – ils enterraient les morts la nuit à la lueur des flambeaux. Et les corps suppliciés des petits enfants lui déchiraient le cœur. Le lui déchiraient réellement : c'est comme s'il eût perçu son cœur qui tombait en lambeaux d'étoffe à ses pieds.

Et Feliziano en revenait toujours à l'indifférence du ciel.

Il lui avait toujours semblé qu'il lui manquait quelque chose qui eût pu le rendre plus fervent, un organe qu'aucun de ses parents ne lui avait légué, il lui avait toujours semblé que quelque part dans son corps, à l'endroit de l'organe de la foi, il ne se trouvait rien, seulement un vide ténébreux vers lequel migraient ses autres organes vitaux, satisfaits de cette place supplémentaire. Même quand il priait sept fois par jour avec les moines il désespérait et sentait son âme se cabrer, et son cœur et sa rate se déplacer vers l'obscur emplacement de sa foi.

Lorsqu'il franchit les portes d'Uburuk, il ne restait plus là-bas que quelques dizaines de survivants qui lui parlèrent de la Mort Noire venue à la fois de la mer et de la terre. Ils s'étaient retrouvés pris en tenailles, la peste progressant avec la régularité et la détermination d'une vague. Ils lui dirent que l'épidémie remontait maintenant vers le nord, que les Français allaient à leur tour connaître leur lot de morts et de pilleurs. Puis ils lui dirent que Maria Caterina Izagirre avait succombé mais que son petit garçon n'était pas mort. Les trois sœurs Bartolome qui avaient pris soin de Maria Caterina après le scandale du meurtre de l'évêque avaient emmené l'enfant avec elles. On en était encore en cette lointaine époque à faire confiance à l'adage des trois adverbes *cito, longe, tarde* que l'on pourrait traduire par quelque chose comme « Pars vite, va loin et reviens tard », adage que les trois tantes avaient suivi, propageant sans doute les germes de l'épidémie dans leur fuite.

Alors Feliziano repartit et chercha ses sœurs et son fils. À chaque homme qu'il croisait, à chaque maison où il frappait il demandait, « Auriez-vous rencontré trois femmes qui se ressemblent comme des triplées et accompagnées d'un petit garçon ? » Il finit par les retrouver à quelques lieues d'Uburuk, elles avaient pensé se diriger vers la Navarre mais en réalité elles n'avaient fait que tourner en rond. Elles occupaient les écuries du château de Puente del Rey avec d'autres migrants puisqu'on disait que les palefreniers échappaient au fléau.

Ils retournèrent ensemble à Uburuk. L'enfant de Maria Caterina qu'elle avait appelé Feliziano II était un garçon de sept ans maigre et déjà si éprouvé qu'il était aussi dur qu'une roche. Feliziano père les aida à se réinstaller dans leur ancienne maison, il les aida à se remettre d'aplomb, puis, quand il jugea que ses trois sœurs et le petit garçon seraient assez vigoureux pour tenir debout dans ce paysage ravagé, il partit vers la France en vue de secourir ceux qui pouvaient encore être secourus.

Il traversa les Pyrénées, suivit la progression de l'épidémie, comme on suit la dévastation causée par les sauterelles, arriva à Toulouse et prit la route de Bordeaux. Au fur et à mesure de son avancement vers le nord il perfectionnait ses vinaigres qui protégeaient de la contagion. Dans les villes par lesquelles il passait, il recherchait les détrousseurs de cadavres et de moribonds, ainsi que les pilleurs de maisons abandonnées, qui semblaient immunisés contre le fléau. Il poursuivait les fieffés voleurs jusqu'en prison où souvent on leur avait promis d'adoucir leur peine s'ils révélaient le secret de leur immunité. Afin de ne pas être brûlés vifs mais plutôt pendus, les fripouilles découvraient leur secret : ils se frottaient le corps avec une décoction d'herbes macérées dans du vinaigre et en répandaient autour d'eux. La potion contenait de l'ail, du calamus, de la cannelle, de la petite et grande absinthe, de la lavande et de la menthe, du romarin et du camphre, toutefois la formule variait légèrement d'une ville à l'autre, d'un brigand à l'autre. On retrouva ainsi dans les tablettes de Feliziano plusieurs versions de la recette d'un *Acetum Antisepticum Vulgo*. Il s'installa un temps à Bordeaux sans doute en souvenir de La Boétie et devint un pharmacologue fort renommé. Quand il eut amassé assez d'argent pour ce faire, il fit construire une vaste demeure dans la campagne entre Bordeaux et l'océan, convaincu que l'air des champs et de la mer hâterait le rétablissement de ceux qui viendraient auprès de lui, il planta son domaine d'arbres d'essences aussi diverses que des noisetiers, des acacias, des tecks, des araucarias ou des catalpas, il y sema toutes les plantes dont il avait besoin pour sa médecine, et tenta de faire venir ses sœurs et son fils. Mais elles refusèrent de quitter Uburuk et lui demandèrent de retourner au pays. Il ne put s'y résoudre. Il désirait ardemment se consacrer aux gens de mer et aux personnes atteintes de maladies pestilentielles qui venaient jusqu'à lui. Il les accueillait sans faillir et les soignait sur son domaine. Sa réputation dépassa les frontières. Ce fut bientôt une vraie communauté qui s'installa auprès de lui. Tous voulurent faire de Feliziano leur représentant et leur maître puisqu'il était aussi savant que sage. Mais il s'y refusa, arguant que tout le bien devait revenir à la colonie et non au bénéfice d'un seul.

Il mourut à l'âge avancé de cinquante-deux ans en s'étouffant avec une noisette. Il fut inhumé sur ses terres et devint l'objet d'un culte qu'il aurait évidemment renié. Voilà ce qui me fut rapporté.

L'étrange cas
de Vladimir Velevine

J'avais raison, me suis-je dit en voyant Vladimir Velevine pousser la porte du Rêve. Il a déjà bien trop bu.

J'étais assise sur la banquette face au comptoir et la patronne ne m'avait toujours pas remarquée, il n'y avait pourtant personne dans le bar excepté moi (et le caméraman qui avait surgi pour filmer : *Une rencontre au Rêve*), j'attendais qu'elle oriente son regard vers moi pour lui commander quelque chose mais c'était comme si je n'avais pas été là, elle essuyait les verres, les yeux dans le vide, alors quand j'ai vu Velevine passer le seuil j'ai été soulagée, elle l'a salué et lui aussi, elle s'est haussée par-dessus le comptoir et ils se sont fait la bise, elle s'est enquise de sa santé. Je l'ai trouvé finalement très amical pour un homme qui se plaignait de n'avoir de relations avec personne. Il avait dû vouloir m'émouvoir avec sa solitude d'exilé. Depuis l'arrière-salle, le mari de la patronne est arrivé pour saluer Velevine, ils ont commencé à deviser sur le quartier, le temps qu'il faisait et la qualité de l'air. La patronne lui a servi un café cognac et Velevine a dit, « J'ai rendez-vous avec quelqu'un », ils l'ont chambré et j'ai pensé qu'il était temps de dire, « Je suis là. » Personne ne m'a entendue alors j'ai répété plus fort, « Je suis là, monsieur Velevine », accablée par le ridicule de la situation ou par quelque chose de plus inquiétant. Il s'est retourné, a cligné des yeux comme s'il avait du mal à me remettre, il est venu s'asseoir face à moi, il m'a commandé un café et je me suis dit, Mon Dieu est-il possible que je sois vraiment en train de disparaître aux yeux des autres ?, et juste après, Et dans ce cas pourquoi Velevine me voit-il ?, me rendant à peine compte que cette question partait d'un postulat impossible.

Il m'a dit, « Je crois que je suis content que nous puissions discuter, Anastasia. » Il n'arrivait pas à m'appeler autrement que par le prénom de la quatrième fille du tsar Nicolas II. Je l'avais corrigé une ou deux fois puis j'avais renoncé. J'avais décidé de considérer que sa méprise était une forme d'approbation. Il s'est lancé dans un récit où il m'a raconté par le menu qu'il était venu en France après une rupture amoureuse, après que sa fiancée moscovite l'eut mis dehors et qu'il eut pourtant tenté de la convaincre qu'ils seraient moins heureux l'un sans l'autre que l'un avec l'autre. Elle n'avait rien voulu entendre. « Celui qui rompt pense qu'il sera de toute façon mille fois mieux seul ou accompagné d'un autre, m'a-t-il dit. Et même si l'éconduit finit par comprendre que, à cause de ce qui a été proféré, les morceaux ne pourront être recollés, il insiste, vous insistez, vous faites son procès à votre tourmenteur et, en même temps que vous découvrez son indifférence et son cœur de pierre et tout ce à quoi vous échapperez grâce à cette rupture, vous lui répétez qu'il ou elle se trompe, que vous êtes le seul à être clairvoyant dans cette affaire, que son désir de liberté n'est qu'une lubie, que vous êtes faits l'un pour l'autre, etc. alors que tout ceci n'est que la répétition du même, que vous avez déjà vécu tant de fois cette même situation avec cette même personne ou son équivalent, et cette répétition vous écrase et vous décourage, et il n'existe pas d'autre solution que de passer à l'Ouest, de vous plonger dans l'étude et l'alcool, même si l'étude et l'alcool ne font pas bon ménage non plus, il ne vous reste plus qu'à disparaître et à tenir bon, et à espérer parfois, puisque vous êtes incurable, qu'elle pense encore à vous, vous n'iriez tout de même pas jusqu'à imaginer qu'elle vous regrette, mais au moins que, lorsqu'elle passe dans ce parc ou devant ce café à Moscou où vous aviez vos habitudes, elle pense à vous. »

Alors Atanasia Bartolome coupa Velevine, parce qu'il pouvait tenir longtemps avec cette histoire de cœur brisé et de chagrin slave, elle lui dit : « Je crois que je disparais. »

Et Velevine entreprit d'énumérer toutes les façons dont on pouvait disparaître.

« Par la religion d'abord », a-t-il dit, et il a insisté pour que je comprenne que ce choix de placer la religion en premier lieu des procédés disparatoires (ainsi disait-il) ne lui venait évidemment pas de son éducation communiste, mais de sa mère qui avait toujours cru en Dieu, de l'une de ses tantes qui, avant d'y renoncer, avait désiré se faire moine (pas de différence entre les religieux et les religieuses dans la religion orthodoxe, a-t-il précisé) et puis il y avait pléthore d'icônes dans leur appartement de Zolotoï. Ceci prouvant cela.

(Je me rendais compte que j'avais du mal à suivre ses raisonnements mais que j'étais prise malgré moi dans le déroulement labyrinthique de ses digressions.)

Il a dit, « Il y a donc la croyance, puis la collection, l'obsession, la servitude et le suicide. »

Il a fait une pause puis ajouté, « On dit "dispari-tion" par commodité, on devrait plutôt parler de "dis-solution". » Il a ricané, « Identité dissoute dans ce qui n'est pas moi. » Il s'est penché au-dessus de la table en jetant des regards alentour comme un conspirateur de dessin animé.

« Je possède un dossier complet sur les gens qui se sont intéressés à Diaz Uribe et qui se sont mis à dispa-raître. Ou du moins qui ont fini par voir leur entité physique se dissoudre en partie ou en totalité. Et quand je dis dossier, je suis modeste, il s'agit d'une somme de six cent cinquante pages doublées de quarante-cinq fichiers conservés sur mon Amstrad CPC 464, eux-mêmes dupliqués sur des disquettes cachées dans des endroits que je suis le seul à connaître.

– Qui sont ces gens ?

– C'est très divers. Des professeurs, des musiciens, un herboriste, un charpentier, un géologue, un pâtis-sier…

– Et leur point commun est ?

– Ils ont tous approché Diaz Uribe à un moment ou à un autre, et un jour ils ont déserté leur atelier, leur cabinet, leur appartement, leur galerie. Ils se sont éva-porés. D'autres sont partis avec leur famille, ils ont vidé leurs comptes, cadenassé leur maison, et disparu sans prévenir aucun de leurs voisins de leur destina-tion. La majeure partie du temps les gens pensaient qu'ils s'en allaient en villégiature quelque part. Mais aucun d'eux n'est réapparu après un mois. Et comme on ne s'intéresse pas beaucoup à ses voisins, vous savez, tout le monde a imaginé qu'ils avaient entrepris de faire le tour du globe à la voile ou je ne sais quelle autre ineptie. Ce n'est qu'au bout d'un an, le temps passe si vite, que les voisins se disaient, "Tiens c'est dingue, les Ramos n'habitent plus en face."

– Comment avez-vous appris tout cela ? »

Il a levé les deux mains et m'a souri. Il n'avait aucune intention de me le dévoiler.

« Bon. Mais l'avez-vous rencontré ? ai-je tenté pour le recentrer.

– Oui je l'ai rencontré. Il y a une vingtaine d'années. À Rome. Il avait déjà décidé de créer sa communauté.

– Il a donc vraiment créé une communauté ?

– Sur l'île de Barsonetta.

– Vous êtes sûr ?

– Je suis formel.

– Et il y vit ?

– Non seulement il y vit mais en plus sa femme, ses cinq filles et une petite centaine d'âmes y vivent avec lui.

– Mais où est l'île de Barsonetta ? Et comment savez-vous tout cela ? »

Il a soupiré.

« La vraie question c'est pourquoi est-ce que je te raconte cette histoire alors que tu n'as même pas l'intention de coucher avec moi. »

Face à mon léger mouvement de recul, il a dit avec un geste d'apaisement en articulant à l'extrême comme si j'étais une enfant agitée, « Je plaisante. » Il s'est redressé, enflammé. « J'imagine que je te parle par désœuvrement, par culte de la solitude et du désarroi, toutes choses si communes pour le poète exilé qui n'a comme ultime recours que d'habiter sa propre langue puisqu'il a cessé de connaître le repos d'être sur son territoire. »

Et c'est alors qu'il a entrepris de dessiner des schémas, il a hélé la patronne, lui a demandé un crayon et sur les serviettes en papier qu'il tirait l'une après l'autre de leur distributeur en métal il a écrit :

1 – Croyance (il a levé le nez, « Je pense que je n'ai rien à te dire de plus. C'est assez clair, me semble-t-il. Je n'écris pas religion parce que la croyance est quelque chose de plus vaste et de plus politique. C'est intéressant ce désir commun d'avoir foi en quelque chose ou quelqu'un, et cela rejoint le point 4 ») ;

2 – Collection (« Ah les collectionneurs. Quelqu'un pour qui les objets prennent un sens existentiel. Celui dont toute la pensée est consacrée à l'accumulation d'objets, une manière somptueuse de préparer son tombeau ») ;

3 – Obsession (« Celui qui tourne autour d'un seul et même objet, qui creuse un sillon circulaire et s'effondre dans le puits qu'il a ainsi créé ») ;

4 – Servitude (« Déposer sa volonté et par là même son identité aux pieds de l'autre. Se réfugier dans le confort de la servitude volontaire et la passivité ») ;

5 – Suicide (geste agacé de la main pour montrer qu'il n'y avait rien à ajouter sur la question).

Vladimir Velevine a fini son cognac, ses muscles faciaux s'affaissaient lentement, il a fermé un œil pour se donner l'air méditatif mais je savais qu'il était plutôt en train de tenter d'accommoder parce qu'à ce stade d'imbibition il devait me voir dédoublée et sentir ses nerfs optiques tirer dans toutes les directions comme des chevaux rétifs.

« Sais-tu, Anastasia, que lorsque j'ai rencontré Diaz Uribe je ne lui ai pas parlé de sa peinture mais que j'ai partagé avec lui mon expérience des communautés humaines corrompues ? »

J'ai su alors que nous cheminions vers des régions plus obscures.

Rats-taupes sur Barsonetta

Vladimir Velevine m'a raconté sa rencontre avec Roberto Diaz Uribe avec un luxe de détails qui, au premier abord, m'a paru suspect. Mais c'était avant que j'apprenne, en le connaissant mieux, que, pour ne jamais rien oublier, il notait chaque jour un maximum d'éléments se rapportant à la journée passée. Il ne faisait depuis longtemps plus confiance à sa mémoire endommagée par l'alcool, il disait que prendre des notes lui permettait de pallier son vieillissement cognitif.

Velevine et Diaz Uribe s'étaient rencontrés en 1970 à Rome. C'était la première sortie de Velevine hors des frontières de l'URSS. Et leur conversation avait tourné essentiellement autour des rats-taupes.

Ils s'étaient télescopés à la bibliothèque de l'École française où tous deux avaient leurs entrées, bien que Diaz Uribe s'y rendît sous un nom d'emprunt puisqu'en 1970 il avait déjà choisi de disparaître depuis neuf ans. (Velevine se dispersa un instant pour expliquer à Atanasia que l'École française de Rome n'était pas une école contrairement à ce que sa dénomination laissait supposer, « Il s'agit plutôt d'une école de pensée dans le domaine de la recherche en histoire et en sciences sociales. Sa fondation remonte à 1875 quand la France, juste après la guerre de 1870, a voulu

reprendre la main sur les fouilles archéologiques. »
Voyant l'ennui dans lequel ces précisions plongeaient
Atanasia (qui avait toujours trouvé éminemment sopo-
rifique le vernis encyclopédique quelles que soient son
épaisseur et sa consistance), Velevine toussota et
employa l'expression française qu'il avait adoptée pendant ses conférences quand il s'égarait : « Revenons à
nos moutons. »)

Velevine y était allé voir les incunables qui le fasci-
naient tant et c'est en croisant Diaz Uribe sur une coursive qu'il le reconnut, trébucha, et poussa un petit cri
de furet, un petit cri étouffé qui se transforma en miau-
lement, manifestations qui alertèrent Diaz Uribe à
cause de la stupeur qu'il y perçut et parce qu'il fut
convaincu que celui qui les avait laissé échapper allait
perdre ses nerfs. Diaz Uribe ne voulant être découvert
prit Velevine par le bras et le fit sortir de la bibliothèque. On lui donna du Monsieur Velasquez quand il
en franchit la porte – Diaz Uribe n'avait pas cherché
très loin son pseudonyme. Et ils atterrirent tous deux
dans la lumière aveuglante de la piazza Farnese.

(Sentant qu'il allait de nouveau s'égarer en lui expo-
sant un petit historique de la piazza Farnese, Atanasia
fixa Velevine et dit, « Bref. » Et force est de constater
que Velevine s'ébroua et s'évertua par la suite à une
certaine concision.)

Ils allèrent boire un verre dans une ruelle, Diaz
Uribe lui apprit qu'il était heureux d'être à Rome où il
ne s'était jamais rendu auparavant, et qu'il revenait de
Bilbao où il avait tenté de régler une affaire de famille.
Velevine aurait sans doute aimé en savoir plus mais il
était déjà aux anges et il savait se montrer discret en
ce qui concernait « les affaires de famille », il souriait
béatement et se disait, Je suis à Rome, je suis à Rome

et j'ai retrouvé Diaz Uribe, s'imaginant déjà obtenir des informations capitales sur le peintre, sa disparition et son art, se voyant déjà parler de cette rencontre à ses collègues de Moscou, se représentant leurs visages ébahis, se figurant en train de recevoir les honneurs de son président d'université, etc.

Mais, à son grand dam, leur conversation tourna très vite autour des comportements eusociaux de certains insectes. Diaz Uribe était fasciné par leur organisation : la collectivité stocke la nourriture et protège les petits, elle assure la longévité de l'individu reproducteur, elle répartit les tâches dans la colonie entre tous les individus du groupe social en leur associant une spécialisation et un moyen de communication, tous (ouvrières, nourrices, soldats et mâles du sérail) œuvrant pour le bien général.

« Je lui ai fait remarquer, m'a raconté Velevine, que cette eusocialité ne pouvait pas être appliquée à l'espèce humaine, en partie parce que ce type de super-organisme doit son existence à un phénomène dont les humains sont exclus. Nous avons dans nos cellules la totalité de nos chromosomes en double. Mais chez la majorité des animaux eusociaux, les mâles ne possèdent leur chromosome qu'en un seul exemplaire. Deux fourmis d'une même génération seront ainsi plus apparentées entre elles qu'avec leurs parents. Grâce à cette unique et énorme reine qui s'occupe de la reproduction.

« C'est là qu'il m'a parlé des rats-taupes dont le système de colonie rappelle celui des insectes eusociaux comme les fourmis ou les abeilles. Tout comme chez ces insectes les individus à l'intérieur d'une colonie sont très proches génétiquement, étant tous issus de la même mère et d'une poignée de mâles reproducteurs.

« Diaz Uribe pensait que, puisqu'on ne pouvait obtenir une supermatrice qui nous enfante tous, la réponse était dans l'intelligence collective. Il fallait mettre en commun, disait-il, les ressources individuelles qui sont par essence limitées. Et créer le superorganisme. Le mot l'amusait. Il précisa, après réflexion, qu'une colonie de soixante-dix personnes lui semblerait déjà amplement satisfaisante.

« J'étais, a continué Velevine, mille fois moins illusionné que Diaz Uribe sur la question. C'était sans doute à cause de ma propre expérience des communautés corrompues. J'avais vécu mon enfance dans le petit village de Zolotoï en Primorski Kraï qu'on appelait autrefois la Mandchourie extérieure. Zolotoï (qui veut dire "or" en russe) était un village qui avait toujours bénéficié d'un climat particulièrement clément. Un village de pêcheurs devenu une petite ville balnéaire très prisée et qui avait connu de belles heures paisibles avant la révolution. L'arrivée du chemin de fer jusqu'à Zolotoï avait renforcé l'engouement de la bonne société russe. Et même après la révolution, malgré les impératifs prolétariens, certains Russes s'étaient obstinés à se rendre dans ce lieu de villégiature, ce qui avait maintenu pendant quelques décennies la prospérité de Zolotoï. On continuait de venir au sanatorium de Zolotoï, de dîner sous les lustres en cristal, servis par des garçons en livrée qui déchapeautaient magistralement les plats couverts de cloches étincelantes, on continuait de croiser dans les couloirs des membres du politburo, même si chacun avait son étage et son bassin, mais parfois il y avait un imbroglio, un membre du politburo en peignoir se retrouvait face à un conseiller du maire de Zolotoï, et cela créait une minuscule perturbation dans l'harmonie parfaite du sanatorium de Zolotoï, il y avait deux trois personnes virées dans l'instant, et inutile de vous dire où l'on vous envoyait pour une faute de ce genre, une vraie faute d'ennemi du peuple. Hormis cette population de hauts fonctionnaires, la ville accueillait des troupeaux de jeunes travailleurs qui venaient se fabriquer des muscles et se modeler un cerveau durant les doux étés de Mandchourie. Et d'autres malades privilégiés venaient expérimenter le jeûne thérapeutique selon la théorie de Yuri Nikolaev (qui avait traité en Sibérie des schizophrènes par cette pratique) afin de soigner leurs maladies des bronches et leurs maladies articulaires.

« Tout était donc quasiment idyllique à Zolotoï.

« Cependant la ville était située dans une baie protégée des tempêtes par trois digues édifiées à la fin des années 1940. Les digues servaient à garantir la tranquillité et la sécurité de tous les membres du comité central venus avec leur famille ou leur maîtresse se refaire une santé. À partir des années 1960 les courants de la baie n'ont plus été en mesure de protéger Zolotoï de la pollution du port de Vladivostok. Il s'avéra que les digues qui assuraient la protection du rivage empêchaient en fait les détritus de partir vers la pleine mer. Et la station d'épuration construite en dépit du bon sens et commanditée par des administrateurs corrompus n'avait jamais vraiment fonctionné. Elle n'était pas le moins du monde adaptée à une population qui quintuplait entre juin et octobre. Les étés doux et pluvieux voyaient la baie de Zolotoï devenir un vrai dépotoir. Les maladies de peau et les maladies respiratoires devinrent le nouveau fleuron de Zolotoï. Le pouvoir central ferma les yeux. Impossible de réagir sans remettre en question les décisions de fonctionnaires émérites du Parti qui avaient bien entendu préféré un enrichissement et un confort personnels au bien de la communauté. Le paradis s'était décomposé, agonisant le plus discrètement possible.

« J'ai conclu mon exposé – a poursuivi Velevine – en disant : "On en revient toujours à cette foutue préférence pour soi et cette inclination au mal contre lesquelles il est fort difficile de lutter. Socialisme réel et crime organisé.

– Ériger l'État en pourvoyeur de notre liberté individuelle est une erreur, a rectifié Uribe. Cela conduit au monopole de l'exercice du pouvoir. Et quel danger n'est-ce pas, quand on connaît la nature humaine. Je ne doute pas un seul instant que les intérêts privés mènent systématiquement à la destruction de toute société collectiviste. Cela vient probablement de la peur de son prochain que l'homme porte en lui et cultive avec tant de constance. Peur que son prochain lui prenne sa nourriture, sa grotte et sa femme. Mais le pouvoir politique instaure une peur plus grande encore que celle que nous nous inspirons les uns les autres. Jusqu'à maintenant les groupements sociaux ont tenu tant que la gestion de cette peur s'est faite efficacement. Toutefois, celle-ci a débouché, contre toute attente, sur une valorisation accablante de l'individualisme. C'est pourquoi il faudrait plutôt créer des liens de dépendance – des liens basés sur l'amour et l'amitié et non sur la peur. L'amitié et l'amour sont constitutifs de l'ordre social. Ne perdons jamais de vue que l'homme est un animal grégaire, éducateur, collaboratif et inventif.

– Vous avez raison, ai-je dit, on ne fait pas la guerre parce qu'on a peur, on fait la guerre pour ceux qu'on aime. Si la relation n'est fondée que sur la peur et l'avidité, alors le groupe finit toujours par se retourner contre son représentant. Comme dans n'importe quel bon film américain."

« J'avais voulu plaisanter mais j'ai senti qu'il ne me trouvait pas à la hauteur.

« "Basons la relation sociale sur l'amour et l'amitié, a-t-il conclu obligeamment. Et par pitié, cessons d'être des animaux tristes, méfiants, solitaires et cyniques."

« J'ai voulu me rattraper, j'ai voulu lui dire que je ne prenais pas tout à fait pour argent comptant tout ce qu'il me racontait, j'ai voulu qu'il comprenne qu'il n'était pas à mes yeux un naïf et que je ne désirais pas opposer son idéalisme à mes désillusions. "L'art quand il échappe aux lois du marché pourrait être une réponse à la corruption. Avez-vous remarqué que les régimes totalitaires et corrompus ne savent pas créer de l'art ?" ai-je dit. Alors il a éclaté de rire. "J'avais failli oublier notre inutile et inconsolable désir du beau." Il m'a paru tout à coup s'amuser beaucoup et il a pris un air finaud. "J'ai d'ailleurs souvent caressé l'idée de créer sur une île une communauté exclusivement composée de musiciens et de peintres où la rivalité ne serait jamais de mise. Et ne cherchons pas à fédérer ni à convaincre. Le petit nombre d'élus sera la clé.

– Ajoutons-y des poètes", ai-je cru bon de compléter.

« Il a froncé le nez. "Je n'aime pas tellement ces gens-là. Les mots recèlent tant de mensonges."

« Moi, j'aurais voulu que la conversation prît un tour plus élégiaque. J'aurais voulu qu'il me parlât de son île. Qu'il me donnât la possibilité de réparer la mauvaise impression que j'étais sûr de lui avoir faite. Et qu'il m'invitât à le rejoindre sur son territoire utopique. Mais nous nous sommes quittés sur ces mots, il avait semblé brusquement être pris d'une grande lassitude, se levant sans prendre congé, partant à grandes enjambées sans même se retourner.

« Diaz Uribe n'a pas réussi à échapper aux lois du marché. Il a continué de vendre ses toiles.

« Ce qui lui permet sans doute, cela dit, de faire vivre une colonie sur Barsonetta, a ricané Velevine (qui selon moi ne s'était jamais remis d'avoir déçu son mentor).

– Où est Barsonetta ? lui ai-je demandé, tout en pensant que la conversation entre Velevine et Diaz Uribe avait ressemblé ni plus ni moins à une conversation de pochetrons.

– Je ne sais pas. Certains disent que c'est une île près de Puerto Rico. D'autres la situent au large de la province du Gipuzkoa.

– Au large du Gipuzkoa ? »

Je me suis sentie fébrile.

« Oui oui finalement il ne serait pas allé bien loin. (Velevine a jugé bon de préciser :) Diaz Uribe est né à Uburuk dans le Gipuzkoa.

– Je sais, ai-je dit, sentant qu'il fallait offrir un petit os à ronger à Velevine pour lui prouver que je n'étais pas une si mauvaise fille. Je viens de là-bas, toute notre famille depuis des siècles est de là-bas, et Diaz Uribe est le cousin de mon père. »

Je l'ai laissé digérer l'information.

Puis j'ai ajouté : « Mais je suis sûre que Barsonetta n'est pas au large du Gipuzkoa. Il n'y a jamais eu la moindre île à cet endroit. »

Ma repartie est tombée à plat. J'ai compris que la situation géographique de l'île était totalement dénuée d'intérêt pour lui. Ce type n'était jamais allé vérifier sur un atlas s'il y avait ou non une île au large du Gipuzkoa ou de Puerto Rico ou d'Honolulu. Rien de cela ne l'intéressait vraiment. Ce qui l'intéressait c'était le magnétisme de Diaz Uribe, son influence et ses satellites. La manière dont les gens en viennent à faire de vous leur seigneur et maître. Leur désir de vénération.

Diaz Uribe aurait pu être violiste de gambe, peintre en bâtiment ou psychiatre, il aurait tout autant fasciné Velevine. Alors que, en ce qui me concernait, j'avais un faible pour son travail de peintre.

Les trois marraines

On m'a raconté que la présence prévenante des trois tantes de Feliziano II lui avait garanti de ne pas mourir précocement. Il énumérait lui-même toutes les causes de décès auxquelles il avait échappé et riait avec tendresse de la sollicitude exclusive de ses trois tantes. C'était le seul moment où Feliziano II se laissait aller à un peu de sentiment.

(Parfois je songeais à tous ces hommes si intègres et incorruptibles, je me demandais ce qu'ils penseraient de la petite Atanasia Bartolome, dernière du nom.)

Feliziano II était en effet sec et raide et taciturne, d'une loyauté et d'une fiabilité qui semblaient accentuer vos propres désinvolture et négligence. Personne jamais n'était à la hauteur des impératifs de Feliziano II.

Après la Grande Peste et le bref retour de son père, Feliziano II vécut avec ses trois tantes dans la maison qui avait abrité les derniers instants de sa mère. C'était une maison légèrement en retrait de la ville, sur les rives de l'Uru, près du pont de pierre à l'orée de la forêt d'Izoriaty. Les trois femmes qui se ressemblaient diaboliquement portaient des robes noires toutes identiques et leur chevelure grise libre sur les épaules. Elles étaient toutes trois filles et vierges. Il était impossible de leur donner un âge, personne ne s'y serait aventuré et elles parlaient si peu qu'il était impensable qu'elles s'abandonnassent à la moindre confidence – donner une idée de leur âge en eût été une. Leurs visages étaient changeants, ils paraissaient parfois d'une beauté froissée, dévastée, et d'autres fois ils paraissaient avoir la fraîcheur de celui d'un enfant. Elles se déplaçaient peu souvent en grappe, parce qu'elles n'ignoraient pas le malaise que leur triple étrangeté pouvait mettre au cœur des bonnes gens d'Uburuk. L'une cultivait des légumes qu'elle vendait au marché, la deuxième était sage-femme et la troisième cousait pour la communauté des robes de baptême et de mariage, et aussi des linceuls.

On racontait bien sûr beaucoup de choses sur leur compte.

(J'adorais cette légende. La plus spectaculaire de mon enfance.)

Trois créatures aussi exceptionnelles et secrètes, c'était une aubaine pour un village. On disait qu'elles n'étaient qu'une. Que deux d'entre les sœurs étaient mortes, que la survivante les avait enterrées sous le grand chêne blond et s'était approprié leur savoir-faire – dans quel but, la chose restait mystérieuse. On disait qu'elles se transformaient en chat ou en loup ou en corneille selon les phases de la lune. Et que malgré leur science elles n'avaient pu sauver la mère de Feliziano II, la magnifique Maria Caterina Izagirre, emportée dès les premières heures de l'épidémie. Et ceci prouvant cela, c'était parce qu'elles avaient échangé, auprès de qui de droit, la vie du petit Feliziano II contre celle de Maria Caterina Izagirre que celui-ci avait eu la vie sauve.

À la mort de l'évêque, on avait vite deviné le lien qui existait entre son assassinat, la disparition du frère des trois filles Bartolome et la naissance de Feliziano II. Inutile d'être follement finaud pour établir les corrélations idoines.

Les trois sœurs étaient les meilleures marraines qui fussent pour un jeune garçon. Elles le laissaient libre d'expérimenter la forêt comme bon lui semblait, mais elles apparaissaient toujours au moment où il allait se jeter à l'eau pour rattraper son arc, ou bien elles surgissaient quand il se retrouvait nez à nez avec une laie menaçante et sa flopée de marcassins. La confiance que Feliziano II leur accordait était absolue. Il savait bien qu'une fois par mois sa première tante se transformait en louve, la deuxième en chatte et la troisième en corneille. Il n'y voyait pas d'inconvénient. Il crut longtemps que c'était le cas de toutes les femmes.

Sur les murs de la pièce qui occupait la plus grande partie de leur maison elles avaient peint et soigneusement représenté des rayonnages de livres derrière des grilles emberlificotées de lierre. Feliziano II passa son enfance à chercher des motifs cachés sur ces murs. Il était convaincu que des figures d'animaux étaient dissimulées dans les interstices de ces faux livres, il y avait d'ailleurs quelque chose d'inquiétant dans cet alignement fictif sur deux des murs de la pièce, à cause peut-être de l'illusion qu'il créait ou du temps que cela avait pris aux sœurs de peindre ce trompe-l'œil ou du sens insaisissable que recélait cette curieuse entreprise.

Elles ne lui apprirent pas à lire et ne lui fournirent jamais vraiment la possibilité de le faire. Elles veillèrent à ce que jamais il ne devînt un homme aussi insatisfait que son père. Mais Feliziano II n'avait pas besoin des livres pour sentir en lui ce qu'on peut considérer comme la malédiction des Bartolome, cette insatisfaction cuisante et ce vague à l'âme taraudant qui allaient de pair avec le désir d'explorer le monde. Elles lui aménagèrent l'appentis de la maison en atelier et il se mit à travailler le métal avec toute l'application de son jeune âge qui cherchait un objet à sa fougue. Il leur fabriqua un écusson sur lequel on voyait un chat et un loup en repos surplombés par les ailes déployées d'une corneille essorant et diadémée (s'envolant et couronnée). Le tout accompagné de trois croissants d'argent. Ce blason devint plus tard la signature de son travail.

Ses tantes le protégèrent et le tinrent à l'écart du monde pendant tout le temps qu'elles le purent. Mais ce fut le monde qui vint à lui en la personne de Rosa Orabe Palacios.

Rosa Orabe Palacios était la fille d'un riche paysan, homme sage et fort justement écouté dans la communauté. La seule incartade au discernement de cet homme était le fol amour qu'il vouait à sa fille. La mère de l'enfant était morte en couches seize ans auparavant. La sage-femme Bartolome qui officiait n'avait rien pu faire. Le sang des Orabe et celui des Palacios étaient impropres à se mêler et c'était la mère qui avait payé de sa vie cette incompatibilité.

Pour illustrer le pouvoir de la beauté bouleversante que Rosa avait héritée de sa mère, on racontait l'histoire de la bande de voleurs de Loyola. On disait que lorsqu'elle était une toute petite fille de deux, trois ou quatre ans (les versions divergeaient, il en est ainsi de tout folklore), son père avait dû se rendre sur ses terres de Montedeo parce que les étables et les granges étaient la proie des flammes. La bande de voleurs de Loyola (ils étaient cinq ou dix ou vingt) entendit dire que le maître des lieux avait quitté précipitamment son domaine avec toute sa maisonnée pour venir à bout du grand incendie et sauver ce qui pouvait encore l'être.

Les brigands se rendirent en plein jour à la ferme Orabe, sûrs de n'y rencontrer personne, ils avaient l'intention de voler les meilleurs chevaux, de piller tout ce sur quoi ils pourraient mettre la main et surtout de subtiliser le coffre empli d'or qui, disait-on, était caché dans la chambre du maître. Rien n'arrêtait jamais les brigands de Loyola. On les appelait les Sauterelles – il ne restait pas grand-chose après leur passage. Ils égorgèrent les molosses qui montaient la garde et pénétrèrent dans la maison. Ils mangèrent les provisions de la souillarde, étripèrent la chienne qui venait de mettre bas, tirèrent sur les colombes de la volière, éventrèrent la vieille nourrice muette qui était demeurée sur place, emplirent leurs sacs de tout ce qu'ils jugeaient bon de voler, brisant ce qu'ils ne pouvaient emporter. Passant dans le salon, ils tombèrent sur la petite Rosa assoupie sur une peau de mouton devant la cheminée éteinte et ils furent arrêtés dans leur entreprise par la beauté stupéfiante de l'enfant. Rendus inoffensifs dans l'instant, ils déposèrent au pied de la petite tout ce qu'ils venaient de voler, ainsi que leurs armes, arquebuses et pistolets d'arçon, rapières et haches.

Ils s'assirent auprès d'elle et la veillèrent.

C'est dans cette position que le maître et sa maisonnée les trouvèrent quand ils revinrent, fourbus, de leur combat contre le feu. On dit que le chef de Loyola (un gredin qui se plaisait à torturer les femmes) se dressa à leur arrivée et les apostropha en ces termes : « On n'a pas idée de laisser une enfant comme celle-ci seule et à la merci de n'importe quel sanguinaire. »

Sur quoi, les brigands de Loyola furent arrêtés et pendus.

Le père Orabe décida de ne plus se séparer une seule seconde de sa fille. Il la considéra, tant que dura l'enfance de Rosa, comme un colifichet précieux. Elle était le centre de son univers. Elle était le cadeau coûteux que sa femme lui avait fait. S'il aimait sa fille avec extravagance il ne la transforma pas pour autant en une capricieuse créature entichée de bijoux et de fanfreluches. Il lui accorda simplement le privilège d'être élevée comme un gentilhomme ; elle apprit le latin, le grec et les mathématiques ; elle possédait deux étalons qu'elle faisait galoper alternativement, les montant comme un homme, vêtue d'une culotte de cuir fabriquée tout spécialement pour sa morphologie de fille.

Finalement les désirs du père Orabe et des trois sœurs Bartolome coïncidaient, ils voulaient tous le meilleur pour leurs protégés mais craignaient de les voir s'éloigner sans retour, chacun pensant que sa mission était de leur permettre de s'installer à Uburuk sans être tenaillés par l'impatience et l'appétit du vaste monde.

Rosa Orabe Palacios cherchait depuis longtemps le maréchal-ferrant qui pourrait fabriquer les fers parfaits pour son grand étalon. Des ferrures qui protégeraient sans alourdir, des ferrures si légères et si dures qu'on n'aurait plus jamais à les remplacer. Elle avait lu dans Pline que Poppée la femme de Néron ferrait d'or ses mules. Elle rêvait d'un métal aussi précieux et flamboyant pour son cheval. Elle était, à seize ans, une jeune personne fort déterminée.

Quand elle se rendit chez les sœurs Bartolome parce qu'on lui avait dit que Feliziano II faisait des merveilles avec le métal et les animaux, les trois femmes ne lui ouvrirent pas et lui demandèrent à travers la porte de bois de la maison ce qu'elle venait faire là. Rosa qui tenait la bride de son cheval leur parla en ces termes : « Je m'adresse à celle qui m'a sortie du ventre de ma mère. Ses mains sont les premières qui m'ont touchée et saisie. C'est grâce à elle que j'ai pu téter le lait jaune de ma mère morte. »

Les trois sœurs s'entreregardèrent et surent qu'il en était fini de leur cercle enchanté.

La sage-femme Bartolome ouvrit la porte et ce qu'elle vit la conforta dans sa conviction que la paix s'en était allée. Elle dit à Rosa que Feliziano II était parti chasser, qu'il ne reviendrait que dans deux jours et qu'elle se devait d'informer la jeune demoiselle que, s'il travaillait le métal, il ne savait en revanche pas ferrer un cheval.

Rosa dit, « Je reviendrai. »

Alors la sœur louve partit sur les traces de Feliziano II pour effrayer les animaux et retarder le retour du jeune homme qui jamais n'était revenu bredouille d'une partie de chasse. Elle espérait ainsi le tenir loin le plus longtemps possible de Rosa Orabe Palacios. Elle escomptait, tout le monde peut se tromper, que Rosa finirait par se lasser et irait ferrer son cheval ailleurs.

Mais Rosa revint deux jours plus tard.

Les deux sœurs qui étaient restées là lui dirent qu'il n'était pas rentré.

Rosa demanda, « Quand l'espérez-vous ? »

Les sœurs haussèrent les épaules.

Rosa dit, « Je reviendrai. »

La sœur corneille partit sur les traces de Feliziano II pour entraîner les palombes au-delà de la forêt, vers la montagne.

Rosa revint encore.

Elle frappa et personne ne lui répondit. Alors elle s'assit sur le banc de pierre sur le seuil de la maison des Bartolome. Elle attacha son cheval et laissa le soleil lui réchauffer le visage. Une chatte grise grimpa sur le banc à côté d'elle et se coucha sur la pierre brûlante en ne quittant pas la jeune fille des yeux. Rosa se tourna vers la chatte, elles se regardèrent, se reconnurent, plissèrent leurs yeux jaunes, et Rosa dit : « Je veux simplement faire ferrer mon cheval par le plus habile artisan de la contrée, je ne vous prendrai pas Feliziano. »

Et la chatte répondit : « Mais s'il te voit c'est lui qui voudra te prendre. »

Le sable est formé
de milliards de fossiles

Ce jour-là, le jour du Rêve, j'ai raccompagné Velevine chez lui. Je voulais voir les dossiers sur les « disparus » de Diaz Uribe.

Mais il y avait une autre raison, c'était comme si quelque chose en moi avait lâché, je me sentais un peu tyrannique et stupide et je voulais savoir où il vivait, dans quoi il vivait, s'il avait l'eau chaude et si le gaz était à tous les étages, si son appartement ressemblait à ce qu'une fille comme moi pouvait imaginer de l'appartement d'un poète russe en exil. Il habitait au deuxième étage d'un immeuble fendillé comme le sont en général les immeubles montmartrois, de guingois et pleins de courants d'air, et je me disais depuis que j'étais à Paris que si la Troisième Guerre mondiale était déclarée ou que survînt une quelconque catastrophe climatique, je me réfugierais à Montmartre, parce que dans certaines de ses rues rien ne s'y passait plus depuis longtemps, personne ne touchait à rien, ça avait l'air tellement fragile, si le monde civilisé disparaissait il resterait toujours Montmartre et ses escaliers branlants, j'aurais pu dire cela d'Uburuk peut-être ou de certains villages du Mexique mais je me disais ça de Montmartre. Velevine a monté les deux étages devant moi, comme s'il était mort de sommeil ou très malade ou, me direz-vous, comme s'il était très soûl, mais il ne titubait pas et ne rebondissait pas contre les murs, il donnait plutôt l'impression d'un homme qui marche après plusieurs jours de veille et non plusieurs litres de vin. Velevine devenait très lent quand il avait trop bu, je l'ai appris plus tard, et il avait toujours très chaud, alors il se dépouillait de tous ses habits sans jamais atteindre le dénuement désiré, ou bien c'est qu'il aspirait à la fraîcheur des automnes de Mandchourie, je ne sais pas, en tout cas il gravissait péniblement les marches de ses deux étages et plus il montait plus il se déshabillait. Il avait l'air malchanceux et triste, mortellement triste. C'est ce que j'aurais pensé de lui même s'il ne m'avait pas dit qu'il était l'homme le plus seul de Paris. C'est ce que j'aurais pensé de lui si je l'avais vu passer devant moi en train d'ôter sa chemise et ses chaussures.

On est arrivés devant sa porte et bien évidemment il n'a pas retrouvé ses clés, il a fouillé dans les poches de son pantalon (qu'il tenait à la main), il était là debout sur son paillasson, un œil fermé à cause de la cigarette qu'il avait au coin de la bouche et qui lui piquait les yeux, la tête inclinée, et puis il a juré et il a ouvert la porte qui n'était pas verrouillée et je l'ai suivi. Il n'était plus le moins du monde séduisant, il était la figure du désespoir, il était un torero éventré et laissé pour mort en plein cagnard sur le sable de l'arène. Il est allé ouvrir la fenêtre et il m'a dit : « Le problème avec l'alcool c'est que le pancréas finit toujours par envoyer des cargaisons d'insuline pour contrer tout ce sucre. Et l'insuline c'est bien connu, ça fout le bourdon.

– Le bourdon ?

– Ça file des idées noires. »

Alors j'ai essayé de lui remonter le moral, je suis allée à la fenêtre et j'ai dit, « On croirait que c'est encore l'été. » Ou bien j'ai dit ça parce je ne savais plus bien quoi lui dire et que sa déprime me poissait et que je n'étais plus à Montmartre mais dans un désert d'Arizona avec des vautours au-dessus de ma tête, ou bien encore, et c'est sans doute plutôt ça, j'étais mal à l'aise parce que j'étais dans l'appartement de ce type qui voulait coucher avec moi (même si à ce moment de l'histoire cette éventualité ne me paraissait plus aussi patente) et qu'être seule dans un appartement avec lui et mon inexpérience me donnait des vertiges.

Son appartement comportait un salon, un bureau et une chambre, tout cela dans un grand désordre, et allez savoir pourquoi il rangeait ses dossiers dans la salle de bains. Il me les a apportés et il m'a dit, « Tu vas me permettre de compléter ce que je ne sais pas de Diaz Uribe. » Il a posé les dossiers sur une table basse encombrée de tasses de café plus ou moins vides – on avait l'impression qu'une armada de types s'étaient carapatés de ce salon dans la plus grande des précipitations afin de se consacrer à une mission qui ne pouvait attendre. Les dossiers étaient fermés par des sangles de coton et des élastiques, ils évoquaient ceux qu'on voit dans les bureaux des juges anticorruption en Sicile après qu'ils se sont fait dessouder.

« Il y a là tout ce qui concerne les collectionneurs, les galeristes, les diverses connaissances de Diaz Uribe. Tous ces gens ont commencé à s'absenter par intermittence, à couper les ponts un à un et puis finalement à disparaître.

– Ils sont morts ?

– Certains oui. D'autres se sont simplement volatilisés. »

Il est allé dans la cuisine.

« Café ? »

Je me suis assise dans le fauteuil – velours vert, confortable, râpé, sale, bourré d'acariens et d'autres formes de vies microscopiques. J'ai ouvert le premier dossier, il était empli de coupures de journaux, de notes manuscrites écrites sur à peu près n'importe quoi (il y avait même des recettes de cuisine), et on aurait pu compter des centaines de tirages photos de toiles de Diaz Uribe.

Le caméraman filmait : *Pas sortie de l'auberge.*

« Je crois saisir, m'a dit Velevine depuis la cuisine, que ce à quoi aspire le plus Diaz Uribe, ce sont des vertus négatives : absence de souffrance, absence de désir, absence d'agitation, absence de compétition. Lui en est évidemment incapable. Mais tous ces gens ont tenté l'expérience. »

J'étais perplexe.

« Je ne comprends rien. Je cherchais un peintre et je trouve un gourou », ai-je rétorqué, penchée sur cet amas désordonné d'informations.

Velevine est revenu avec deux tasses supplémentaires.

« En effet, nous avons affaire à un peintre devenu prophète. Ça n'est pas plus compliqué que ça. »

Avant qu'il ne les pose, les tasses s'entrechoquaient en cliquetant. Ses mains tremblaient si fort qu'on l'aurait cru atteint d'une maladie neurologique. Ce type devait passer ses journées à coordonner ses périodes de sevrage et ses approvisionnements. Le manque organisait sa vie – alcool, amoureuse slave, narcoleptiques, psychostimulants, caféine, nicotine, Roberto Diaz Uribe, etc.

Il s'est effondré sur le canapé (à l'intérieur du canapé serait plus juste – c'était le genre de sofa qui vous ensevelissait) et il a dit pour faire le malin : « En plus Diaz Uribe n'est même pas un très bon peintre. »

Le cercle rompu

Quand Feliziano II rentra de la chasse deux jours plus tard il trouva ses trois tantes qui l'attendaient sur le seuil et qui lui dirent qu'on était venu en son absence pour lui demander de ferrer un cheval. Il répondit, « Je ne suis pas maréchal-ferrant. » Puis il dit, « Voici seulement cinq palombes. Les animaux semblaient prévenus de ma présence. »

Rosa Orabe Palacios revint le lendemain et les trois sœurs assistèrent à leur rencontre. Elles virent Feliziano II sortir de sa forge et se diriger vers la jeune fille juchée sur son cheval. Elles entendirent ce qu'elle lui dit quand elle s'adressa à lui sans même descendre de sa monture : « Je veux des fers d'un métal si spécial que mon cheval filera comme la balaguère. »

Les trois sœurs grognèrent devant tant d'arrogance. Feliziano II leva les yeux vers Rosa, il resta interdit et il fit ce que beaucoup d'hommes comme lui font dans de pareilles circonstances, il décida brusquement, sans le moindre détour, que cette toute jeune fille serait la mère de ses enfants et que pour obtenir cela il était prêt à vendre son âme.

Feliziano II fabriqua des fers du plus léger et du plus résistant des alliages. Il apprit à ferrer pour Rose et alla dans la foulée demander sa main à son père. Feliziano II respectait les hommes qui cultivaient la terre, qui ne partaient pas à l'aventure en abandonnant leur famille : il nourrissait encore une rancune tenace envers son propre père.

Le père Orabe accepta de donner sa fille à Feliziano II simplement parce que sa fille le voulait aussi. Il leur offrit une maison. Feliziano II continua de travailler à la forge, à élaborer des objets de métal pour rendre la vie plus belle et plus commode aux gens d'Uburuk. Quant à sa femme, lorsqu'elle n'enfantait pas, elle galopait sur ses chevaux. Ils eurent cinq enfants. Cette vie protégée par les trois tantes de Feliziano II se poursuivit jusqu'en 1683. Les trois sœurs moururent au printemps de cette année-là en pensant avoir rempli le contrat qui était le leur. Elles s'alitèrent, refusèrent de s'alimenter et s'éteignirent en quelques jours.

Mais l'événement qui brisa véritablement Feliziano II eut lieu peu avant la semaine sainte, alors que toute la ville préparait la procession. À Uburuk elle débute après la célébration à l'église de la place d'Armes au cours de laquelle le voile noir qui cache le Christ en croix est ôté. À la fin de l'office, vingt-cinq soldats romains entrent dans l'église, se positionnent près de la Croix, tandis que les prêtres placent le Christ dans un cercueil de verre. Ensuite les membres des confréries portent les statues des saints à travers les rues de la ville, et les femmes d'Uburuk la Vierge. Pendant la procession, les soldats romains tombent sur le côté au son de la musique et des chants, comme foudroyés par leur propre infamie. Une partie de la procession se fait à cheval. Et ce fut pendant que Rosa rejoignait la célébration sur son étalon préféré que l'accident eut lieu.

Dans la grand-rue en pente, le cheval se cabra brusquement, on ne sut jamais pourquoi, on ne sut jamais ce qu'il aperçut, ou plutôt on imagine qu'il glissa, que les pavés de la grand-rue étaient visqueux à cause de la pluie des derniers jours, toujours est-il que le cheval vacilla et fit basculer Rosa en tenue d'apparat, elle tomba à terre alors qu'il tentait de reprendre son équilibre, il recula et lui écrasa le cœur au moment où elle essayait déjà de se relever. Il s'écarta aussitôt, se dressa, agitant ses pattes et moulinant l'air. Puis au milieu de l'effroi général il partit au galop, remontant la grand-rue comme s'il avait rencontré le diable des chevaux – comme si venait de se produire l'événement le plus dramatique et injuste de sa vie de cheval. Rosa fut tuée sur le coup.

Feliziano II ne s'en remit jamais. Le cheval de Rosa avait disparu et Feliziano II ne put donc le punir comme il le souhaitait. En lui coupant les testicules ou en lui logeant une balle dans la tête. On dit que le cheval s'était enfoncé dans la mer et s'était puni lui-même d'avoir tué la merveilleuse Rosa.

Des cinq enfants de Feliziano II et Rosa, l'été suivant, il ne restait plus que les deux aînés. Les trois autres avaient succombé à la terrible grippe de l'hiver 1683. C'était comme si les dernières années de Rosa, les soins qu'elle avait apportés à ses enfants, les espoirs bienveillants qu'elle avait placés en eux, avaient été balayés. C'était comme si elle était morte depuis déjà dix ans.

Feliziano II ne quitta pas Uburuk. Mais sa façon de s'isoler, de travailler davantage à la forge et de ne plus parler à ses enfants fut une manière subtile de disparaître et de les abandonner.

Ainsi Feliziano II n'avait-il pu échapper à l'étrange fatalité qui frappait les hommes de la famille Bartolome, cette fatalité qui leur fait prendre leurs rêves pour argent comptant, qui leur attribue la conviction candide qu'ils pourront changer le cours des choses et qui les fait sombrer dans la mélancolie. La famille Bartolome s'endormit pendant plus d'un siècle. Quand je l'ai retrouvée, elle était de nouveau au château d'Iturralde, auprès de son « seigneur et maître ». Et elle n'était plus constituée que de deux jumeaux bâtards.

Protect me from what I want

Constat : Atanasia est à Paris, les platanes sont encore verts mais ça sent le début de la fin, les avenues sont peuplées de gens bruyants, dégourdis, déterminés. Comme s'ils trouvaient tous normal de marcher dans Paris. J'ai le sentiment de me déplacer trop lentement, je vais à un rythme et eux à un autre. J'aurais tant aimé régler mon pas sur le leur.

J'habite ici avec l'agréable sensation de ne pas avoir, pendant encore quelque temps, à gagner ma vie (et avec la légère angoisse, ou plutôt l'urgence, dans laquelle me plonge cette sensation certaines nuits) ; ce que m'a alloué ma mère – qui vient de l'assurance de mon père – me suffit. (Ma mère m'avait raconté que mon père, il y avait de cela quinze ans, avait demandé au banquier au moment de la souscription du contrat : « Mais dites-moi, si on se donne la mort, les bénéficiaires d'une assurance décès peuvent-ils percevoir le capital ? » Et tout le monde avait fait comme s'il s'agissait d'une boutade, « Tout est prévu, monsieur Bartolome », le banquier avait cherché dans ses dossiers et annoncé triomphalement, « En cas de suicide il existe un délai de carence après la signature du contrat au-delà duquel les bénéficiaires pourront toucher le capital. » Alors mon père avait dit, « Très bien, dans ces conditions j'attends encore un peu avant de me jeter par la fenêtre. » Et tout le monde avait ri.)

J'ai l'impression que mon père m'a confié une enveloppe pleine de billets pour que je n'aie pas à tout commencer de zéro et qu'il avait prévu ça de longue date. Il avait dû vouloir m'épargner un démarrage trop laborieux.

Parfois je me dis que ma vie ici ressemble au début d'un film dans lequel le héros est un paumé qui vit dans un quartier de Paris plein de putes et de veuves à chats. Et moi, je serais la meilleure amie du héros. Parce que je suis la narratrice. Les narrateurs sont toujours les meilleurs amis de ceux qui agissent, il ne leur arrive jamais grand-chose à ces gens-là.

Je n'ai rien d'autre à faire que de consulter les dossiers de Velevine, en échange de quoi je lui raconte la légende des jumeaux Bartolome, Gabriel et Saturniño, celle de Feliziano le pharmacologue de Bordeaux, celle de Feliziano II son fils, le ferronnier, et puis aussi l'enfance de Tito.

Les « dossiers » de Velevine sont un ramassis d'éléments disjoints. Et aucun de ces éléments ne m'apprend la moindre bribe d'information qui n'ait déjà été longuement développée dans les deux ouvrages qu'il a consacrés à Diaz Uribe. Excepté en ce qui concerne les « disparus ». Pendant des années Velevine a amassé et n'a quasiment jamais rien classé. Les dossiers sont composés de clichés et de coupures de journaux qui parlent en vrac de la Perestroïka, de la deuxième élection de Mitterrand, de la création du revenu minimum d'insertion, de l'affaire du coton ouzbek et de l'implication mafieuse de Iouri Tchourbanov, gendre de Brejnev, de l'invasion des crapauds-buffles en Australie et de la stupéfiante faculté de cette bestiole à muter en moins de temps qu'il faut pour le dire, de l'écureuil de Corée (dit aussi tamia de Sibérie), adorable rongeur hébergeant sous son pelage jusqu'à six cent cinquante tiques porteurs de la maladie de Lyme, d'ailleurs on trouve dans les dossiers de Velevine un nombre invraisemblable d'articles sur la maladie de Lyme qui pourtant ne devrait pas concerner notre exilé soviétique dans son refuge de Montmartre (je ne vais pas faire ici un exposé sur la maladie en question, c'est en lisant les dossiers de Velevine que j'ai appris que les tiques étaient les vecteurs de cette maladie infectieuse – des mois ou des années après avoir été contaminé vous pouvez voir apparaître des symptômes cutanés, cardiaques et/ou neurologiques, vous pouvez même finir totalement paralysé (c'est cela qui devait plaire à mon grand paranoïaque, le côté embusqué de la maladie)). Et puis Velevine a surtout récolté une quantité délirante de données concernant de près ou de très loin Diaz Uribe. Il semble atteint d'un syndrome de Diogène focalisé en partie sur Diaz Uribe – il garde tout, les informations le concernant, les déchets de ces informations, « Tout peut servir », dit-il, il accumule pour, je crois, le seul plaisir d'accumuler ou avec le désir de se protéger de je ne sais quoi. Des cartons obèses et rafistolés avec du scotch jonchent le sol de la salle de bains et ont même envahi la baignoire, il ne se lave plus que « par petits bouts », la baignoire n'est plus nécessaire, un lavabo suffit, je me dis parfois qu'il file un mauvais coton.

Je me souviens de l'une des voisines de ma grand-mère. Celle qui regardait en boucle la série *Le Prisonnier* et qui prenait des notes dans des carnets avec TOP SECRET écrit en capitales sur la couverture, de grandes capitales tremblotantes. On la voyait parfois agiter par la fenêtre l'un de ses carnets en criant, « Le nain, le nain » parce que dans l'un des épisodes apparaissait un nain, c'était l'épisode qu'elle regardait le plus fréquemment, elle semblait y voir un sens apocalyptique. Elle était obsédée par les objets ronds et blancs, elle collectionnait les boules de billard et les balles de ping-pong, et façonnait de petites billes de pâte à sel qu'elle cuisait et peignait en blanc, cela lui rappelait « le rôdeur », la boule blanche géante de la série qui traque ceux qui tentent de s'échapper de l'île. Cette vieille dame arborait un canotier, et une veste noire sur les revers et le col de laquelle elle avait agrafé des rubans blancs comme le héros psychotique de la série, et elle portait suspendue autour du cou une bougie d'anniversaire en forme de 6 qu'elle avait percée d'un fil de pêche (le 6 étant le numéro de l'agent secret britannique maintenu prisonnier, faut-il le rappeler), elle prétendait que l'île en question était une prison franquiste expérimentale dont la machinerie s'était sophistiquée jusqu'à la « misère intégrale » (liquidation de l'identité du prisonnier). Quand j'ai commencé à fréquenter avec assiduité Velevine, je me suis rendu compte qu'il me faisait parfois penser à la vieille voisine de ma grand-mère.

J'ai l'impression aussi qu'il me cache quelque chose d'important – ou plutôt qu'il me laisse le découvrir toute seule, c'est comme s'il jetait un œil par-dessus mon épaule et soupirait de me voir si déconcentrée, je suis l'ancienne bonne élève un peu décevante sur laquelle on avait eu la faiblesse de miser, ou bien encore attend-il le moment le plus adapté pour me faire partager certaines découvertes cruciales concernant l'objet de notre obsession, il ne me sent pas prête, ou il ne se sent pas prêt.

De guerre lasse, il s'assoit parfois à côté de moi devant la table et il me montre les photos des toiles de Diaz Uribe, il dit «Regarde comme les figures s'effacent, remarque leur lividité croissante, note que chacune des filles de l'artiste est le sujet d'un certain nombre de toiles, un nombre qui ne varie jamais, elles sont toutes le sujet de quarante-trois toiles, sauf la dernière, la cinquième, on en est à trente-sept toiles et plus on avance dans le temps plus elle pâlit. Et note que la disparition est progressive, en général sur la quarante-troisième toile il ne reste qu'une ombre sur le sol carrelé, cela annonce une catastrophe, l'absence des filles, cela annonce une catastrophe, c'est évident» et quand il trouve que je ne suis pas assez attentive, il me met la photo sous le nez puis me tapote le front avec, «Réfléchis, réfléchis, il y a quelque chose à comprendre derrière cet effacement», il étale les photos sur la table basse et sur le plancher, derrière chacune d'elles il a inscrit son titre (qui s'apparente simplement à un millésime), il dit qu'il y a quelque chose à chercher de ce côté-là aussi, il dit que les années ne correspondent pas, soit (a) quelqu'un se trompe dans l'ordre d'achèvement des toiles, soit (b) quelqu'un présente les toiles dans le désordre, soit (c) quelqu'un (Diaz Uribe lui-même sans doute) s'amuse à semer le foutoir dans les années et à intituler ses toiles au petit bonheur.

Comme je l'ai dit, tout ce que j'arrive à extraire de probant de la quantité de déchets qui composent la majorité des dossiers de Velevine concerne les «disparus». Même si Velevine n'aime pas qu'on les appelle ainsi. J'ai pu en constituer une liste plus ou moins fiable. Du moins j'ai le nom de pas mal de proches de

Diaz Uribe qui se sont volatilisés. J'ai parfois réussi à établir les circonstances de leur « disparition » (grâce aux multiples coupures de journaux que contiennent les dossiers, grâce aux notes que Velevine a prises sur n'importe quoi (il est du genre, n'oublions pas, à découper les paquets de biscottes et à écrire fébrilement sur le carton gris du verso)), mais il me manque encore beaucoup d'éléments, des dates, des lieux et la façon dont le chemin de certaines de ces personnes a pu croiser celui de Diaz Uribe.

J'aimerais bien par exemple comprendre ce que viennent faire les trois notules suivantes dans les archives de Velevine, j'aimerais qu'il me dise pourquoi il a conservé une coupure d'un journal local américain (mon anglais est bredouillant) indiquant que le docteur John Bender a bien quitté son cabinet de San Diego le 12 mars 1962 à dix-neuf heures mais n'est jamais rentré chez lui, j'aimerais bien qu'il me dise pourquoi il a découpé l'avis de recherche concernant Rick Ramirez, un jeune architecte mexicain disparu le 20 juillet 1963 à Monterrey, j'aimerais qu'il m'explique en quoi nous concerne la disparition à Los Angeles, le 25 juillet 1963, de Facundo Fernandez, ressortissant argentin, violoncelliste dans l'orchestre philarmonique du Teatro Colón de Buenos Aires. Je me doute qu'il existe un rapport avec Diaz Uribe. Je ne suis pas idiote.

Mais je n'ai pas droit aux questions qui commencent par « pourquoi ».

Un jour je lui avais demandé : « Pourquoi vous être intéressé à Roberto Diaz Uribe ? » Il avait secoué la tête en me fixant comme on fixe ce satané grille-pain qui fait sauter les plombs tous les matins. « Je crois que ce que je déteste le plus au monde ce sont les questions qui commencent par pourquoi. C'est à toi de trouver les raisons aux événements. Je peux te dire "comment" je me suis intéressé à lui. Mais en aucun cas tu ne peux attendre de moi que je réponde à une question qui commence par pourquoi. Ce serait comme de demander à un peintre pourquoi il peint plutôt des femmes nues que des dahlias, et à un écrivain pourquoi son personnage s'appelle Pierre-Alexandre plutôt que Jean-Baptiste et pourquoi celui-ci choisit de se donner la mort à la fin du livre avec du cyanure plutôt qu'avec de l'arsenic. Une question qui commence par pourquoi est une question paresseuse. Je ne veux plus jamais t'entendre poser une question de cette sorte. »

Et c'est ainsi qu'il s'en sort toujours, sans me répondre, et je ne sais donc même pas « comment » il est tombé sur Roberto Diaz Uribe.

Je passe presque tout mon temps dans son appartement de Montmartre, il y est ou non, et quand il y est et que l'on est samedi, il s'installe torse nu devant la télé et il regarde des matches de rugby sur la 2, Velevine est fasciné par le rugby, ou alors il s'allonge sur le sofa à cause de la tache d'humidité au plafond qui lui rappelle la forme de la Pologne, et il s'efforce de tenir un quart d'heure sans boire ni prendre le moindre sédatif, et c'est sa victoire à lui, il me dit en gloussant, « Quinze minutes d'abstinence, Anastasia, ça se fête », il ajoute, « L'alcoolisme c'est la rencontre parfaite d'une molécule et d'un cerveau », il a du mal à supporter mon côté végétarien, il m'appelle « la bouffeuse de muesli » et m'observe avec curiosité en train de manger ce qu'il nomme « ton fourrage », et dès qu'il le peut il descend acheter des rognons chez le boucher du coin, qu'il cuisine et mange en me souriant avec le sourire du pire des cinglés.

Quand je ne suis pas chez Velevine, c'est que je suis chez moi à fumer accoudée à la fenêtre en regardant l'automne à Paris, ce merveilleux automne, si doux, je reste ainsi à cogiter et à me demander si toutes ces histoires recèlent un sens caché, ou même un sens éclatant qui m'échappe, je pense à la littérature et à la politique, je me prépare une assiette de riz complet, je sais que je vais partir à la recherche de Diaz Uribe, que nous allons partir à sa recherche, ce n'est qu'une question de temps, sommes-nous prêts, je n'ai plus peur de Velevine, comment ai-je pu imaginer qu'il tenterait de me sauter si je n'en avais pas envie, j'ai trop écouté ma mère, les mères mettent trop en garde leurs filles, à trop leur répéter qu'elles sont vulnérables les filles finissent par le croire et se comportent comme telles, quand j'en ai parlé à Velevine, il a ri et m'a rétorqué que les mères devraient aussi cesser d'élever leurs fils en leur faisant croire que les femmes sont toutes-puissantes, j'ai essayé de réfléchir à cette question, à la façon dont on impute aux autres la faillite de nos vies, mais cette question ne m'intéresse pas tant que ça et je me sens prise d'engourdissement ou d'une grande lassitude ou d'une grande inefficacité, comme dans mes rêves, ces rêves où faire mes lacets me prend des heures. Au fond je me sens simplement pleine d'une tendresse trouble pour Velevine, c'est ce qu'il suscite en moi maintenant, ni méfiance ni dégoût, une simple tendresse trouble, malgré un commencement loupé nous sommes devenus des amis, Velevine et moi, quel plaisir d'avoir un ami, et qu'en plus il soit drôle, et dingue, jamais ennuyeux, jamais exclusif, et Velevine me parle de Diaz Uribe certes, mais aussi des femmes qu'il a aimées et qu'il aime évidemment toujours, il parle des relations des hommes avec les femmes, il dit que les hommes devraient arrêter de considérer les femmes comme des boissons désaltérantes et qu'ils devraient leur laisser la possibilité d'avoir soif, je ne suis pas sûre de comprendre tout ce que ce genre de discours implique car je manque d'expérience en la matière, c'est ce qu'il me dit souvent, il dit que je suis une tourterelle – je pense qu'il veut dire que je suis une oie blanche mais il se trompe ou bien alors il préfère dire tourterelle –, et puis je me dis qu'il n'a pas dû appliquer son discours aux femmes qu'il a aimées, sinon pourquoi quitter un homme de ce genre, n'est-ce pas, et Velevine, si j'en crois les histoires qu'il me raconte, a toujours été quitté, mais de toute façon qui applique son propre discours à sa vie ? qui donc fait ce qu'il dit ? et il me parle des enfants, il parle fréquemment des enfants, ceux de son village, ceux de Moscou, ceux de Paris, et moi je ne pense rien des enfants, j'ai dix-huit ans, je ne sais pas quoi lui répondre, je préfère quand il me parle d'art, je suis une idiote, n'est-ce pas, je suis convaincue que Velevine est plus intéressant quand il s'indigne contre l'art contemporain que lorsqu'il me parle des enfants, j'aime quand il calomnie les riches et les artistes, il s'énerve et dit qu'il faut cesser de croire à la rhétorique oppositionnelle, « Cessons de nous croire au-delà du consensus », dit-il. Il crache sur toutes les œuvres stéréotypées qui dénoncent les stéréotypes. « Les peluches géantes qui dénoncent l'infantilisation du monde, les installations spectaculaires qui dénoncent la société du spectacle, les empilements d'objets qui dénoncent notre société d'abondance… » Il renâcle, « Pouvoir du marché et pouvoir de la dénonciation finissent par s'équivaloir. Quel piège délicieux, bande de crétins. » Je le laisse vitupérer mais il en revient toujours aux enfants, il s'adoucit et je comprends alors que s'exiler est une souffrance terrible, moi je peux retourner quand je veux à Bilbao, je peux revoir ma mère, je peux lui parler et lui écrire, et je me dis que la décision de l'exil est une décision qui exclut toute consolation. Velevine me pose des questions sur mon enfance, sur la perception du monde et du temps durant mon enfance, comme s'il avait tout oublié, ou comme s'il pensait que je suis encore connectée à cette période de ma vie. Je ne lui réponds pas, je ne veux pas lui parler de moi ni de la petite fille qui boude à l'intérieur de mon cœur, ce que je veux c'est lui raconter l'histoire de Tito et puis celle du grand-père de mon père et du frère de ce grand-père, les jumeaux Gabriel et Saturniño Bartolome. Ce qui m'intéresse, à ce moment précis de ma vie, c'est de comprendre pourquoi tous les hommes de cette famille semblent avoir été d'un orgueil si inconditionnel qu'ils ont commencé par penser que le monde pouvait être meilleur sous l'effet de leur action, avant de finir brisés en menus morceaux.

Je serai l'ombre de ta main

Pendant presque tout le temps du trajet sur le fleuve Ogooué, Gabriel Bartolome s'était demandé ce qu'il était bien venu faire au Congo. Et la réponse était là, près de lui, en la présence taquine et pleine de prévenances de Pierre Savorgnan de Brazza qui lui répétait, « Tu veux retourner dans tes montagnes, Gabriel ? » Pourtant, même s'il était malade, le cœur chaviré, souffrant mille fièvres, Gabriel n'aurait jamais échangé sa place contre nulle autre.

« Tu es trop sensible et trop romantique, Gabriel », lui disait Brazza. Mais n'était-ce pas lui qui avait appris à Gabriel à être sensible et romantique alors qu'ils étaient encore des enfants et qu'ils exploraient les alentours d'Uburuk.

C'était un miracle si étrange qu'un Brazza ait pu rencontrer un Bartolome.

La légende fait descendre les Savorgnan de Brazza de Severiano d'Aquileia, petit-fils de l'empereur Sévère (né en 145, il aurait eu des ascendants libyens – Gabriel en plaisantait souvent avec Pierre pour justifier l'engouement de celui-ci pour l'Afrique). Le père de Pierre, Ascanio comte de Brazza Cergneu Savorgnan, naquit à Udine dans le Frioul en 1793. Il était le fils du comte François et de la comtesse Giulia

Piccoli (je ne me lasse pas de la beauté des noms). En 1834, à quarante et un ans, il décida d'épouser Giacinta Simonetti qui n'avait que seize ans. Elle était la petite-fille orpheline du marquis Silvio Maccarani et d'Orsola Priuli et elle passait pour l'une des jeunes aristocrates les plus cultivées de Rome (palazzo via dell'Umiltà, salon littéraire et parc immobilier). Éloigné de la belle et trop jeune Giacinta par la tutrice de celle-ci à cause de leur différence d'âge (vérification, détermination, ne nous en laissons pas compter), Ascanio entreprit un grand voyage qui l'entraîna à Constantinople et en Égypte, jusqu'aux limites du Soudan. À son retour en 1835, malgré ce long éloignement, il se maria avec Giacinta. Ils eurent seize enfants – treize ont survécu – mais seize quand même (à partir de combien de jours vécus comptons-nous parmi les vivants ?).

Une cousine de Giacinta épousa en 1852 un marquis basque, Francesco d'Iranda, un descendant du comte d'Iturralde, et chaque année quand l'été sévissait sur Gandolfo, le domaine des Brazza au sud-est de Rome, Pierre Savorgnan qui s'appelait encore Pietro, son frère Giacomo et leur mère partaient pour la résidence du marquis, au château d'Uburuk. L'expédition n'était pas des moindres mais les fils Brazza avaient en commun avec leur mère le sens de l'effort et de la hardiesse.

Gabriel Bartolome vivait lui aussi au château, ancien domaine des Iturralde, avec son frère jumeau Saturniño et sa mère, qui officiait à la lingerie.

Et personne n'a empêché Gabriel, le fils de la lingère, et Pietro, l'aristocrate italien, fils du comte de Brazza, de se lier d'une amitié parfaite. Personne n'a empêché Gabriel d'apprendre à écrire puisque Pietro lui disait, « Tu m'accompagneras et tu tiendras le journal de nos expéditions », personne n'a empêché Gabriel de devenir le compagnon d'Afrique de Pierre Savorgnan de Brazza quand le temps fut venu, Gabriel qui serait devenu maréchal-ferrant au village s'il n'avait pas rencontré les Brazza, Gabriel qui n'aurait jamais su écrire autre chose que son nom et peut-être même n'aurait-il pas su l'écrire.

Depuis toujours un très fort désir d'aventure et d'exploration tenaillait Brazza. Un désir si intense et si exact que le petit Gabriel Bartolome n'avait su résister à son charme. Un désir d'exploration et non pas de *conquête* : le terme ne pourrait en aucun cas rendre justice à Brazza, ou plutôt si, il aurait été encore possible pour le petit enfant qu'était Brazza pendant l'été 1859 d'avoir été animé par le désir de conquérir. Mais en devenant un homme, son dégoût de la domination signa la fin de ce désir-là.

« Je t'emmènerai partout avec moi, Gabriel », disait-il.

Et partout, cela voulait dire, loin du château d'Uburuk et de Castel Gandolfo, loin des Dianes éparpillées sous les saules et des petits lacs placides.

Brazza avait sept ans. Gabriel aussi. Brazza avait trouvé une barque en mauvais état sur le domaine des Iturralde-Iranda, dans une grotte près de l'étang. Patient et ingénieux, il avait fini par la rendre presque étanche. De son côté, Gabriel avait volé dans la lingerie un drap de lit. Ils avaient monté la voile de leur esquif. Et Brazza était parti sur l'étang dans son petit bateau qui prenait l'eau. La lumière était éblouissante, le bruit des eucalyptus sciait l'oreille de Gabriel qui était resté sur la berge, la surface de l'étang était si sombre et si lisse et inconnaissable.

Brazza adressait de grands signes à Gabriel, qui devait rendre compte de l'aventure.

« Tu écriras mon journal, Gabriel. »

Gabriel ne savait pas écrire un journal. Il écrivit simplement la date : *22 juillet 1859*. Et il ajouta : *Plein soleil*.

Ils passèrent ainsi tous leurs étés ensemble pendant six ans. Puis à treize ans, Brazza rencontra à Rome l'amiral de Montaignac, qui avait fait le tour du monde sur *L'Artémise*. L'amiral était venu offrir au pape de la part de Napoléon III une caravelle (une caravelle, n'était-ce pas fou, plus personne ne naviguait sur une caravelle. Quand Gabriel le fit un jour remarquer à Brazza, celui-ci balaya la chose d'une main et dit, « Quelle importance, Gabriel ? » et c'était cela n'est-ce pas le romantisme de Brazza inculqué à Gabriel, quelle importance puisque l'histoire est belle ?). Brazza écrivit une lettre à Gabriel pour lui raconter sa rencontre avec l'amiral. Il s'était présenté à l'hôtel de celui-ci en se faisant annoncer sous le nom du comte Pietro Cergneu Savorgnan de Brazza. L'amiral l'avait reçu et s'était retrouvé face à un tout petit jeune homme, vêtu d'une veste trop courte et portant des gants paille empruntés à sa sœur (et savez-vous quel nom portait la caravelle ? Elle s'appelait *L'Immaculée*, n'était-ce pas parfait ?). Brazza avait dit à l'amiral, « Emmenez-moi en France, il n'y a pas de marine ici, je veux apprendre à naviguer. » Et l'amiral, impressionné par l'aplomb de ce garçon avec ses gants de fille et son air d'autorité tranquille, l'avait conduit à Paris pour lui faire préparer le concours de l'École navale de Brest.

« Je reviendrai te chercher, Gabriel. »

Pendant les cinq années que dura son absence, quand la mère de Gabriel voyait son fils écrire à

Brazza, elle secouait la tête dans la vapeur de la lingerie et elle disait, « Il ne reviendra pas. » Elle ajoutait, « Prépare-toi à un vrai métier, mon fils. »

Il était impossible pour cette femme d'imaginer que Brazza emmènerait un jour son fils explorer l'Ogooué. C'est que Brazza avait donné sa parole à Gabriel, et il n'y a rien d'anodin dans une parole donnée à dix ans, lors d'un pacte d'enfant, un pacte au sang – une entaille au doigt et mon sang mélangé au tien. Gabriel *désirait* tant y croire à cette promesse – il n'y croyait sans doute pas tout à fait parce qu'il n'était que le fils de la lingère et que l'on apprend très tôt aux fils de lingère à ne pas croire à ce que disent les aristocrates, ou du moins à comprendre que ce qui est important pour les uns ne l'est pas pour les autres, ce n'est pas qu'ils sont menteurs, c'est qu'ils ont des intérêts plus vastes.

« Je suis revenu, Gabriel. »

C'est ce que Brazza dit en 1873 quand il réapparut après la guerre contre la Prusse. Durant tout ce temps, Gabriel était resté au château d'Uburuk. Alors que son frère jumeau sillonnait la région pour convaincre tout un chacun de l'importance d'émigrer au Brésil et d'y édifier une communauté pour y réaliser une destinée sublime, lui n'avait jamais bougé, arpentant le même chemin entre la lingerie et les écuries, il avait attendu Brazza.

« Je t'emmène, Gabriel ? »

Ils étaient partis et la mère de Gabriel n'en revenait pas. Elle pleurait debout sur les marches du grand escalier. Pourquoi donc, se demandait cette femme qui n'avait jamais dépassé les limites du domaine des Iturralde (et n'en avait jamais ressenti le désir), pourquoi donc ses fils quittaient-ils Uburuk pour partir au bout du monde ? Et c'est la tante de Brazza, la marquise d'Iranda, qui dit en lui tapotant l'épaule avec raideur, « Allons allons, Arantxa », et qui se tourna vers Brazza et Gabriel pour leur ordonner, « Soyez imprudents, les garçons. »

Quand ils se rendirent au Congo lors de leur première chasse aux navires négriers, Gabriel mesura l'importance de ce qu'elle leur avait dit, il comprit l'audace qu'elle leur avait enjoint d'avoir en toutes circonstances.

En 1875, après avoir obtenu des subsides de l'État français et surtout après avoir puisé dans la fortune familiale, Brazza monta une expédition pour retourner au Congo et remonter l'Ogooué. Officiellement il s'agissait de trouver une voie commerciale vers l'intérieur de l'Afrique. Brazza partit avec le docteur Ballay, le naturaliste Marche, son quartier-maître Hamon et quelques fantassins sénégalais. Gabriel Bartolome l'accompagnait aussi, présent comme son ombre. Durant cette expédition qui durerait trois ans, Brazza n'allait pas aimer ce qu'il découvrirait. En se dirigeant vers l'Alima, ils croiseraient tant d'esclaves qu'il se mettrait à les acheter afin de leur redonner la liberté.

« Tous ceux qui touchent notre pavillon sont libres, car nous ne reconnaissons à personne le droit de retenir un homme comme esclave », disait Brazza.

« Tous ceux qui le touchent sont libres », serait un jour la devise de Brazzaville. Mais à ce moment-là nul ne le savait encore, à part peut-être Gabriel qui vivait si souvent dans les temps futurs en travaillant à la postérité de Brazza.

Brazza, Gabriel et les hommes qui participaient à l'expédition remontèrent le fleuve et partout où on les empêchait de passer, partout où d'autres auraient sorti les carabines et les baïonnettes, Brazza tentait de rencontrer le chef du village, il s'efforçait de discuter, de négocier leur passage, il parlait de la flore et des dimensions du monde, et les chefs de village acceptaient ou refusaient, et dans ce cas-là l'équipée empruntait un autre chemin, et chaque membre espérait ne pas mourir de dysenterie ou d'une piqûre d'ortie mortelle, ils parcouraient les fleuves impassibles et à chaque lacet gagné, à chaque village convaincu, Brazza grandissait et disait, « C'est la palabre qui prime. »

Quand Brazza et Gabriel rentrèrent d'Afrique, Brazza donna des conférences à la Société de géographie de Paris, à celle de Rome, et au congrès de Sheffield en Angleterre. Il fut nommé enseigne de vaisseau et décoré de la Légion d'honneur. Mais ce qu'il voulait par-dessus tout c'était repartir.

Ce qu'ils firent le 27 décembre 1879 afin de fonder deux stations scientifiques au Congo au nom de l'Association internationale africaine.

De nouveau ils remontèrent l'Ogooué, puis atteignirent la brousse avec leurs porteurs, Brazza une tête de plus que tous les autres – mais les Africains marchaient courbés, n'est-ce pas, sous le poids du barda –, Brazza qui cartographiait, dictait, dessinait. Ils négocièrent avec le Makoko, le roi des Batéké, et lors de cette rencontre, la fièvre tenait Gabriel, il ne voyait que des guerriers masqués de plus de deux mètres de haut, entièrement recouverts de peaux de léopards, et Brazza ne tremblait pas devant cette armée furieuse, il semblait ne se rendre compte de rien et se promener parmi eux comme il le faisait lorsqu'il était enfant parmi ses quinze frères et sœurs, les vivants et les morts, et tous les domestiques de la maison, les petites gouvernantes en noir et blanc, et les intendants galonnés, il avait l'air aussi à l'aise chez le roi des Batéké au milieu de la jungle que chez lui et Gabriel s'est dit obscurément, Nous n'en sortirons pas vivants.

Mais ils en sortirent vivants. Ils creusèrent d'abord un trou dans le sol où Brazza enterra les cartouches de sa Winchester, puis ils partagèrent le repas du roi des Batéké, et Brazza était merveilleusement dans son élément quand il fabriquait de petites boulettes dans sa paume et mangeait ce qu'on leur offrait, il encourageait Gabriel de la tête et souriait au roi des Batéké, et en partant, en retournant à leur campement (on ne dormait pas chez le roi des Batéké, aucun Blanc jamais n'aurait eu le droit d'y dormir, ou même l'idée de le faire), il dit à Gabriel, « Ne parlons pas tout de suite de ce traité. » Et Gabriel comprit que toutes ces tractations étaient acrobatiques et qu'elles n'étaient commanditées par personne puisque aucune des méthodes de Brazza n'était patentée. Brazza n'était l'émissaire de personne. Sa réussite tenait à sa force de conviction et à son aisance, à quelque chose d'impalpable qu'un roi d'Afrique ou un amiral français étaient tout autant capables de percevoir.

« Ne pas conquérir mais bien plutôt convaincre », notait Gabriel.

Brazza devint un héros, un conquérant aux pieds nus, les choses se surent depuis Lisbonne jusqu'à Bruxelles, mais c'est Paris qui plaisait tant à Brazza, c'est à Paris que Brazza voulait plaire.

Brazza fut nommé commissaire général du Congo français. Mais un poste administratif même en Afrique ne lui convenait en rien. Gabriel Bartolome refusa de devenir lieutenant gouverneur quand Brazza le lui proposa. Ce que voulait Gabriel c'était accompagner

Brazza en toutes choses ; Brazza était l'extension de son désir et de sa volonté.

Ce fut un soir de mai 1895, à Paris, que Gabriel assista à la rencontre de Thérèse et Brazza, chez Virginie d'Abbadie. Ils étaient arrivés tôt, Brazza voulait prendre congé dès que possible sans pour autant être impoli, ils avaient à mettre au propre les notes que Gabriel avait prises, Brazza avait l'intention de les faire publier, de les présenter à l'Institut et de repartir au plus vite pour le Congo. Il ne supportait plus le ramdam de son retour en France. On désirait le voir, le fêter, le toucher, le chahuter. Il devinait que tout cet enthousiasme était chose périssable. Il s'en accommodait le temps de reprendre la mer. Il était encore Brazza l'Africain, l'apôtre de la paix qui ratifie des traités avec les rois africains sans arme et sans chantage. Les honneurs ne déplaisaient pas à Brazza, loin s'en faut, mais il sentait déjà que sa popularité finirait par entacher sa réputation. Et ce soir-là on eût pu croire que Thérèse et lui s'étaient reconnus.

C'était la vieille algèbre de l'amour. Brazza présentait ses hommages à madame d'Abbadie qui, assise sur un modeste tabouret pour bien montrer que les convenances lui importaient peu, l'écoutait lui parler de l'Afrique et le regardait en riant mimer la façon dont les mères africaines portaient leurs petits enfants, Brazza mimait (mais même en mimant il n'était jamais condescendant ni ridicule, allez savoir comment, cela laissait toujours Gabriel pantois, et lui faisait songer à ce que disait sa mère quand il était enfant, « Les riches, ils naissent élégants. » Et Gabriel s'en voulait de penser comme sa mère, c'était une pensée de domestique et Gabriel n'aurait jamais voulu être un domestique). Brazza mimait et Thérèse Pineton de Chambrun entra et elle portait une robe bleu nuit et quelque chose sur le visage de féroce et délicat, comment imaginer ce mélange si ce n'est chez un chat précieux, c'était ses yeux, ils étaient si clairs qu'ils semblaient recéler quelque anomalie, et leur extravagante pâleur donnait au regard de Thérèse une si vivante étrangeté que vous ne pouviez détacher votre attention de son visage. Brazza fut capturé. Il leva les yeux vers elle pour la saluer comme il se devait et Gabriel le vit s'arrêter, comme épouvanté.

Ils se marièrent quelques mois plus tard.

Malgré l'importance de cet amour dans sa vie, Brazza ne cessa jamais de vouloir repartir ; il savait qu'être le héros des salons parisiens ne durait qu'un instant et qu'il lui fallait profiter de cet instant pour dire ce qu'il avait à dire, « Tous les esclaves évadés venant habiter à Franceville trouveront la liberté. Les populations m'ont reconnu le droit de libérer tout esclave qui vient me demander protection. » Il savait qu'il finirait par être évincé parce que les gens bien nés sont capricieux et oublieux, ils se toquent de nouvelles marottes et froncent le nez dès que la plèbe brusquement s'entiche de celui qu'ils plébiscitaient il y a peu ; ils ne supporteraient plus longtemps les leçons de Brazza.

Et en effet. Dans les salons, alors qu'on s'était d'abord emballés, « Quel homme, quel grand homme », on en vint à se méfier, « Il bourre les nègres de confiture et attend que ces coquins lui demandent de leur apprendre le grec et le latin. »

Brazza persista.

« Il y a toujours une autre façon de faire », répétait-il en rejetant la violence.

Il ne comprenait pas, comme Tocqueville avant lui, que les soldats fussent formés à la barbarie. Il continuait de s'insurger contre toutes les formes d'esclavage et ne supportait ni que les Blancs s'y adonnent ni que les Noirs la pratiquent entre eux.

Gabriel assistait au dévissage de la statue. Il lui semblait que ces gens ne pardonnaient pas à Brazza d'être celui qu'il était. Brazza insistait, « L'Afrique rend la guerre à qui sème la guerre ; mais comme tous les autres pays, elle rend la paix à qui sème la paix. »

Qui voulait entendre ce genre de discours à ce moment-là, au moment où l'Europe se partageait le joli gâteau colonial ?

Alors Brazza et Gabriel repartirent pour l'Afrique.

Mais l'Afrique avait changé. Elle était dorénavant aux prises avec les agents des concessions, les tirailleurs et les miliciens. Le projet colonial qui devait créer la « résurrection de l'orgueil national » était en train d'amorcer et d'organiser le massacre de l'Afrique.

Le temps de l'extermination avait commencé.

Récupération instinctive

Mon impression de devenir transparente s'accentuait de jour en jour et je ressentais une forme de soulagement en me rendant chez Velevine qui paraissait ne pas souffrir de ma lente abolition. Ou bien alors nous disparaissions de concert et nous ne nous quittions pas des yeux durant notre effacement (ça c'était la théorie de Velevine, elle était fumeuse comme une bonne partie de ses théories). J'ai essayé de me secouer et de le secouer en lui disant que notre statut d'étrangers dans une si vieille et si pullulante capitale était l'unique cause de notre effacement.

Mais autant raisonner un hamster.

Velevine était le genre de type qui ne dormait jamais dans son lit. Il dormait sur le canapé ou assis à table, la tête sur les bras. Il s'assoupissait ainsi parfois tandis que je fouillais dans ses dossiers. Ou alors il sortait. Il donnait des cours aux Beaux-Arts, rue Bonaparte. Je ne savais comment interpréter ses absences et son apparente confiance à mon égard puisque je l'avais d'abord pris pour un paranoïaque. Longtemps j'avais considéré comme valide l'adage disant que la première impression est la seule qui compte. Il faut croire que je surestimais mes compétences en matière d'analyse de mon prochain. Velevine me laissait dubitative et irrésolue. Me faisait-il confiance, ne me présentait-il encore que des documents sans importance, ou profitait-il simplement de mon attrait pour le sujet afin que je mette de l'ordre dans son capharnaüm ?

Parfois il m'ouvrait la porte après un long moment d'attente sur le palier et disait quelque chose d'aussi bizarre que, « Désolé, je lisais et j'ai loupé ma station. » Ou bien il se plantait à la fenêtre et il disait, « Ah Anastasia, tout ça c'est pour nous » et il me montrait le haut du Sacré-Cœur qui rutilait sur le gris cendreux du ciel, le bâtiment était si blanc qu'on l'aurait cru passé à la toile émeri, il désignait les pigeons, les toits de zinc, les géraniums aux fenêtres et il embrassait ainsi l'entière froidure de Paris. D'autres fois il s'effondrait sur son sofa et me disait, « Il ne faut plus que je boive de l'eau de Cologne, j'arrête pas de voir des anges de la mort partout. » (Je pense qu'il se moquait de moi, il savait que j'étais impressionnable. Mais son accablement et sa bizarrerie avaient quelque chose de contagieux.)

Il rentrait de ses cours, il avait une dizaine de journaux sous le bras, un tabouret esquinté trouvé dans la rue, une planche qui « pourrait toujours servir » et il sortait de ses poches des élastiques, il ramassait toujours les élastiques, « Ça peut être utile. »

Il appelait sa manie « le bacille de la récupération instinctive ».

Il observait ses voisins à la jumelle. Un jeune type de l'autre côté de la rue l'intéressait en particulier. Le jeune type en question vivait seul, passait son temps à corriger des copies, télé allumée. Il faisait partie des Parisiens qui restaient le samedi soir devant un documentaire animalier et une salade de riz. Des Parisiens de province. Accablés par le manque de générosité de la capitale. Il bénéficiait d'un petit balcon sur lequel il s'installait même quand il faisait froid, capuche sur la tête et plaid sur le dos. Il lisait.

« Il lit un guide de la Thaïlande », m'avait informé Velevine un midi, posté à la fenêtre.

Je me tenais à côté de lui.

« Ce type est d'une solitude absolue, avais-je fait remarquer.

– Ce n'est pas pour rien qu'il part en Thaïlande. »

Velevine prenait pas mal de choses à la blague.

« Je devrais mieux traiter mon foie. C'est le seul que j'aie », disait-il en s'affalant dans son sofa.

J'aimais la relation que j'entretenais avec lui. Elle démentait ce que ma mère m'avait toujours appris. Ma mère disait qu'il ne pouvait exister de relation entre un homme et une femme excluant la sexualité (elle disait plutôt : excluant l'attirance, c'était sa façon à elle de dire : excluant le désir et la domination). Et quand elle prononçait ces mots il semblait qu'il s'agissait d'une fatalité ou plus précisément d'une malédiction. Et que cette malédiction concernait les femmes, leurs attraits, leur beauté, leur infériorité en termes de force physique et de vitesse, leur conviction que le mâle est toujours le plus fort, ce conditionnement multimillénaire qui continue à être la mesure de nos vies, et que l'antidote à cette malédiction c'était de ne pas porter de jupe trop courte, d'apprendre à courir vite et de prier pour que rien de fâcheux ne survienne. Cette vision des choses faisait hurler de rire Velevine – et lui permettait de comprendre le malentendu de nos prémices. Il disait des choses comme « Je ne pense pas qu'il soit au-delà du génie humain, les filles, d'inventer un coupe-cigare bien affûté à s'insérer dans le vagin afin de découper en morceaux l'organe du premier abruti qui aurait l'idée de s'y introduire sans votre assentiment. » Il disait, « Allez allez les filles il va falloir changer le monde. Un jour ou l'autre vous finirez par comprendre que la violence est une excellente réponse à l'agression sexuelle des mâles. »

Finalement, on ne s'en sortait pas si mal, Velevine et moi. Je ne cherchais plus à savoir comment il me percevait. Je ne m'imaginais pas en train de coucher avec lui (ou plus précisément : je ne m'imaginais pas en train d'être déshabillée par lui), je ne m'imaginais pas en train d'emménager avec lui et de lui faire deux gosses, j'émergeais peu à peu de ce qu'on m'avait si gentiment, et si insidieusement, inculqué. Son indifférence érotique à mon égard ne me vexait *même pas*. (Je me doutais que ma présence de butineuse et de raconteuse le distrayait, tout simplement.)

Ce qui nous liait : un centre d'intérêt commun, deux grands sportifs qui se préparaient pour une compétition, une solitude partagée, privilège romantique des dépressifs.

Velevine disait que cette ville hébergeait étrangement ses exilés en les parquant par grappes agglutinées dans des quartiers périphériques. En général, c'était une connaissance établie depuis longtemps qui leur sous-louait un appartement exigu en banlieue et les nouveaux exilés se retrouvaient eux aussi loin du centre et de l'agitation. « Mais nous, nous avons la chance d'être dans le saint des saints », disait-il. « Nous sommes dans le cœur du château fort », répétait-il.

Velevine disait que les clochards servaient à maintenir la collectivité dans le rang. « Ils sont une menace et un chantage », affirmait-il. « De quoi ont peur la majorité des gens ? De finir dans la rue. Attention, si tu n'es pas docile, regarde ce qui va t'arriver. Le pro-

blème n'est pas de loger et de nourrir tout le monde »,
ricanait-il. « Le problème n'a jamais été là. »

Velevine disait que nous avions tous besoin de vénérer quelque chose. Il déconseillait fortement que ce soit
l'argent ou la beauté ou le pouvoir ou même l'intelligence. Il disait que vénérer l'alcool et un peintre éva-
poré dans les airs n'était pas la pire des solutions.

Velevine disait beaucoup de choses, il discourait
sans cesse et ne voyait aucune difficulté à être à la fois
péremptoire et contradictoire. Et moi tout ce que je
pouvais faire en échange de ses lumineux enseignements – j'avais besoin de contre-donner – c'était mettre
de l'ordre dans son foutoir et continuer à lui raconter
les légendes bartolomiennes.

Au cœur des ténèbres

En 1897 Gabriel Bartolome accompagna Brazza visiter la concession de Conrad Roquet sur les rives de l'Oubangui. Jusqu'au dernier moment Brazza avait voulu y aller seul,

« Mon père connaissait son père. Nous sommes entre gens de bonne compagnie. »

Mais Gabriel avait tenu bon, « Un témoin ne sera jamais de trop, Pierre. » Parce que Brazza se fourvoyait en croyant que les règles de savoir-vivre et de confiance mutuelle de la vieille Europe, « Venez donc nous voir dans notre charmante villa sur les hauteurs de Nice », prévalaient toujours en ces terres reculées. Conrad Roquet était le prince en son domaine. Il était le seul Blanc de sa concession. Il avait trois femmes, quatorze enfants, un cigare éteint à la commissure des lèvres et un chapeau melon sur la tête.

« Je suis le patron. »

Et comment reconnaissait-on le patron ? À ses trois femmes, sa flopée de négrillons, son cigare et son chapeau melon. À sa manière de faire fouetter les ouvriers récalcitrants par d'autres ouvriers moins récalcitrants, à l'argent qu'il amassait avec les arbres à caoutchouc et à l'odeur du bois qui brûlait. Il n'y avait rien à faire pour que ces hommes-là en rabattent. Ils étaient devenus de petits rois vaniteux. Et l'odeur du bois qui brûlait serait la même des années plus tard quand Gabriel et Brazza retourneraient en Afrique pour leur dernière mission et traverseraient les plaines du Tchad au milieu des villages incendiés, les grands chapelets de fumée noire, l'odeur funeste du bois brûlé, cette odeur humide, pernicieuse, qui colle à la peau et lui vole sa sueur.

Il est possible que Gabriel ait voulu accompagner Brazza parce qu'il avait compris plus tôt que lui ce que l'Afrique était en train de devenir. Gabriel attendit un peu en retrait sous les palétuviers que Brazza pénétrât dans la maison de Conrad Roquet mais Conrad Roquet ne le fit même pas entrer dans sa maison, il le reçut sur la coursive, avec sa toute nouvelle femme qui l'éventait et monseigneur Delabranche qui buvait de la gnôle de bambou en se caressant la panse, qui se balançait sur son siège sans paraître du tout faire partie du tableau, regardant plus loin, au-delà des caoutchoucs et des rives de l'Oubangui, et se tapotant le ventre avec ses doigts embagousés, tenant son petit singe en laisse et tirant sur la laisse par moments pour le plaisir de lui scier le cou, monseigneur Delabranche, un filou du séminaire qui croyait plus au caoutchouc et à la gnôle qu'au pouvoir du Très-Haut.

Conrad Roquet ne fit pas asseoir Brazza, il le laissa debout et Brazza n'avait pas l'air pour autant d'être son vilain, Conrad Roquet ne pouvait obtenir de lui la moindre servitude ou la moindre apparence de servitude, Brazza s'accouda à la rambarde de la coursive comme il se serait accoudé au bastingage de son navire pour méditer sur la précarité de nos vies, il tourna le dos à Conrad Roquet et à son infâme curé, il ne lui parla que par-dessus son épaule. Gabriel n'entendit pas ce qu'il lui disait, mais cela suffit pour congestionner plus encore la face déjà recuite de l'affreux Roquet. Gabriel eût aimé voir la toute nouvelle femme de Roquet – elle devait avoir quinze ou seize ans – arrêter d'éventer ce faquin, poser la grande feuille de bananier en pouffant à cause du Roquet humilié, et quitter la plantation avec un port de reine. Mais la toute jeune femme de Roquet n'en fit rien, peut-être n'en pensait-elle pas moins et rêvait-elle que ses frères vinssent étriper l'affreux Roquet, toujours est-il qu'elle se contenta de l'éventer avec ce rythme lent de petite brise, elle regardait ailleurs, elle était ailleurs, elle était loin de ces affreux qui pillaient les terres et les femmes.

« Nous ne sommes pas des conquistadors, Gabriel. » Mais qui encore croyait à cela ?

Les visites de courtoisie de Brazza ne purent rien y faire ; il fut révoqué en janvier 1898. Il fut bel et bien renvoyé, merci monsieur Savorgnan de Brazza, merci infiniment mais nous n'avons plus du tout besoin de vous, rentrez chez vous, rentrez en Italie, même si nous ne sommes pas sans savoir que vous êtes devenu français, ne nous importunez plus, cessez de nous donner des leçons, nous savons pertinemment ce qu'il nous faut faire pour civiliser ces régions barbares du globe. « J'ai l'honneur de vous informer que par arrêté en date du 2 janvier 1898 je vous ai placé dans la situation en disponibilité avec traitement à compter du 13 janvier 1898, date à laquelle prendra fin le congé de convalescence dont vous êtes titulaire. Signé : le ministre des Colonies. »

« Je regarde les choses de très haut et je me tais, Gabriel. »

Brazza repartit pour le domaine familial de Gandolfo tandis que Gabriel retournait à Uburuk.

Mais les choses n'en restèrent pas là. En effet, pendant ce temps, des événements terrifiants se déroulaient sur le fleuve Niger.

Les capitaines Chanoine et Voulet se disaient fondateurs d'empire. Voulet avait pris Ouagadougou en 1896 et Chanoine était son âme damnée. Et quand je dis prendre Ouagadougou je veux dire raser la ville jusqu'à la dernière habitation, décapiter les vaincus, violer les femmes et éventrer celles qui étaient enceintes, achever les porteurs épuisés, pendre tout ce qui pouvait être pendu, piller les réserves de céréales et pourvoir au ravitaillement exclusif du régiment en moutons, bœufs à bosse du Niger, chevaux et mil.

En 1899, la mission Voulet-Chanoine, composée de cinquante tirailleurs, vingt spahis, deux cents tirailleurs auxiliaires et sept cents porteurs, et encadrée par huit officiers et sous-officiers blancs, s'enfonça dans l'est du Niger et se transforma très vite en colonne infernale. On pouvait les suivre de village incendié en village incendié, les routes étaient jalonnées de corps décapités, écartelés, pendus, les tout petits enfants n'avaient plus de mains, plus de bras et les femmes étaient systématiquement violées, mutilées et massacrées. Le récit de l'équipée sanglante des deux capitaines et de leur colonne de tirailleurs, ainsi que les photos qui l'accompagnaient

(« Souviens-toi, Gabriel, des têtes de chefs locaux posés sur la nappe du souper des deux capitaines »)

parvint jusqu'à Brazza, qui s'y attendait, et jusqu'au bon peuple français, qui s'y attendait moins. Gabriel qui était capable de lire le français tomba sur la recension des lettres de Peteau dans *Le Matin*.

Le lieutenant Peteau participait à la mission Voulet-Chanoine et avait demandé à plusieurs reprises son propre renvoi (il semblerait qu'il ait été écœuré par certaines atrocités, même si selon Voulet, il aurait brûlé « de sa propre initiative » deux villages lors d'une mission de reconnaissance, mais bon, allez donc savoir ce qui se passait dans la tête de ce lieutenant si indiscipliné). Peteau fut finalement renvoyé par Voulet – celui-ci trouvait somme toute les critiques du petit lieutenant décourageantes et craignait qu'elles ne déteignent sur ses camarades. « Cet officier manquait de l'enthousiasme et de l'énergie désirables », justifia joliment Voulet dans une lettre à ses parents datée du 2 février. À peine Peteau avait-il quitté le camp que Voulet recevait une lettre de protestation du lieutenant Delaunay qui s'érigeait contre les actes de répression et de terreur dont se rendait coupable leur mission de pacification. Peteau avait apparemment fait le récit à sa fiancée des pratiques barbares de la colonne Voulet-Chanoine. Et il avait écrit à un parlementaire. Ses lettres avaient fini par atterrir sur le bureau du ministre des Colonies et dans les colonnes du *Matin* : « Afin de "faire un exemple" le capitaine Voulet fait prendre vingt mères, avec des enfants en bas âge et à la mamelle, et les fait tuer à coups de lance, à quelques centaines de mètres du camp », écrivait-il.

L'Afrique devenait le terrain de jeux de tous les hors-la-loi (ou peut-être pas réellement des hors-la-loi, car au fond, s'interrogeait souvent Gabriel, à partir de quel moment les exactions commises étaient-elles passibles du conseil de guerre, quelle était l'étape de barbarie à ne pas franchir ?).

À Paris on décida d'arrêter la colonne sanglante ou du moins de dresser un constat de l'action de Voulet et Chanoine. Le colonel Klobb, responsable de la garnison à Tombouctou, fut chargé de cette mission. Le

26 juin, parvenu à Birni n'Konni, le colonel Klobb nota que Voulet et Chanoine y avaient tué « mille hommes ou femmes, pris les sept cents meilleures femmes, les chevaux et les chameaux ». Son lieutenant précisa qu'on voyait surgir des fosses communes « des débris humains sur lesquels s'exerçait la faim de grands chiens efflanqués ». On rapporte que le 14 juillet, au terme d'une poursuite de deux mille kilomètres, près du village de Dankori, au sud du Niger, Klobb enfila son plus bel uniforme et accrocha sa Légion d'honneur pour s'avancer vers les deux capitaines. Mais Voulet fit ouvrir le feu sur Klobb qui s'effondra touché à mort. On raconte que, ensuite, Chanoine fut opportunément tué le 16 juillet, Voulet le 17, exécutés par leur troupe. (Notons que madame Klobb, veuve de l'honorable colonel, laissa toujours entendre que le capitaine Voulet n'était pas mort et qu'il était, après ces terribles événements, devenu « chef de tribu en pays noir ».)

Puis, comme si ce n'était déjà pas assez clair, ce fut l'affaire Gaud et Toqué qui éclata et mit le feu aux poudres.

Si Toqué, administrateur à Fort Crampel en Oubangui-Chari, était décrit comme un jeune homme au caractère paisible, Gaud, commis des affaires indigènes, était souvent qualifié de « bête de brousse ». Le 14 juillet 1903, comme la coutume le permettait, Gaud proposa à Toqué la libération des prisonniers, à l'exception de celle d'un ancien guide, responsable de la mort de plusieurs gardes tombés dans une embuscade. Pour l'exemple, lors de la cérémonie de la fête nationale, il attacha une cartouche de dynamite au cou du prisonnier et la fit exploser. L'explosion déchiqueta l'homme devant la foule pétrifiée. Gaud aurait dit : « Ça a l'air idiot, mais ça médusera les indigènes. Si après ça ils ne se tiennent pas tranquilles. »

Et bien entendu la chose était assez récréative.

Le ministre des Colonies, fort contrarié, ne pouvait plus arguer de cas de soudanite – ces accès de folie qui saisissaient jusqu'au plus loyal fonctionnaire sous le perfide soleil africain. Il avait de plus en plus de mal à tenir la bride à l'opinion publique et s'inquiétait de l'extension malheureuse de toutes ces forfaitures. Il ne souhaitait évidemment pas subir, comme l'Allemagne et la Belgique, l'ingérence de commissions d'enquête internationale qui mettraient le nez dans les horreurs commises par les fonctionnaires de la République, ces hommes qui ne respectaient plus grand-chose sur le continent africain et prenaient du bon temps avec les deniers des citoyens de France. Il attendit malgré tout, jusqu'à ce que l'affaire du collier de dynamite soit révélée deux ans après les faits par *Le Petit Parisien* et provoque un séisme dans un pays qui disait croire encore à la valeur civilisatrice et pacificatrice de la colonisation.

Cette fois, c'en était trop.

Le ministre des Colonies prit les choses en main et ordonna l'ouverture d'une enquête. Et qui mieux que Brazza pouvait faire figure d'intègre enquêteur ?

Après l'opprobre dont il avait fait l'objet, la nouvelle vie de Brazza s'était déroulée entre l'Italie, la Lozère, Paris et Alger. Il avait eu des enfants, il en avait perdu un, il avait demandé sa retraite et s'était mis en congé de la franc-maçonnerie. Tandis que Gabriel, mon arrière-grand-père, s'était marié avec Mattea Ugalde, la fille de l'instituteur d'Uburuk, avait eu un fils et une fille, la mère de Roberto Diaz Uribe. Il touchait une pension qui ne l'obligeait pas à travailler mais son immobilisme et son oisiveté le minaient. Quand Mattea lui disait, « Trouve-toi une occupation, va à la pêche ou collectionne les coléoptères, raconte tes aventures aux enfants du village ou écris des poèmes », il secouait la tête, trop intranquille pour ce type d'activités, tenaillé tout bêtement par le désir de repartir.

Et quand, en 1905, on rappela Brazza, Brazza rappela Gabriel.

« Le gouvernement a pensé, monsieur Savorgnan de Brazza, qu'il y avait lieu de procéder à une enquête approfondie sur la situation de ces territoires et il vous sait gré d'avoir accepté cette délicate mission dont le concours de votre haute personnalité fera ressortir toute l'importance et permettra, j'en ai le ferme espoir, d'en assurer le plein succès. »

Gabriel embrassa Mattea et leurs enfants, et courut aussitôt rejoindre Brazza.

« Tu vois, Gabriel, ils ont encore besoin de moi. »

Équipé d'une malle dans laquelle il avait fait ajouter une case secrète afin d'y ranger les documents confidentiels, pourvu du modeste et fidèle Gabriel et de la bénédiction prudente du ministre des Colonies, Brazza repartit pour le Congo.

Et ce qu'ils virent là-bas dépassa leurs cauchemars.

Ils arrivèrent le 16 mai 1905 à Brazzaville, puis parcoururent le Gabon, le Congo, l'Oubangui et collectèrent des témoignages d'horreurs hors de toute proportion, ils virent les petits enfants mutilés et les mères de ces petits enfants mutilés, et elles n'avaient plus de seins, plus de paupières et plus d'oreilles, ils virent les ruines incendiées des villages, ils virent les sépultures de ceux qui avaient été noyés, assiégés, enchaînés, décapités, c'était comme suivre le sillage d'un grand prédateur imaginatif qui aurait détruit toute forme de vie sur son passage.

Rien de ce à quoi Brazza avait cru n'avait résisté. Gabriel noterait dans son journal la façon dont Brazza s'était arrêté quand au loin ils avaient aperçu les premiers corps crucifiés, il avait dit, « Mais lequel de nous a pu commettre cela ? » Il avait fait détacher les malheureux que les charognards commençaient à dépecer et les avait fait enterrer convenablement. Et les colonnes de fumée que l'on voyait au loin n'étaient rien d'autre que des nuées de mouches.

Brazza s'effondra pendant les quatre mois que dura leur périple, il s'effondra délicatement, chaque jour un peu plus, sa haute stature perdant quotidiennement quelques millimètres, son dos se voûtant, son regard s'écarquillant et se vidant tout à la fois, et Gabriel notait, prenait en photo, dessinait et rangeait tout scrupuleusement dans la case secrète de la malle de cuivre de Brazza. Brazza ouvrait celle-ci chaque soir, il installait le pupitre pour que Gabriel pût travailler à son aise, ils étaient en pleine brousse, des feux étaient allumés alentour pour éloigner les panthères, les porteurs se reposaient, Brazza s'allongeait sur son matelas rayé, déjà si faible, et Gabriel consignait rigoureusement tout ce qu'ils avaient récolté dans la journée. Puis Brazza se relevait et déclenchait le mécanisme de la case secrète et Gabriel y déposait le cœur même des ténèbres.

« Déculturation, discrimination raciale, travail forcé et destruction. »

Et pendant que Gabriel notait ce à quoi ils assistaient, Brazza chancelait de plus en plus, malade de dysenterie, malade de bien d'autres choses.

« Nous étions indignes de coloniser, Gabriel. »

Quand ils atteignirent Dakar en septembre 1905, la maladie ne lui laissait plus de répit, Brazza ne pouvait plus bouger ses doigts, ses jambes ne le portaient plus, la fièvre le consumait, il savait que son esprit vacillait par moments, mais il continuait de murmurer, « Fais tout, Gabriel, pour qu'éclate la vérité et que la justice s'exerce. »

Ce fut à l'hôpital militaire de Dakar, sur son lit d'explorateur, qu'il ferma définitivement les yeux. Gabriel savait ce que Brazza attendait de lui. Il prit les dispositions qu'il fallait prendre. Tandis que Thérèse faisait inhumer le corps de son bien-aimé époux au cimetière Mustapha supérieur d'Alger (Brazza avait toujours désiré être enterré sur sa terre d'Afrique), lui-même se rendit à Paris, accompagnant la malle comme si elle contenait un trésor, il ne voulait pas que Brazza fût mort pour rien, il fallait que la malle pût rejoindre le secrétariat d'État à l'Outre-Mer et que soit déclenché le mécanisme secret qui délivrerait la vérité sur les sanglantes colonies de la France.

Gabriel était présent quand la malle fut ouverte, on avait tenté de l'évincer et il avait tenu bon, que voulaient-ils lui cacher, c'est lui qui avait tout consigné, mais c'est qu'ils ne voulaient tout simplement pas qu'il fût témoin de leur veulerie et du tour de passe-passe qu'ils s'apprêtaient à opérer. Devant Gabriel ils lurent les témoignages des indigènes, des administrateurs et des agents des concessions, ils regardèrent les photos et ils dirent, « Tout sera rendu public. »

Mais rien ne fut rendu public. Ouvrir la boîte c'était libérer le démon. Elle abritait le cœur même de la honte de la France. Que seraient devenues les relations de la République avec ses colonies, qu'auraient dit les citoyens de France si on leur avait montré ce qu'étaient vraiment les valeurs civilisatrices de la colonisation et que celle-ci n'avait été qu'un processus d'extermination.

On archiva.

Et on intima à Gabriel de retourner d'où il venait.

Alors Gabriel repartit à Uburuk, mais il n'était plus le même, qui eût pu rester le même après ce qu'il avait vu, et il finit sa vie, sans chapeau, sans cheveu, sans jaquette de velours, auprès de Mattea et de leurs enfants, entendant l'horloge de la maison carillonner sa condamnation, on l'avait exilé avec l'interdiction de revenir sur le sol français, n'auraient-ils pu trouver une exclusion plus définitive, plus radicale, plus funeste, mais Gabriel sans doute ne comptait pas pour grand-chose, on n'allait pas se préoccuper de l'envoyer *ad patres*, Gabriel n'était rien, on pouvait le balayer d'un revers de main, il n'était que le domestique, le fils de la lingère, alors il vécut jusqu'à sa mort dans cette maisonnette de pierre à Uburuk, écoutant les mouettes engueuler sa future dépouille, caressant la tête de son chien jaune, Gabriel dépenaillé, retourné à ce qu'il n'aurait jamais dû quitter, les roses blanches qui grimpaient le long du mur de la maison, le mur du sud et de l'Afrique, à l'abri des vents malins, auprès de Mattea, de ses enfants et de ses fantômes.

Le champ des possibles

J'avais lu quelque part que deux frères milliardaires new-yorkais atteints du syndrome de Diogène étaient morts dans les années 1930 écrasés par l'éboulement de la tranchée pratiquée au milieu de la multitude d'objets qu'ils avaient entassés. Comme pour parfaire sa panoplie Diogène, Velevine sortait de moins en moins, si ce n'est, il me semble, pour se rendre à ses cours aux Beaux-Arts. Il restait en général chez lui à slalomer entre les piles de papiers divers et d'objets désarticulés qui jonchaient le sol de son appartement. Ses jours de sortie, il se faisait beau. Il mettait une cravate, s'aspergeait de déodorant (« La douche du rocker », disait-il), se coiffait, empochait dans sa veste une fiole de vodka ou de gin (un truc transparent) et partait dignement rue Bonaparte – avec, j'en suis sûre, le sentiment que ce qui le maintenait encore parmi les hommes était les cours qu'il dispensait et ma présence épisodique. Parfois quand il s'en allait je demeurais chez lui et je le regardais s'éloigner par la fenêtre. Il marchait prudemment, très cambré, il était élégant, plutôt bel homme, un peu anachronique, concentré.

De mon côté, j'avais décidé de pratiquer une activité qui calmerait mon intranquillité et qui m'éloignerait ponctuellement de Velevine, de son syndrome et de sa bagarre quotidienne contre ses addictions – alcool, tabac, médicaments, dévotion. Et ce qui me paraissait l'activité la plus appropriée et que j'aimais le plus, c'était marcher. Marcher de parc en parc, ces parcs à clochards et à vieilles dames, dans lesquels je m'asseyais au soleil d'automne pour lire les contes drolatiques de Julio Cortázar. J'aimais me trimballer avec un livre sous le bras – cela me donnait ce que ma mère avait toujours appelé une contenance (j'ai passé cette période parisienne écartelée entre les recommandations de Velevine et celles de ma mère – j'étais en pleine mutation). Et quand je lisais assise dans un square je m'interrompais pour me dire, Quel plaisir, quel plaisir, ce plaisir est à mettre tout en haut de la liste de mes plaisirs.

En marchant je regardais mes pieds pour donner l'impression d'aller quelque part. C'était mon astuce pour avoir l'air d'une Parisienne. Avoir l'air du cru, avoir l'air dégourdie, ne pas avoir l'air d'une étrangère, me semblait fondamental. J'aurais adoré avoir l'air d'une Romaine à Rome ou d'une Esquimaude à Iqaluit. J'étais si jeune que l'impression que je produisais était un élément constitutif de mon identité. Si vous saviez la satisfaction que je ressentais quand quelqu'un me demandait son chemin.

Je marchais sous la bruine – cette buée qui vaporise les cheveux et le visage comme la rosée les joncs. Je n'ignorais pas que je courais un risque à arpenter seule les rues de Paris, à lire assise sur des sièges en métal dans les parcs (c'était la manière la plus simple que j'avais trouvée d'échapper à mon incessant soliloque intérieur), à patauger dans les feuilles de marronnier et à ne fréquenter que Velevine. Je courais le risque d'une solitude comme un puits lisse, ombreux et protecteur.

« Ta mauvaise pente », aurait dit ma mère.

Mais pour le moment je ne savais qu'accentuer ma pente ou me laisser emporter par elle, je verrais donc plus tard – quand je me sentirais moins seule, moins étrangère, moins inadaptée, moins transparente – comment inverser la chose. Ma jeunesse frappait à mes tempes comme une guêpe à la vitre, je faisais cependant mine de ne rien remarquer. Je me couchais et me levais très tôt. Il y avait, pensais-je, une certaine volupté à mon isolement. C'était comme, à la plage, s'allonger sur le ventre à l'abri de ses bras repliés, dans l'ombre de ses bras, dans ce minuscule isolement préservé, odeur de raphia ou d'éponge humide, odeur de sable, de chaleur et de sel crayeux sur la peau.

Chaque matin je descendais boire un café dans l'un des petits bistrots près de la gare Montparnasse. C'était le merle qui me réveillait. Il n'y avait qu'un seul merle à Paris. C'était un merle de province, il voulait monter à la capitale, on le lui avait déconseillé mais il était quand même venu, et cet abruti s'égosillait tous les jours à l'aube, perché sur l'antenne en face de ma fenêtre. Personne ne le rejoignait jamais. Et ça me fendait le cœur. Quand je sortais de l'impasse du Mont-Tonnerre, je passais devant l'immeuble abattu, soufflé, disparu de la rue Falguière. Ma logeuse m'avait dit qu'il y avait eu, un an ou deux auparavant, une explosion de gaz. Chaque matin je croisais le fantôme de cet immeuble. Persistait, inscrit sur le mur mitoyen, une sorte de silhouette : papier peint, carrelage, plomberie, rectangles plus foncés à l'endroit des posters, agencement des pièces, contour d'escaliers, étages différents et modes de vie différents, éléments anatomiques, tout y était. L'intimité dévoilée et ainsi exposée de ceux qui avaient vécu là me mettait très légèrement mal à l'aise.

C'était un corps en coupe, ses entrailles et sa trivialité, tout ce qui jamais n'aurait dû être dénudé. C'était comme regarder les traces sur un matelas abandonné dans la rue. Ou des viscères qui jaillissent d'une blessure. Je songeais à tenir la chronique de toutes les maisons qui disparaissaient dans le quartier. Mais l'idée me semblait de jour en jour moins pertinente.

J'avais découvert que les gens qui se lèvent tôt étaient plus bizarres que les couche-tard. Et qu'il existait une confrérie de cinglés relativement pacifiques qui fréquentaient les bistrots vers six heures à deux pas des gares. Il y avait ce vieux type qui me demandait une cigarette chaque matin. Il m'interpellait dans la rue dès qu'il m'apercevait. « Eh Marylin Monroe, t'as une clope ? » criait-il. Il n'avait plus une dent et il avait les ongles sépia. Il me voyait. Quel plaisir d'être vue.

J'ai continué de marcher.

Et de compter mes pas. Je ressentais parfois une vague nausée existentielle comme celle que je ressentais, petite fille, en sortant de l'eau à la piscine municipale et en me rhabillant dans ma cabine, une mollesse un brin accablée et un brin dépressive, une langueur, comme si, l'extérieur du monde étant à la même température que mon corps, les frontières commençaient à devenir tout à fait floues et que je ne voyais pas bien pourquoi je devais me remettre en route. Il me suffisait de rester immobile et de me désagréger dans l'atmosphère chlorée et carrelée de la piscine municipale.

Mais j'ai continué de marcher et j'ai fini par devenir tout ce que je croisais. Je suis devenue cet homme qui pousse son caddie au milieu du boulevard Montparnasse et qui porte des sacs plastique de congélation en guise de chaussures. Je suis devenue ce garçon qui aime la bagarre et achète son premier flingue sous le manteau à Pigalle et qui se dit qu'il s'agit peut-être d'une erreur stratégique. Je suis la vieille folle hilare qui boit sa vodka dans des bouteilles d'eau minérale pour qu'on lui foute la paix. Je suis la bourgeoise, sur le boulevard, qui remonte les manches de son blouson en jean gansé de satin pour faire croire qu'elle n'est pas ce qu'elle est. Je suis cette fille qui achète de la cocaïne pour la première fois et qui se dit, Ma mère n'a jamais fait un truc pareil. Un point pour moi. Je suis ce beau mec qui se presse sous la pluie pour retrouver une nouvelle conquête mais qui va encore tout rater parce qu'il n'a toujours pas compris que les femmes sont clitoridiennes. Je suis cette fille qui rentre son ventre et fait claquer ses stilettos parce qu'elle va retrouver le beau mec. Je suis la prof d'espagnol qui ne s'est pas remise de son voyage au Chili et qui se dit que le lendemain elle fera écouter pour la cinquantième fois *El pueblo unido jamás será vencido* à ses élèves. Et elle leur dira, sourire éclatant, « Allez, encore une fois. » Je suis le chauffeur de taxi qui chante des cantiques à la guitare, coincé derrière son volant, quand il attend son tour devant la gare. Je suis cette femme à sa fenêtre rue Saint-André-des-Arts. Elle pense, Reviens reviens reviens. C'est le rythme en deux temps de sa vie. Je suis ce vieux psy qui dit en tirant sur sa gauloise que ce qui est commun à toute l'espèce humaine c'est la jalousie, la désinvolture et l'abus de pouvoir. Je suis ce vieillard qui vient boire son cognac tous les après-midi au Balto, c'est un ancien grand prédateur, il continue de regarder les femmes, mais il est devenu tout à fait inoffensif. Il fait rire la serveuse qui l'appelle « Tonton ». Je suis cette jeune femme qui prend le bus après avoir gardé une petite fille de trois ans dans un bel appartement du 12e. Elle est mauritanienne, elle n'a pas de papiers, elle est très prudente alors elle n'emprunte jamais le métro, il y a trop de flics dans le métro, elle se dit qu'elle a de la chance de garder cette petite fille de trois ans dans un bel appartement du 12e, et elle rêve néanmoins du moment, ce soir, où elle retirera les épingles qui maintiennent son voile pour le faire valser au milieu de sa chambre du Palais de la Femme. Elle a téléphoné à sa famille l'autre jour pour leur dire qu'elle habitait au Palais de la Femme, elle sait qu'elle leur ment en disant cela, parce qu'ils imaginent tous un palais parisien, et que savent-ils des palais parisiens, si ce n'est ce qu'ils imaginent de Versailles, comment pourraient-ils deviner qu'il s'agit d'un bâtiment de l'Armée du Salut. Je suis cette vieille femme à la caisse du supermarché de la rue du Poteau qui ferait n'importe quoi pour engager la conversation avec la caissière ou avec un client parce que si elle n'y arrive pas et rentre maintenant chez elle, elle ne parlera plus à personne jusqu'à lundi. Je suis cette petite fille qui revient de la piscine avec toute sa classe, elle ne porte pas de bonnet, elle ne porte pas d'écharpe, ses cheveux sont mouillés, elle espère tomber malade et pouvoir rester demain à la maison sur le canapé à se gaver de dessins animés et de Chipster. Je suis ce vieux facho qui gueule rue de l'Échiquier à propos des crouilles, des lance-flammes et de la Troisième Guerre mondiale qui point. Je suis ce type qui prend tous les jours le premier métro depuis son foyer Sonacotra à Montreuil. Il part chercher du boulot sur les chantiers et il s'étonne, lui qui voulait être historien à Bamako, d'être assis là dans ce premier métro bondé et silencieux, avec tous ces Africains et ces Africaines rencognés dans leur manteau comme au dernier stade du sommeil et de la lassitude. Je suis cette fille avec sa peau couleur de papier kraft. Elle a de longues et belles jambes. Elle est assise sur un banc du square Clignancourt et elle regarde ses jambes en fumant une cigarette. Elle n'a pas des jambes de fille riche. Elles sont pleines de bleus. Les filles comme elle se cognent toujours partout. Je suis cette jeune fille trisomique qui s'appelle Mercedes et qui donne le bras à sa mère, tête en l'air, en regardant les nuages, quand elles traversent le boulevard Saint-Michel. Elle ressemble à une vieille petite fille et elle serre un baigneur tout nu contre son cœur. Je suis cette femme qui traîne son petit garçon dans la rue, sur le trottoir. Elle marche trop vite. Il a l'air terrorisé comme si une ogresse tentait de l'emporter dans la forêt. Je suis ce type qui porte à ses chaussures des lacets à ferrets, il arbore une moustache blonde qui sort tout droit d'une série policière allemande, il a dû faire fortune dans les laveries automatiques ou les vêtements anti-UV. Je suis la femme de ce type, elle porte de drôles d'habits trop courts, trop serrés et trop colorés, elle est pendue à son bras, elle est du genre à croire qu'elle est un leader d'opinion à chaque fois qu'un de ses amis va chez le même coiffeur qu'elle. Ils se rendent à une fête, de toute façon ils sont de toutes les fêtes, ils sont convaincus qu'il n'y a jamais trop de champagne tant que c'est offert. Je suis ce garçon qui marche vite et qui hoche la tête en écoutant son walkman quand il sort des Arts déco. Il fait partie des gens qui ponctuent leurs phrases de jingles publicitaires. Il ne se rend pas compte que tout le monde trouve cette habitude insupportable. Je suis cette femme qui discute avec son amie de manière ininterrompue debout dans le bus. Ce discours vacances-santé-météo-enfants-bureau et cette compétence à la conversation sont une grâce. Je suis ce petit garçon qui vient de laisser s'envoler son ballon en forme de grenouille aussi brillant que s'il était en métal. Il dit en silence « Merde con pute bordel de chiottes » parce qu'il n'a pas le droit de le dire tout haut. Je suis cet homme qui d'un pas léger remonte le boulevard Pasteur, il fredonne et cultive une joyeuse et socratique indifférence face à tout ce qui concerne la vie et la mort. Il sourit.

Je ne pouvais plus me passer d'être tout ce que je voyais. J'étais tous ces gens, je connaissais leur avenir et l'endroit d'où ils venaient, je m'écorchais la peau pour que les bactéries y pénètrent, ce n'est pas tout à fait vrai, je ne m'écorchais pas réellement la peau, je n'étais pas l'une de ces filles qui se cisaillent les poignets, je voulais juste me laisser pénétrer par toutes leurs vies, je voulais être un instant de leur existence, j'avais à ce moment de ma vie tellement envie de disparaître, de me dissoudre dans la vie d'autrui, je savais comme il était difficile de vivre ici, je savais combien la vie est injuste et qu'elle se comporte comme une pute la plupart du temps, je savais que Paris est beau la nuit comme toutes les grandes villes sont belles la nuit, mais je savais aussi que les matins étaient gris et que les couloirs du métro étaient l'endroit le plus triste qui soit – si je ne tenais pas compte des quais de la Seine et des abords des gares –, je savais que la solitude est un cercueil de verre comme disait Bradbury, je savais que les gens mouraient autour de moi et que plus j'avancerais plus les gens mourraient autour de moi et que je serais triste, toujours si triste, et je me disais, Ferai-je comme ma mère et barrerai-je le nom de mes amis morts dans mon répertoire ? Et à quoi ressemble un répertoire de gens morts ? Et que fait-on d'un répertoire de morts ? il n'y a plus rien d'amical ni de testimonial là-dedans.

Je me trimballais dans Paris, mon livre sous le bras, mais je ne lisais presque plus. J'ai fini d'ailleurs par ne plus lire que les lettres de ma mère.

Ma mère m'écrivait très régulièrement depuis que j'étais à Paris. Ma logeuse, la vieille romancière alcoolique, ne me montait pas mon courrier, elle me hélait quand je passais devant sa porte. Elle habitait au premier étage et laissait sa porte entrouverte à cause de tous les chats qu'elle hébergeait. Quand je descendais j'entendais sa voix bousillée par les gauloises (mais j'avais dix-huit ans et je me disais plutôt « magnifiée par les gauloises »), « Chica, criait-elle, chica, chica », alors je m'arrêtais sur le palier, poussais la porte, faisais un pas dans son appartement qui sentait la litière pour chat, le bonbon au cassis et la clope, et elle me faisait un signe depuis le salon où elle était assise à bouquiner ou à écouter la radio, son geste signifiait que je devais prendre mon courrier posé sur la petite table à plateau de marbre de l'entrée, je m'en emparais et je déguerpissais en vitesse en me demandant pourquoi cette vieille rombière me voyait alors qu'il était patent que chaque jour je devenais un peu plus transparente (« Pas de questions en pourquoi, réfléchis et tu auras la réponse »). « C'est dingue tout ce courrier que vous vous envoyez, vous, les Espingouins, me disait-elle parfois afin que je ne m'en aille pas trop vite. Vous en avez des choses à vous raconter. » Elle essayait d'être aimable tout comme lorsqu'elle me racontait être déjà allée en Espagne et qu'elle avait gardé un excellent souvenir de La Havane où elle s'était rendue quand elle était très jeune (avec son premier mari).

Ma mère m'écrivait. Elle me parlait de sa vie mais surtout de l'absence de mon père et de mon enfance et de son impression d'être une très vieille dame.

Notre dernier terrain commun était les souvenirs. Elle n'avait aucune intention de se remettre de la mort de mon père.

Le caméraman me filmait en train de lire les lettres de ma mère : *Nostalgie* (il n'était pas toujours très inspiré pour les titres).

À cause de ses lettres je m'interrogeais trop souvent sur des sujets qui ne me concernaient pas encore et qui, en quelque sorte, me paralysaient : me souviendrai-je de mes premiers pas quand je ne pourrai plus aller seule jusqu'à la fenêtre ? Comment la vieillesse pourra-t-elle faire partie de mon identité ? Sera-ce comme une crasse, une maladie de peau qui ne peut résister à un peu de savon et d'eau chaude ? Ma mère disait que la vieillesse était une lèpre. Il me semblait que plus elle désespérait plus elle se contorsionnait et se consumait comme une feuille de papier journal qui doit alimenter le brasier et qui disparaît en fumerolles et en microscopiques fantômes cendrés, poussière d'aile de papillon. Ma mère disait aussi que les oreilles continuaient de grandir toute la vie. « Regarde les vieux, écrivait-elle, regarde leurs oreilles si longues et leurs yeux si petits, leur bouche béante et leur chair étrange, absente, filandreuse, sans la moindre texture de chair. Souviens-toi toujours qu'ils ont été des jeunes gens amoureux et de tout petits enfants miraculeux. N'oublie jamais qu'ils ont eu un corps plein de désir et de vitalité. »

Les évidences rabâchées par ma mère m'accablaient.

(Atanasia quand elle était petite fille avait très peur de mourir. Ce qu'elle voulait c'était vieillir, devenir la grand-mère de tout le monde, et ne jamais mourir. Et si elle craignait de disparaître elle ne s'inquiétait pas le moins du monde pour ses parents – peut-être ne les pensait-elle pas périssables ou bien alors leur caractère précaire n'était-il pas déterminant pour elle. Ce qui lui importait c'était sa propre pérennité.)

Ma mère, malgré son mariage avec l'homme le plus doux qui fût, avait passé un temps fou à, et continuait de, répéter que certains hommes, attention ma doucette, te préféreront toujours en cadavre. Les films et les livres me le serinaient déjà à l'envi. Et tout mon boulot était de ne pas admettre aussi facilement cette parole commune, et surtout de m'émanciper de celle de ma mère, de ses précautions, de sa peur et de la menace qui d'après elle planait au-dessus de moi et tout particulièrement au-dessus de mon intégrité physique.

J'aurais tant aimé qu'à la place des souvenirs familiers et des mises en garde ma mère me parle de mon père – non pas de l'absence de mon père mais plutôt de leur jeunesse, de leur rencontre, de ce qui m'était inconnu. Mais elle ne faisait que se plaindre qu'il l'eût abandonnée. Et je me sentais bafouée à chaque mot. C'était le poids de sa douleur contre la mienne.

Comment échapper au chagrin qu'elle s'inspirait elle-même ?

Et en même temps ce chagrin si long et si délicieusement incurable (porter le deuil à l'ancienne lui aurait tellement plu – voilette noire et vitres peintes en noir) était quelque chose que je respectais malgré moi. Pourquoi aurait-elle donc dû *se remettre* de la mort de mon père ? Se remettre en selle, se remettre sur pieds, se remettre au boulot. Je pense que chaque jour elle lui parlait et elle me parlait. Elle parlait tranquillement à ses absents. Chaque jour elle repassait la totalité de son 31 août 1986 en essayant de détecter le moindre signe qui eût pu l'alerter et empêcher la chose. Son chagrin et son désir de ne pas *s'en remettre* devaient la faire passer, auprès des gens qu'elle avait connus, pour une folle ou pour quelqu'un qui avait choisi de se retirer du monde.

Je lisais ses lettres, je lui répondais. Je me sentais dans l'obligation de lui rédiger un petit compte rendu de mes activités. Je lui parlais de mon étude de Roberto Diaz Uribe, j'en faisais un sujet de recherche très sérieux, alors que je passais mon temps à trier les déchets de Velevine, je ne laissais à aucun moment percer mon dépit ambigu concernant cette ville et mon propre isolement. Ma mère finissait ses lettres par « Amuse-toi bien et prends grand soin de toi », ce qui me semblait contradictoire mais qui ne l'était sans doute pas. Ne m'avait-elle pas toujours répété que la préservation de moi-même reposait sur l'absence de commerce avec mes contemporains ?

Nos insuffisances

Il est intéressant de constater que, à l'époque où Velevine et moi-même débattions sans cesse à propos de Diaz Uribe, celui-ci était mort depuis belle lurette. Mais bien entendu aucun de nous deux ne le savait.

Le trente-cinquième nom

Et puis un jour Velevine m'a accueillie en me disant, « Mais si je comprends bien, ce Gabriel, le compagnon de Brazza, c'était le grand-père de Diaz Uribe.

– Et mon arrière-grand-père », ai-je précisé, piquée.

Je me suis assise dans le fauteuil vert aux acariens, puis je me suis relevée pour ouvrir la fenêtre à cause de l'odeur de ses cigarillos Panter, je me suis retournée et il était, mon Velevine, tout ballant au milieu du salon. Il avait l'air si démuni que je lui ai dit, « Vous croyiez que je vous racontais toutes ces histoires pour quoi ? Elles peuvent nous apporter des indices sur ce qu'est devenu Diaz Uribe.

– Je ne vois pas de quelle manière. »

Je me suis retrouvée comme une idiote à devoir justifier que des légendes datant de plusieurs siècles pouvaient nous fournir des éléments probants sur Diaz Uribe. Il me semblait que c'était pourtant lui, Velevine, qui m'avait dit que nous étions sans cesse ramenés vers le passé, que le passé était la clé. Il avait cité Fitzgerald, j'en aurais mis ma main au feu. J'ai failli m'énerver – je n'étais donc qu'une agréable conteuse qu'il écoutait distraitement en tentant de différer son naufrage. Mais là, devant moi, il était à fendre le cœur, il était la figure de l'exil et de l'oubli, la solitude ontologique de

l'homme, en pantalon mou un peu grisouille, la chemise froissée, une chemise en jean parce qu'il devait
trouver que ça faisait jeune et tellement diaspora, ses
yeux de chasseur mongol, sa carrure de chasseur mongol à l'étroit dans son appartement montmartrois où
aucun mur n'était tout à fait vertical. Alors je suis allée
vers lui et je l'ai pris dans mes bras, il n'y avait rien
d'autre à faire, je lui ai tapoté le dos et je lui ai confié,
« Je crois qu'ils sont tous sur Barsonetta, les disparus,
ils sont tous partis rejoindre Diaz Uribe. »

Il s'est secoué et il m'a dit, « Donne-moi la liste,
Anastasia. »

Je la lui ai donnée, il s'est assis et il l'a consultée.
Elle comportait trente-cinq noms. Le trente-cinquième
était celui de mon père. Il ne faisait pas partie des dossiers de Velevine mais il m'eût paru impossible de ne
pas le mentionner comme l'un des disparus collaté-
raux.

J'ai dit ce qui me passait par la tête, « Vous croyez
que sa peinture est un piège à mouches ?

– À mouches pleines aux as, a-t-il ricané.

– C'est-à-dire ?

– Il s'est bien entouré et sa femme est une riche
héritière.

– Je n'en savais rien.

– Oh mon Dieu il te manque tant d'informations,
Anastasia. J'ai parfois l'impression que je t'ai suresti-
mée. Tu n'arrives pas à faire le lien entre tout ce que
nous savons de lui. C'est étonnant ce tout petit cerveau que tu as là.

– Arriver à faire le lien dans tout ce foutoir ? (J'ai
esquissé un geste pour lui rappeler l'état dans lequel
était son appartement-laboratoire-centre-de-recherches,
j'étais vexée qu'il osât me parler de cette manière – je

déteste la condescendance et le mépris). Je déteste votre condescendance et votre mépris, Vladimir.

– Calme-toi, princesse Anastasia, je plaisantais. Tu n'as jamais eu de meilleur allié que moi. Mais j'espère que bientôt tu t'en trouveras d'autres. Je ne vais pas tenir ce rythme encore longtemps. »

J'ai cru qu'il parlait d'alcool et d'amphétamines.

« Reprenons, a-t-il dit. Nous avons affaire, comme nous l'avons mentionné à moult reprises, à un peintre devenu prophète et non l'inverse.

– Il nous manque trop d'éléments entre le Tito qui quitte Uburuk après avoir rendu des services aux Basques du maquis et celui qui réapparaît pour exposer à Miami, New York, et Londres et qui s'installe finalement à Barsonetta. »

Il a acquiescé sans m'écouter. Velevine avait du mal à feindre l'intérêt, ce qui le rendait en général infréquentable.

J'ai commencé à énumérer : « Sur les trente-cinq noms liés d'une façon ou d'une autre à Diaz Uribe, il y a cinq collectionneurs d'art, trois galeristes, sept musiciens, deux historiens, un professeur d'ébénisterie, un instituteur, un architecte, trois agriculteurs en biodynamie, un mycologue, un boulanger-pâtissier, deux sculpteurs, quatre peintres (mexicains)…

– Sans doute rencontrés par Diaz Uribe pendant ses années mexicaines, m'a interrompue Velevine.

– Mais combien y a-t-il donc eu d'années mexicaines ?

– Angela, sa femme, est mexicaine. Ils se sont rencontrés en 1953 à Mexico, à l'académie des beaux-arts de San Carlos. Après, il n'a pas trop bougé, je pense. »

Devant ma perplexité – il n'avait pas évoqué cette si longue période mexicaine dans aucun de ses ouvrages –, Velevine m'a fait signe de le suivre vers le bureau où siégeait son Amstrad je-ne-sais-quoi qu'il recouvrait d'un tissu, comme on peut le faire avec une volière afin que les canaris dorment dans une obscurité paisible. Avec mille précautions et une dextérité surprenante chez un homme dont les mains tremblaient autant, il a allumé l'ordinateur et a pianoté pour trouver ce qu'il tenait à me montrer. La pièce obscure où nous étions s'est mise à clignoter vert au même rythme que l'écran. Je me suis assise pour lire le document qui s'est affiché, un document qui m'a permis de compléter une partie du puzzle.

Le caméléon

En 1951, Roberto Diaz Uribe vit à Barcelone.

Il a quitté Uburuk trois ans plus tôt. Très peu de temps après la « trahison ». Très peu de temps après que mon père eut décidé de ne plus lui adresser la parole. La misère y était encore manifeste. Pendant longtemps, la ration quotidienne de pain n'avait pas excédé cent grammes. Il racontera être parti afin de cesser d'être une bouche à nourrir pour sa tante qui l'avait recueilli (mais en 1948 la ration quotidienne de pain étant passée – grâce aux traités signés avec l'Argentine péroniste – à trois cent cinquante grammes, la justification de ce départ ne tient pas vraiment). Il précisera ailleurs qu'il avait dans l'idée de rejoindre les rangs des ouvriers du textile et de la métallurgie qui se soulevaient en Catalogne. Mais les dates concordent mal. Il semblerait que les raisons de son départ aient été, disons, plus ambiguës et plus évidentes, il voulait vivre sa vie et Uburuk n'était pas aux dimensions de ses ambitions. En fait, il s'installe à Barcelone et enchaîne de multiples petits boulots, il vit d'expédients à droite à gauche, dormant le plus souvent sur la plage ou sur les chaises à louer de la Rambla. Il est tour à tour ou simultanément serveur, gardien d'immeuble, mauvais mécanicien, modèle dans un cours de dessin, tha-

natopracteur, promeneur de chiens et toiletteur, caricaturiste sur la Rambla et homme de ménage. De cette
époque il a dit, « J'habitais dans mes chaussures. »

(Il s'agit de la célèbre litanie des petits boulots
qu'on met à votre actif dès lors que vous êtes devenu
un artiste un tant soit peu reconnu, même si vous
n'avez passé qu'une ou deux heures en poste avant de
vous faire virer.)

C'est en faisant le modèle – vêtu – qu'il rencontre
une étudiante en art, Josefina Rubiana, qui l'héberge
un moment et découvre qu'il a de belles dispositions
pour le dessin. Elle l'encourage, comme les femmes
savent encourager les hommes qui leur plaisent.

En mars il croise un certain Rafael Machado, un
héritier dont la famille a fait fortune dans l'immobilier.
Rafael Machado tient salon dans son bel appartement
de la rue Montcada. Les amitiés politiques de sa
famille sont liées à la Phalange – mais il s'agit plus
d'un réflexe de classe que d'une pensée pertinemment
formulée. Une partie des « familles politiques » en
place perçoivent le fils Machado avant tout comme un
viveur et un guignol. Les gens comme lui ne font
jamais peur aux réactionnaires. Ils ont trop d'angles
morts et s'adonnent à trop d'inconduites pour être
pris au sérieux. Diaz Uribe va vivre pendant quelque
temps, pourrait-on dire, aux crochets de Machado. En
échange il peint des scènes érotiques (provocation évi-
dente) et fantastiques (second degré dans la provocation) sur les murs de l'appartement de Machado et il
anime les soirées de celui-ci de ses traits d'esprit et de
ses bravades. Il habite une chambre indépendante en
haut de l'immeuble de la rue Montcada mais passe son
temps auprès de Rafael. Apparemment Diaz Uribe ne
voit aucun problème à fricoter avec un membre, même

légèrement déclassé, de la famille Machado, elle-même si proche du pouvoir et si éloignée de ce qu'il a pratiqué plus tôt idéologiquement.

Conforté par Machado et avec son aide pour se procurer les papiers nécessaires, il quitte l'Espagne pour l'Argentine en 1953. Mais, pour une raison qui n'a pas été élucidée, il débarque au Mexique et n'en repart pas. Là-bas il s'inscrit à l'académie des beaux-arts et rencontre de jeunes Cubains qui viennent d'échouer à Mexico après la tentative ratée de la prise de la caserne de la Moncada (quelle étrange coïncidence ces noms si proches) à Santiago de Cuba. Ils fomentent déjà une deuxième tentative de renversement du pouvoir de Batista. Diaz Uribe navigue auprès des jeunes révolutionnaires comme il naviguait auprès de la bourgeoisie franquiste.

Il fait la rencontre d'Angela Oloixaca, étudiante en art elle aussi. Elle a dix-huit ans mais elle expose déjà dans des galeries à San Diego et à Miami. Elle l'entraîne dans de nombreuses réunions ultragauchistes. L'insurrection gronde à l'université du DF, section beaux-arts – les étudiants de San Carlos les ont rejoints. Après une manifestation particulièrement houleuse, soixante étudiants finissent enfermés dans les locaux de l'université, sans possibilité de s'échapper, le bâtiment étant ceinturé par des militaires à kalachnikov (c'est l'arme à la mode déjà à cette époque, pas chère, facile de maniement et follement efficace). Ils ne peuvent pas se ravitailler. On dirait qu'il existe au Mexique depuis fort longtemps, et qu'il existera pendant encore bien des années, un hiatus problématique entre les militaires et les étudiants. Et là nous pensons à ce qui se passera le 2 octobre 1968 quand plusieurs milliers d'étudiants convergeront vers la plaza de las Tres Culturas à Mexico et que les francs-tireurs du Batallón Olimpia se mettront à tirer à balles réelles sur eux depuis les toits des immeubles. Et à ce qui se passera en septembre 2014 quand la collusion entre le crime organisé et les autorités du Guerrero deviendra flagrante avec l'assassinat commandité par le maire d'Iguala et par sa femme des quarante-trois étudiants contestataires de l'école normale rurale d'Ayotzinapa. Le gang des Guerreros Unidos se chargera des basses œuvres. On retrouvera en partie les corps calcinés des futurs instituteurs dans une décharge (la seule chose qui aura changé finalement est l'utilisation de fusils d'assaut AR-15 et la relation de ces massacres avec les papes du narcotrafic). Si Diaz Uribe et Angela Oloixaca à ce moment-là de l'histoire peuvent deviner que la situation ne s'améliorera pas de sitôt ils n'en imaginent pas pour autant la longévité et les détails sordides.

Mais revenons à 1953.

La presse est présente mais sans assiduité, la version officielle explique qu'une poignée (quatre ou cinq) de contestataires non inscrits à l'université et bardés d'explosifs menacent de faire sauter le bâtiment des beaux-arts pour réclamer (les versions divergent) l'arrêt du recours systématique à la torture pendant les interrogatoires ou leur propre extradition vers Cuba. Et voilà Angela Oloixaca qui réussit à se faufiler dehors, par le soupirail des sanitaires, qui avertit les médias en produisant des clichés de ses compagnons, les montrant désarmés, nombreux et déterminés (et tous étudiants de l'université) en train de s'étioler doucement puisque l'eau a même été coupée dans le bâtiment où ils sont retranchés.

Les médias s'enflamment et l'affaire connaît un grand retentissement. Les étudiants mal en point sont libérés, les photos les montrent exténués et victorieux. Angela est portée en triomphe, et allez savoir pourquoi, sur tous les clichés, elle est aux côtés de Diaz Uribe qui partage la vedette avec elle. Elle est jolie mais d'une beauté encore un peu falote qui ne correspond pas à celle d'une pasionaria dont aimeraient s'enticher les journalistes et le public. Alors que Diaz Uribe qui vient tout droit de s'échapper de l'Espagne franquiste est un grand et magnifique garçon aux yeux verts d'une intensité tout à fait satisfaisante. Il a le charisme *ad hoc*. Il a du panache et n'a peur de rien. N'oublions pas que nous sommes dans un pays où rien n'est bueno ni buenissimo mais plutôt buenissississimo. Comme Angela doit répondre à des dizaines d'interviews et qu'elle n'a ni le goût ni l'aisance nécessaires pour s'adonner à ce type d'activité, c'est Diaz Uribe qui devient son porte-parole et qui prend tout naturellement sa place sur le devant de la scène. Cela ne dérange en rien Angela. Elle dira plus tard, « Dans un couple chacun se spécialise. »

Elle présente Diaz Uribe à ses parents et à ses galeristes. Les premiers l'apprécient modérément, les seconds sentent que quelque chose point chez ce garçon. Ils aiment se toquer d'un petit nouveau. Ce qui n'est pas le cas des parents d'Angela. Diaz Uribe commence à développer un discours politique sur son propre travail. « Il est méthodique, déterminé et opportuniste », commentera son premier galeriste Jo Lodge. Il semble qu'il s'agisse pour celui-ci de trois qualités indispensables au déploiement correct d'un artiste.

La famille Oloixaca est une famille aisée de propriétaires terriens. Les parents d'Angela n'ont jamais vu d'un bon œil l'engagement politique et artistique de leur fille. Mais comme elle est leur fille unique, qu'on leur répète depuis toujours qu'elle a du talent et qu'elle peut déjà vivre décemment de la vente de ses toiles, on peut considérer que, dans une certaine mesure, ils respectent son choix – « L'indépendance financière est ce qui vous fait tenir debout », estime Oloixaca père.

Diaz Uribe et Angela se marient en mai 1954 à Pie de la Cuesta sur la côte Pacifique (bout du monde, sable blanc, pélicans, une dizaine d'amis poètes et peintres pieds nus sur la plage, nuit à la belle étoile, marxisme et gueule de bois). Angela est enceinte de leur première fille Dalia Stella qui naît en octobre à Mexico. Mais ce charmant événement est entaché presque aussitôt par un drame. Le père et la mère d'Angela se tuent dans un accident d'avion en novembre. Le père était aux commandes d'un petit Cessna et ils s'en allaient tous deux passer la fin de l'année sur une de leurs îles au large de Puerto Rico. Angela seule héritière se retrouve à la tête de la fortune familiale. Elle cesse de peindre. Apparemment, dans un premier temps, elle souhaite refuser l'héritage, puis elle sombre dans une grave dépression, elle est hospitalisée à plusieurs reprises à Mexico et à Miami. Diaz Uribe prend soin de la petite Dalia Stella et parallèlement il s'attelle à des portraits de très grand format de gens qu'il croise dans la rue et qu'il convie dans son atelier pour de longues séances de pose. Il peint en berçant avec le pied le couffin de Dalia Stella. Cela désarme ses modèles. Pour le moment il ne montre son travail à personne. Il attend son heure, semble-t-il. En mai 1955 il accompagne Angela à un vernissage à San Francisco, il a l'espoir que d'être honorée par son galeriste va apaiser quelque peu sa femme, la situation commence à lui peser. Ils partent là-bas avec la petite

Dalia Stella. L'exposition s'intitule *Rapide inventaire*. Ce qui pourrait passer pour une boutade vu qu'Angela n'a pas encore vingt ans et qu'elle a arrêté de peindre six mois plus tôt. Le galeriste d'Angela, Jo Lodge, a insisté pour qu'elle soit présente. On ne sait pas s'il veut s'assurer qu'elle est toujours opérationnelle, s'il doute de sa décision trop précoce de faire d'Angela une reine de l'art contemporain, s'il veut se rendre compte de visu de son erreur le cas échéant, ou s'il espère qu'en la célébrant comme il se doit elle sera touchée, retrouvera confiance en elle et reprendra pied. Jo Lodge est un galeriste impliqué. Il s'est même déplacé à Mexico quand il a appris la mort des parents d'Angela. Ç'a été à la fois distrayant et accablant. Jo Lodge a détesté Mexico, il a détesté l'hôtel où il avait dormi – piscine pleine de feuilles mortes et petit déjeuner de crève-la-faim – et il a trouvé Mexico aussi plaisant qu'un camp de réfugiés – blattes de quinze centimètres de long, pollution, urticaire, allergie, asthme et nourriture trop grasse. Mais, malgré ces désagréments, il est resté à peu près affable et s'est intéressé au travail de Diaz Uribe. Ils ont bu du mezcal, parlé des mérites du maïs mexicain par rapport au maïs américain, pêché des black bass, discuté des héritiers de Dada, et de tous les imposteurs et des publicitaires qui investissent dorénavant le domaine de l'art. « Ils sont un signe du monde d'aujourd'hui et du monde de demain, a dit Jo Lodge. Et si cela ne vous plaît pas, eh bien, c'est au monde qu'il faut vous en prendre. »

Jo Lodge a été marié avec une femme qui le saigne à blanc parce qu'ils ont eu un fils et que Jo Lodge, qui est dingue de ce garçon, ne peut rien refuser à son ex-femme – elle argue des besoins impressionnants d'un jeune Américain de quinze ans s'il ne veut pas être exclu du jeu. Jo Lodge qui vient d'un milieu modeste (il était encore vendeur de cacahuètes sur Times Square en 1942), qui porte des talonnettes, sait faire fructifier ses intuitions et conduit un cabriolet rouge, est en fait un homme généreux, triste et sentimental. Peu de gens le savent. Mais Diaz Uribe n'a pas eu besoin de passer beaucoup de temps avec lui pour le deviner.

Pendant le vernissage à San Francisco Diaz Uribe sent qu'Angela est terriblement mal à l'aise et flattée peut-être, mal à l'aise d'être flattée, ou plus précisément, mal à l'aise de ne plus se sentir aussi flattée que deux ans auparavant, elle croyait aimer être célébrée, elle en riait avec lui quand ils s'étaient rencontrés, elle dit, « Je suis la mariée du jour, je suis la rosière », et elle sourit gentiment à tout le monde, elle essaie de ne jamais se montrer impolie, sa conscience de classe l'oblige à en faire des tonnes, mais sa timidité naturelle pulvérise ses efforts. Et Diaz Uribe se dit, Mais où est donc passé son plaisir d'être fêtée, Jo Lodge se tient près d'elle, on dirait qu'il avance et reflue comme un ressac, il s'éloigne vers quelque visiteur d'importance et revient vers Angela qui n'a pas bougé d'un pouce. En temps normal ne pas avoir la vedette pourrait affecter Diaz Uribe, il jalouserait peut-être Angela, mais comment jalouser quelqu'un qui a l'air de tant souffrir d'une situation. De plus l'attachée de presse, qui est une fille maigre et sérieuse et lesbienne, qui s'appelle Kelly ou Kim ou un autre prénom avec un K pour initiale, reste aux côtés de Diaz Uribe, lui présente machin et machinette, à lui, à LUI, que lui a donc dit Jo Lodge pour qu'elle ait l'impression qu'il est un hôte d'une si grande importance ? il n'est présent ce jour-là que parce qu'il est le mari et l'accompagnateur d'Angela, il porte même la petite Dalia

Stella dans les bras, et les gens s'approchent d'eux et caressent le crâne de la petite comme si elle allait leur porter bonheur, l'attachée de presse fournit une coupe de champagne à Diaz Uribe dès qu'il en vide une, c'est une fille intelligente qui aime bien son métier, et Diaz Uribe pense qu'il pourrait dire la même chose d'Angela, « Une fille intelligente qui aime ce qu'elle fait », sauf que dorénavant quelque chose en elle semble s'être brisé en petits morceaux, Diaz Uribe regarde sa femme qui paraît chanceler, il tarde à se diriger vers elle, il veut voir si elle va réellement tomber, aucune hostilité chez Diaz Uribe, aucune aigreur, seul l'intérêt de l'entomologiste pour une espèce rare, fragile mais passionnante de coléoptères, et pendant ce temps l'attachée de presse, la fille en K., lui dit, « Il y a pire profession, moi je mange des petits-fours, je bois du champagne et je parle d'art », Diaz Uribe sait bien qu'elle raconte ça à tous les artistes pour les rassurer et, surveillant l'affaissement de sa femme, il boit coupe sur coupe, la petite Dalia Stella dormant sur son avant-bras gauche comme un bébé panthère.

Ils repartent le lendemain avec la migraine. Dans l'avion Angela dit, « Plus jamais ça mon chéri, plus jamais ça, plus jamais ça. » Et quand ils atterrissent à Mexico après des milliers d'heures hébétées, quand ils prennent un taxi pour rentrer chez eux et qu'Angela pose son front contre la vitre de la portière en semblant vouloir s'éloigner le plus possible de son mari et de sa fille, Diaz Uribe se dit, Quel ennui, quel épouvantable ennui.

Quelques jours plus tard, il reçoit un appel de Jo Lodge qui lui demande de prendre des photos de son propre travail et de les lui envoyer.

Diaz Uribe, qui a décidé de peindre Angela dans son sommeil, installe un appareil photographique au plafond juste au-dessus du lit. Angela ne s'oppose pas à la nouvelle idée de son mari, «Du moment que tu ne me déranges pas», dit-elle. Angela dort beaucoup, seule ou avec sa petite fille. Elles dorment dans les bras l'une de l'autre ou chacune à un bout du lit, séparées par un vaste territoire de draps froissés. Le lit et ce qui s'y déroule occupent la totalité de chaque cliché. Angela et Dalia Stella dorment surtout la journée. La lumière de la pièce est douce, les longs cheveux noirs d'Angela sont souvent pris dans les doigts du bébé. Quand elles dorment elles ont le même air perdu, concentré, abandonné. La sueur perle au-dessus de leurs lèvres. Leur ressemblance est fascinante.

Diaz Uribe fait une série de peintures d'Angela et de Dalia Stella. Les toiles sont des grands formats, Angela est à l'échelle, Dalia Stella est à l'échelle, la lumière et la dépression d'Angela sont à l'échelle. Angela déteste ces toiles. « On dirait qu'on s'est noyées et que tu viens de nous ramener sur le rivage. »

Diaz Uribe pense envoyer des photos de ces toiles à Jo Lodge mais il change d'avis. Il fabrique finalement un pistolet en résine et il l'intitule *Cesser de mourir*. Le pistolet est bleu ciel et sa taille est adaptée à la main d'un homme (ou d'une femme) qui mesurerait douze mètres. Il concocte aussi une poupée Barbie attachée sur sa chaise avec une toute petite camisole de force. Et il remplit une bouteille de mezcal d'antidépresseurs qu'il a peints en rose et qui ont la forme de minuscules poings américains.

Il envoie les photos à Jo Lodge.

Il dit qu'il voudrait appeler cette série *Les Habits neufs de l'empereur*. Il dit que quiconque penserait que ce n'est pas de l'art serait un idiot.

Jo Lodge lui téléphone aussitôt et lui lance, « Tu veux faire de la realpolitik en art ? Tu considères que l'art doit être malin et coriace ? Fais bien attention de ne pas dévoyer Duchamp. Fais bien attention de ne pas devenir un carrossier. Retourne peindre et cherche la phrase magique. »

Contre toute attente Diaz Uribe, qui en général n'écoute pas les conseils qu'on lui prodigue, se remet à peindre (on l'a échappé belle, me dis-je). Et la première exposition que Jo Lodge lui consacre est un immense succès. Angela n'est pas là. Elle est à Mexico en train d'accoucher des jumelles Eva et Margarida. Nous sommes en octobre 1957.

Jo Lodge, qui pourrait vendre des encyclopédies à un analphabète, liquide les douze toiles de Diaz Uribe en une journée. Tous les tableaux représentent Angela enceinte, seule ou avec Dalia Stella. L'un des tableaux est une série de vingt-quatre vignettes de vingt centimètres sur vingt comme si le peintre avait été une caméra fixe qui avait filmé une journée entière de la vie de sa femme et de sa fille. Sous chaque vignette l'heure est indiquée. La journée commence à deux heures du matin. On voit Angela en train de lire dans son lit, Dalia Stella dort à côté d'elle, bras et jambes écartés. Trois heures du matin Angela s'est endormie près de sa fille, quatre heures elles dorment toujours, cinq heures la petite est assise dans le lit, elle regarde le peintre, sa mère dort, puis à six heures il n'y a plus personne dans le lit. Alors c'est comme si le peintre se résolvait à les suivre. Une vignette les montre assises dehors dans un rocking-chair. Il est neuf heures du matin. Sur une autre on les voit jouant avec des cailloux dans le sable sous les agaves du jardin. Sur une autre encore, c'est la fin de l'après-midi, Dalia Stella est dans une bassine sur la terrasse, sa mère est accroupie près d'elle, elle la regarde tandis que Dalia Stella fixe son père. Etc. Et c'est cela que le public aime : regarder Dalia Stella grandir, voir Angela s'arrondir, assister au passage du temps et à la perception que Diaz Uribe en a, c'est à la fois déconcertant et rassurant, c'est palpitant et trivial, c'est l'ordre des choses exposé. Les peintures de Diaz Uribe sont très réalistes mais très étranges. Il y a toujours quelque chose qui déséquilibre l'ensemble. Il y a toujours quelque chose d'inquiétant qui surgit. Les paysages ne sont qu'esquissés, les visages ne sont que deux yeux et une bouche, tout est dans la lumière ou l'absence de lumière. Jackson Pollock est mort depuis un an, on recommence à oser jeter un œil à une peinture figurative, Jo Lodge a un discours rodé parfait pour cela, c'est le figuratif d'après l'abstraction, ce n'est pas un retour du même, c'est autre chose, c'est digéré, organisé, passé au tamis des avant-gardes.

En 1957, quatre galeries en Europe et aux États-Unis s'occupent des intérêts de Diaz Uribe et il jouit, selon la formule consacrée, de l'estime de ses pairs.

En 1958, il y en a douze.

En 1959 il n'y en a plus que trois. « Il faut créer la pénurie », dit Jo Lodge en bon vendeur de cacahuètes.

Ainsi, la réputation et l'influence de Diaz Uribe ne vont cesser de s'étendre même quand il aura décidé de disparaître des écrans radars en 1961.

Je te souhaite bien plus
que de la chance

Quand j'ai eu fini de lire le fichier qui récapitulait les activités de Diaz Uribe avant 1961, j'ai tout éteint, ordinateur et lumières, et je suis rentrée chez moi à pied. J'avais besoin de réfléchir et, comme on le sait, les jambes aident considérablement à la réflexion. Durant le temps de ma lecture, Velevine était sorti de l'appartement. Cela lui arrivait encore de me laisser seule chez lui, mais plus rarement depuis quelques semaines. Quand je suis partie j'ai simplement claqué la porte. Après plusieurs heures de marche (je m'étais perdue à quatre ou cinq reprises), au moment de passer le seuil de ma microscopique chambre, une étrange appréhension s'est emparée de moi. J'ai été incapable d'identifier mon malaise. C'était comme dans l'un de ces jeux des sept erreurs que j'affectionnais quand j'étais enfant. Sur la dernière page de je ne sais quel magazine populaire, une toile de maître était présentée par deux fois visiblement identique mais mystérieusement différente. J'ai convoqué le même petit lieu reclus de mon cerveau pour discerner l'anomalie. Et j'ai pris conscience que mes fourmis n'étaient plus là. Je ne les voyais plus monter et descendre sur les montants de la fenêtre, suivre leurs invisibles autoroutes d'approvisionnement. Plus une seule fourmi pour me tenir compagnie.

Mes gardiennes étaient parties.

(Esperanza aurait dit : « Ces petites bestioles, ça va ça vient. »)

J'ai décidé qu'elles n'avaient pas pu partir comme ça. J'ai décidé qu'elles étaient toujours là. Pour une raison mal définie, j'ai pensé que cette disparition était fondamentale. Alors j'ai sorti un biscuit du placard, je l'ai émietté sur le parquet et sur le rebord de la fenêtre, je me suis assise en tailleur au milieu de la pièce et j'ai attendu qu'elles reviennent en cogitant et en prenant sporadiquement des notes sur ce que j'avais lu chez Velevine et sur ce que je pouvais en déduire.

Au milieu de la nuit je me suis réveillée, je m'étais endormie sur le plancher, « Que m'arrive-t-il ? »

Je suis restée un moment ainsi, la lumière de la pleine lune créait des paysages nébuleux sur le sol en s'infiltrant à travers les branches décharnées du bouleau, puis elle a disparu. J'ai alors eu une illumination. J'ai pris conscience que ce que j'avais toujours voulu savoir c'était ce qui s'était passé entre mon père et Tito. Et que cela me serait sans doute à jamais inconnaissable. J'aurais voulu savoir pourquoi mon père avait été si empli de douleur, j'aurais voulu savoir pourquoi il avait été si inconsolable. Et, une lumière en embrasant une autre, j'ai su à cet instant où Diaz Uribe avait créé sa communauté. Je savais où était Barsonetta. C'est un peu comme lorsque vous vous souvenez brusquement que votre oncle, mort depuis dix ans, était un exhibitionniste alors que vous aviez soigneusement enfoui l'infamie. Et bang vous vous prenez la chose en pleine figure. Et tout vous revient avec une précision suffocante.

J'ai décidé de prendre le premier métro (mon impatience ne s'accommodait pas d'une deuxième traversée de Paris à pied) et de repartir chez Velevine. En piétinant devant les grilles encore fermées de la station Falguière, je me suis souvenue que je lui avais demandé quelques semaines plus tôt dans quelles circonstances Jo Lodge, le galeriste, avait disparu. Il avait haussé les épaules. Je m'étais fait la réflexion qu'il était de moins en moins pris par cette ardeur frénétique qui était la mienne, presque pressé que j'en fusse l'unique dépositaire.

C'était la semaine où les feuilles des ginkgos bilobas deviennent jaune phosphorescent. Quand j'étais sortie de chez moi il faisait encore nuit et les feuilles paraissaient clignoter dans le vent. Je me demande bien qui a eu l'idée de planter des ginkgos bilobas à Paris. J'imagine que ce n'est ni à cause de leur couleur ni parce qu'ils sont apparus il y a trois cent millions d'années qu'on en plante dans les squares mais sans doute est-ce parce qu'ils sont aussi résistants que nous devrions l'être aux parasites, à la pollution et aux intempéries. De toute façon la brièveté de leur incandescence rend leur beauté plus bouleversante encore. C'est ce que je me disais en continuant de piétiner avant que les grilles ouvrent enfin.

Le caméraman a commencé à tourner : *Les Réflexions inopportunes.*

Arrivée à Lamarck, je me suis mise à courir en grimpant les escaliers de Montmartre dans l'humidité de ce petit matin de novembre, je me sentais aussi seule et affolée qu'on peut l'être. Pourquoi en hiver a-t-on toujours l'impression que ce qui se passe à l'intérieur des maisons, et qu'on soupçonne à cause du rayonnement des fenêtres, est forcément gai et chaleureux ? Pourquoi pense-t-on que les autres ont réussi à bâtir un foyer là où nous avons échoué ? Pourquoi certaines plaies ouvertes sont-elles comme des friandises ?

J'ai monté les marches de chez Velevine et j'ai sonné. Comme il ne répondait pas, j'ai tâtonné pour trouver la clé sur la plinthe au-dessus de la porte, elle y était, ce qui signifiait qu'il était repassé chez lui mais était ressorti entre-temps, je suis entrée, il faisait noir, et il faisait une chaleur terrible, c'était un été en Mandchourie, une nuit d'été en Mandchourie, j'ai ouvert les rideaux et poussé la porte de sa chambre après y avoir tout de même frappé.

J'ai allumé la lumière. Où était-il ? Ce n'était pas une heure pour se « baguenauder ». Je n'ai pas aimé l'inquiétude que faisait naître en moi cette incertitude. L'écran de son Amstrad clignotait lentement selon un rythme un peu assoupi. Je l'avais éteint avant de partir, pourtant. Je me suis assise devant l'ordinateur et j'ai bougé la souris. Mot de passe. Normalement dans tous les livres et tous les films du monde il suffit au héros de regarder autour de lui et il devine le mot de passe, il aperçoit un objet signifiant dans la pièce ou alors il est supérieurement intuitif.

Mais je ne suis pas le héros, je suis la narratrice.

Et il y a trop de possibilités. La seule chose dont je suis sûre c'est que cet écran qui clignote doucement est une invitation de Velevine. Le mot de passe pourrait être Uribe ou Barsonetta ou Angela ou le nom de l'ex-fiancée de Velevine ou le prénom de sa mère ou je n'en sais rien, je suis nulle en devinettes.

Le caméraman filme : *Submergée par les possibilités*.

Alors je décide que je suis Velevine – puisque je peux être tous les gens que je croise dans la rue, je peux bien être Velevine.

Et je tape Password.

Et ça s'ouvre.

Et je comprends que j'aurais pu taper n'importe quoi le document se serait ouvert quand même. C'est une petite blague de Velevine. Il veut que je lise ce qu'il y a sur l'écran.

Il avait écrit : « Chère petite chatte curieuse, je vais m'absenter quelque temps. Prends les dossiers, copie les fichiers sur des disquettes puis supprime-les du disque dur. Garde-les chez toi, trouve ce que tu cherches et retourne d'où tu viens. »

Et juste au-dessous il avait ajouté : « La manière la plus efficace de disparaître c'est la solitude. »

J'ai ressenti alors une tristesse intense. Elle était palpable. Elle prenait son origine dans ma poitrine, juste sous mes côtes. Et elle irradiait dans toute la ville.

J'ai fait ce que Velevine m'avait dit de faire en parlant toute seule à travers mes larmes. Puis j'ai regardé dans ses placards. J'aurais bien aimé que sa disparition ressemble à un départ en vacances un peu précipité. J'aurais bien aimé que la majorité de ses habits soient encore dans la penderie. J'aurais bien aimé m'être doutée la veille que je le voyais pour la dernière fois. J'ai décidé de rester chez lui et je me suis pelotonnée sur le canapé. Je crois bien que je me suis endormie.

Pourquoi tous les hommes de ma vie finissaient-ils par disparaître ?

Plus tard dans la matinée, je suis allée à la poste consulter le bottin, j'ai appelé l'École des beaux-arts et j'ai demandé si le professeur Velevine venait ce jour. On m'a répondu qu'il était en arrêt maladie pour une durée indéterminée. J'ai raccroché doucement comme si je ne voulais pas réveiller le fauve qui dormait dans l'écouteur. Je suis sortie de la cabine, le bottin était attaché à une chaînette, il a voulu me suivre alors il est tombé, je l'ai rattrapé, il s'est retrouvé pendu au bout de sa chaînette avec un bruit d'ailes qui se déploient, et puis il s'est déchiré, une employée m'a jeté un regard courroucé, j'avais envie de mourir, mourir certes mais d'abord partir de cet endroit minable (carrelage XIXe siècle, moulures, et guichets en laminé collé plaqués là comme un canular sur un aussi joli carrelage).

Dehors la pluie décuplait la mauvaise humeur de mes contemporains, ils me bousculaient et m'aspergeaient de leur pébroque. D'une certaine façon leur agressivité m'a rassurée. Elle prouvait que je reprenais consistance.

Mais je détestais cette ville.

Je ne connaissais rien à ce pays.

Je portais un sac plastique de supermarché dans lequel j'avais glissé le dossier des disparus et les disquettes. Je sentais qu'il allait craquer alors je l'ai serré contre ma poitrine. J'ai pensé, J'ai dix-huit ans, c'est presque l'hiver à Paris, Velevine est parti (m'a abandonnée aurait été plus juste et plus proche de ce que je ressentais en cet instant), je suis en train de me faire dévorer par mon obsession, je n'ai pas d'ami(e)s et je ne sais même pas si j'arriverais un jour à recoucher avec un homme après ma première et décevante expérience avec Rodrigo. Je pleurais et il pleuvait. Je dégoulinais. Tout allait mal. Je me laissais un peu aller. Je me suis redit que certaines plaies ouvertes sont comme des friandises. Moi qui me bagarrais quotidiennement contre les idées noires, moi qui avais décidé depuis si longtemps de ne pas être une fille triste, là, voilà, je me laissais aller.

Le caméraman et le preneur de son étaient trempés mais ils étaient bien là : *Détresse parisienne.* J'aurais bien aimé parfois qu'ils foutent le camp et ne filment que mes victoires. On aurait dit qu'ils se délectaient de ma débâcle.

Mes pas m'ont menée à la bibliothèque de la Reine blanche.

Je n'étais pas reluisante, je ressemblais à quelqu'un qui cherche à s'abriter gratuitement de la pluie. Mais l'endroit était aussi miteux que moi, moquette grise, odeur de chien mouillé incontinent, étagères en métal, néons, vague hostilité du personnel. Je suis allée consulter les atlas. Muni du plus grand jamais recensé, je me suis assise dans un fauteuil trop bas, je me suis engoncée, mes genoux étaient à hauteur de mes yeux, j'ai déposé mon sac plastique et mes trésors à mes pieds, le fauteuil était orange, d'une matière synthétique qui semblait prête à s'enflammer au moindre frottement. J'ai ouvert l'atlas, j'avais du mal à en tourner les pages, son format n'était pas commode, peut-être n'étais-je plus en train de disparaître mais de rapetisser. Je me répétais à voix basse, « Tout va bien, tout va bien, tout va bien. » J'ai cherché les Caraïbes et j'ai découvert un chapelet d'îlots comme une traînée de comètes à la suite de Vieques, une île à l'est de Puerto Rico. En légende il était indiqué qu'il s'agissait d'îlots privés. L'un d'entre eux s'appelait Oloixaca Cay. C'était ce que je cherchais. L'île des parents d'Angela. L'île dont elle avait hérité. C'est Barsonetta.

J'ai senti en moi une bouffée d'excitation et de satisfaction.

Je me suis tournée de tout côté, j'aurais aimé trouver quelqu'un à qui parler de ma découverte, j'aurais aimé me vanter d'avoir été si maline. À ce moment-là mon regard a été attiré par une table en Formica placée à l'entrée de la bibliothèque, au-dessus de laquelle une banderole en papier bleu s'interrogeait en lettres joliment ouvragées, « Y aura-t-il encore des poissons en l'an 2000 ? ». Sur la table était disposée une sélection d'ouvrages traitant d'océanographie. Ils étaient astucieusement positionnés afin d'être vus à la fois par les usagers qui entraient et par ceux qui musardaient désœuvrés en attendant que la pluie cesse. L'un d'entre eux avait pour titre *Les Méduses de l'apocalypse*. Rien que ça. Et son auteur était Dalia Stella Oloixaca. J'ai poussé un petit cri fort éloquent. J'avais besoin que quelqu'un remarque ma stupéfaction et ce magnifique enchaînement de coïncidences. Mais tout le monde s'en foutait. Sauf mon caméraman qui s'est dit que la scène devait être immortalisée et qui s'est approché pour filmer *Révélations*. Je me suis levée, j'ai traîné mon sac à trésors et me suis emparée du livre en question. Sur la quatrième de couverture il était écrit que Dalia Stella Oloixaca (née à Mexico en 1954) était une chercheuse spécialisée en écologie des méduses à l'Institut méditerranéen d'océanologie de Barales (Espagne) qu'elle avait participé à créer en 1985 et dont elle était coprésidente. Le texte, écrit sans doute par un quatriémiste qui n'y connaissait rien mais que l'imminence d'une catastrophe écologique galvanisait, nous informait en deux mots que la pêche contemporaine et la pollution des mers nous entraînaient tout droit vers un océan sans poissons, un océan peuplé uniquement de méduses.

Je suis restée dubitative quelques instants, oscillant dans mes baskets trempées. Je ne voyais pas le rapport avec Diaz Uribe. Pourtant c'était bien le nom de sa fille aînée que je voyais inscrit sur ce livre. Au moment où je mettais (presque) la main sur Barsonetta une nouvelle porte s'ouvrait sur un couloir obscur. C'était agaçant.

Puis je me suis dit que je tenais peut-être là ma chance.

Maintenant que Velevine avait déclaré forfait, que mes fourmis avaient déguerpi, que l'hiver parisien me glaçait les os et que j'avais compris où se situait Barsonetta (mais que sa position était bien trop éloignée de mes latitudes pour que je puisse projeter d'y aller), la possibilité de me rendre à Barales et de rencontrer l'une des filles de Diaz Uribe m'apparaissait tout à fait envisageable.

L'inattendu et l'inexorable

Je ne vais pas pouvoir rester ici bien longtemps, se disait Saturniño Bartolome alors qu'il n'avait pas encore sept ans, que sa mère la lingère du château lui promettait une vie de palefrenier, et que son frère jumeau Gabriel était déjà chaque été à-la-vie à-la-mort avec le fils Brazza. Les jumeaux Bartolome n'avaient jamais eu de père. C'était leur mère, Arantxa Bartolome, qui en restant fille leur avait légué ce nom. « Savant l'enfant qui sait qui est son père », comme me le répétait ma grand-mère Esperanza en hochant la tête et en étendant la lessive sur son balcon branlant.

En 1859, Saturniño Bartolome rêvait de l'Amérique.

Le domaine d'Iturralde n'avait miraculeusement pas connu l'occupation napoléonienne ni les guerres carlistes. On racontait que le marquis d'Iranda avait connu Tomás de Zumalacárregui, le général carliste dont il appréciait la probité et le courage, mais qu'il avait refusé de loger une partie de ses soldats dans les communs du château avant l'assaut qu'ils avaient lancé sur Bilbao. Cette prévention du marquis lui avait attiré le respect de ses gens. Qui aime à héberger et à côtoyer d'anciens guérilleros peu scrupuleux en matière d'urbanité ?

Mais pour le jeune Saturniño, le domaine était trop protégé et trop familier. Sa végétation et ses collines, ses petits lacs, son air frais descendant des montagnes, son caractère paisible, bucolique, la proximité de l'océan, sa situation enviable entre terre et mer, plongeaient Saturniño dans la torpeur. Saturniño rêvait de tempêtes et d'héroïsme, il se voyait sauver la marquise d'un incendie, devenir son unique héritier, partir sur les mers, s'installer de l'autre côté de l'océan.

Il est étonnant que ces deux garçons, qui auraient pu n'être que de doux rêveurs et demeurer auprès de leur mère en fustigeant le sort qui les avait fait naître à Uburuk, se soient retrouvés tous deux aux prises avec des continents fort éloignés de leur domaine natal. Tandis que Gabriel, le docile Gabriel, partait explorer l'Ogooué, parce qu'il avait déposé sa loyauté entre les mains de Pierre Savorgnan de Brazza et qu'il décidait de rester sa vie durant dans le sillage du grand homme, son frère Saturniño se confrontait déjà depuis un moment à la réalisation de ses chimères.

D'où la démangeaison de l'ailleurs leur venait-elle ?

L'urgence que ressentit Saturniño à quitter le domaine tient peut-être au fait qu'il était un garçon terriblement blessé que son frère jumeau lui eût tôt préféré la compagnie d'un autre garçon. Mais s'il se sentit amputé par cette amitié, il fit, comme disait Esperanza, des cœurs avec des tripes et il s'accommoda finalement de la situation avec souplesse. Il se mit à cultiver une forme d'arrogance silencieuse et considéra son frère comme un être qui ne serait jamais rien d'autre qu'un domestique un peu sophistiqué.

Quand il était enfant, Saturniño passait sa vie dans l'ombre de sa mère. Il construisait auprès d'elle de petits tertres circulaires avec tout ce qu'il pouvait récolter.

Il élaborait de minuscules maisons rondes avec des cailloux, des brindilles, des ossements d'oiseaux ou de rongeurs, puis il abandonnait ces constructions parfaites et allait collecter les pierres les plus rondes qui soient. Quand Brazza et Gabriel le regardaient faire, dubitatifs ou moqueurs, comme si leur rêve commun (ou plutôt la mise en commun du rêve de Brazza) valait mieux que les édifications de Saturniño, la mère les envoyait vaquer à leurs occupations, « Laissez le petit tranquille (elle disait « le petit » comme si être seul vous empêchait d'être grand), un jour il construira des maisons », elle n'y croyait pas, elle le voyait palefrenier, mais elle ne supportait pas la manière dont les deux garçons, forts de leur association, jugeaient Saturniño.

Brazza haussait les épaules, « Des maisons rondes ? » Et les deux garçons s'en allaient en courant, laissant la mère et Saturniño à leurs activités répétitives.

Il est intéressant de noter que, en plus d'être tout dévoué à sa mère, Saturniño était un garçon qui avait si souvent entendu le marquis Francesco d'Iranda parler d'autodiscipline et de persévérance (le marquis d'Iranda avait été envoyé très jeune dans un collège anglais) qu'il appliqua aveuglément toute sa vie ces deux exigences. À dix ans il était déjà un petit janséniste (c'est ainsi que la marquise d'Iranda née Simonetti l'appelait : « Mon petit janséniste ») plein de principes, de vertus et de juste sévérité. Et c'est la marquise qui lui fit connaître très jeune les ouvrages de Fourier et les articles de Considerant (qu'elle lui traduisait plaisamment). Il n'avait qu'une compréhension approximative de ce qu'il lisait ou écoutait lire. À cet âge-là, ce qui lui plaisait le plus chez Fourier, c'étaient les mers qui deviendraient limonade, « purgées de leur saveur infecte », et la promesse que les crocodiles finiraient transformés en bestioles dociles. Rien de tout cela ne lui semblait spéculatif ou élucubrations littéraires. Il était sûr que ces grands bouleversements étaient liés à la Science. La Science. Saturniño en avait plein la bouche. « Tout cela n'a rien d'utopique, confirmait la marquise. Il s'agit de socialisme scientifique. Il s'agit d'ingénierie sociale. »

Et puis Saturniño aimait l'idée qu'un nouvel esprit de fraternité remplace peu à peu l'individualisme. Il imaginait le monde réconcilié et harmonieux. Il dessinait des navires qui partaient à l'assaut de terres australes nimbées d'arcs-en-ciel. Il se voyait, secrètement, de nouveau proche de son frère Gabriel. Son isolement lui pesait plus qu'il ne le reconnaissait. Car même quand le jeune Brazza retournait en Italie, l'attachement qu'il avait pour Gabriel et leur correspondance assidue entravaient toute relation entre les jumeaux.

À quinze ans, il s'avéra que Saturniño passait plus de temps auprès de la marquise qu'auprès de sa mère. La marquise lui avait fait aménager un cabinet de travail dans la tourelle où bientôt il dormit également. Ainsi, il devint une sorte de pensionnaire dans le château Iturralde des Iranda. La marquise, sa protectrice, lui trouvait tous les charmes – audace et candeur – de la jeunesse. Il se convainquit que les hommes étaient faibles, égoïstes et concupiscents si on ne les éduquait pas suffisamment, et qu'il serait de bon aloi de créer des lieux (ronds parce que plus égalitaires, c'était son dada depuis toujours) où l'on fonderait des communautés exemplaires et harmonieuses. C'est dans la tourelle du château qu'il se mit alors à imaginer un édifice au sein duquel chacun, en se consacrant à un travail attrayant et passionné, pourrait développer ses capacités pour le bien commun et pour sa propre destinée.

Et ce fut la marquise qui lui dit un jour en allant le visiter dans son cabinet de travail comme elle le faisait régulièrement (elle s'asseyait dans un fauteuil de velours près de lui et brodait tandis qu'il lui faisait la lecture), « Très cher Saturniño, il vous faudrait jouir, pour exercer votre esprit d'initiative et votre créativité, d'un vaste domaine éloigné de notre agonisante Europe. » Comme elle était attirée par la pensée socialiste, son mari ne manquait pas de s'en amuser en société, mais avec beaucoup de gentillesse, notons-le, comme si elle s'était adonnée à une activité pleine de piquant. Quand il rapportait les enfantillages de sa femme, elle était toujours assise près de lui et il lui tendait la main pour bien montrer à leur public qu'il n'existait entre eux aucun différend sérieux, que son discours n'équivalait pas à un règlement de compte et qu'il était absolument ravi d'avoir une femme aussi rêveuse et progressiste. Elle lui souriait en retour et tentait d'étayer sa pensée et de justifier ses fantaisies. Tout cela était fort plaisant. La marquise disait parfois que le socialisme remplacerait un jour ou l'autre le féodalisme industriel. Et le marquis d'Iranda y voyait une délicieuse excentricité – pour lui, les élucubrations de Machinette Simonetti avaient toujours fait partie de sa séduction. Cela dit il ne se sentait jamais directement attaqué, il n'était en rien un seigneur industriel, il ne faisait que gérer avec sagesse et bienveillance le jardin qu'on lui avait légué.

Et ce fut la marquise, encore une fois, qui conseilla à Saturniño de partir pour le Brésil. « Observez l'admirable tranquillité dont cet empire jouit et la marche modérée de son gouvernement, comparez son développement à la vie tumultueuse des républiques qui l'entourent et qui sont incessamment déchirées par des guerres civiles, sachez apprécier sa stabilité politique et son respect des droits civiques. Apprenez, mon enfant, que le peuple qui l'habite est un peuple au caractère aventureux, et au génie commercial inégalé, un peuple qui a su se mêler aux autochtones et qui est parvenu à faire abandonner aux Indiens leur vie nomade et à les faire se déclarer sujets chrétiens du roi du Portugal. Les Portugais n'ont jamais été d'aussi avides conquérants que les Espagnols. Toute cette affaire s'est faite dans une extrême douceur », prônait la folle marquise.

Ce fut donc avec l'aide de celle-ci, et avec sa précieuse contribution financière, que Saturniño put recruter ceux que l'idée de rénover l'humanité titillait. Saturniño et la marquise les appelaient « les architectes du Nouveau Monde ». Saturniño fit paraître une revue dans laquelle il parlait de ses aspirations à tous ceux que la marche actuelle du monde inquiétait ou indignait. En fait de revue il s'agissait d'un feuillet recto verso qu'il allait lire de village en village à ceux qui n'en étaient pas capables. Il y mettait tout son cœur et toute sa hardiesse, il se faisait chahuter mais sa conviction lui tenait lieu de foi.

En 1875, à l'aube de ses vingt-trois ans, Saturniño Bartolome était prêt pour sa grande expédition.

Et le trois-mâts *L'Olimpia* qu'il avait réussi à affréter quitta le port de Pasaia le 12 avril 1875 avec à son bord cinquante et un émigrants (dont des femmes et des enfants) pourvus des passeports nécessaires à l'entrée au Brésil. Des ouvriers et des artisans – cuisiniers, fumistes, forgerons, maçons, imprimeurs, agriculteurs, artificiers, menuisiers, bottiers… Mais aussi un médecin homéopathe, un dentiste, un taxidermiste, un fabricant de piano et un fabricant d'éperons.

Le voyage dura six semaines.

Quand ils arrivèrent à Rio de Janeiro, ils avaient perdu lors de la traversée un homme et un enfant. Mais une petite fille était née sur le navire dans le Pot-au-noir, cette terrible ceinture autour de l'équateur où les bateaux pouvaient rester encalminés pas mal de temps. Et bien entendu on avait prénommé cette petite fille Olimpia.

Les nouveaux venus furent reçus au Paço Imperial de Rio de Janeiro par l'empereur Pedro II qui leur fit bon accueil – son pays ne comptait pas encore dix millions d'habitants et Pedro II était moins confronté au problème des paysans sans terre qu'à celui des terres sans paysans. L'empereur leur accorda une concession à environ trois cent cinquante kilomètres au sud de Rio de Janeiro sur le tropique du Capricorne.

Saturniño fut transporté de joie. Il écrivit à la marquise pour lui rendre compte avec exactitude et gratitude de ce qui advenait sur ces terres pleines de promesses.

Des agents du ministère de la Marine les conduisirent jusqu'à la concession. Là-bas il leur fut expliqué comment cohabiter avec les autochtones, comment s'accommoder de l'humidité et des parasites locaux, et comment pêcher avec succès dans la péninsule. Leur apprentissage se fit en trois jours. Puis les émissaires de l'empereur remontèrent dans leur bateau à vapeur et les abandonnèrent sur leurs nouveaux rivages.

Soulagement et enthousiasme marquèrent cette première période. On organisa la distribution des semences, des outils, de la poudre, de la quinine et des provisions, et on installa des couchages provisoires dans les abris des pêcheurs de baleines. Saturniño, directeur de la colonie, mit tout le monde au travail. C'était là le secret de l'harmonie, pensait-il. On défricha les terres, on construisit des ponts pour enjamber les cours d'eau dans les collines, on installa la scierie, le four à pain, et surtout on planta les fondations de ce qui devait être le cœur même de la colonie, le phalanstère circulaire rêvé.

Tout semblait parfaitement se dérouler.

Jusqu'à la première affaire de mœurs que Saturniño rapporta dans son journal – journal qui fut retrouvé après sa mort et renvoyé à la marquise d'Iranda dans la malle qui contenait ses quelques effets personnels.

Marquez le boulanger de la colonie avait une fille de treize ans, Mirabela, que nous pourrions qualifier aimablement de simplette. Elle aimait à se promener nue sur la plage pour ramasser des coquillages et pêcher des baçinas, un mollusque assez proche de l'ormeau qui pullulait dans la mangrove. Et ce fut l'impudeur de la jeune Mirabela dont argua pour sa défense Gustavo Derria le maçon. « Je n'ai fait que me soumettre à la Nature. » Cet événement fut la première désillusion de Saturniño quant aux dispositions de ses valeureux colons. La jeune Mirabela était rentrée chez elle et avait accusé le maçon de l'avoir molestée et violée. Son père était allé venger l'honneur ou du moins l'innocence bafouée de sa fille, armé de son couteau de boulanger. Il avait cisaillé avec une application remarquable la main droite de Gustavo Derria. Qui, quand il avait repris connaissance, avait crié au scandale. Et avait demandé à ce que le boulanger Marquez lui versât en compensation une allocation en pain, viande et poisson, puisqu'il ne pouvait plus exercer son activité et n'était désormais d'aucun secours pour le bien de la colonie du fait qu'il ne lui restait plus qu'une seule main – et comble de malchance, la main épargnée était sa mauvaise main, celle qui ne savait pas faire grand-chose sans l'aide de la main qu'on lui avait tronquée. Quelle déconvenue pour Saturniño. Lui qui pensait que si les hommes cohabitaient en petites communautés non hiérarchisées ils pouvaient vivre en bonne intelligence.

La deuxième déconvenue était liée aux intempéries. Il plut pendant quarante-deux jours d'affilée. Les indigènes laconiques sirotaient leur maté à l'abri des palmes des palétuviers. Ils supportaient l'ennoiement en se juchant sur les racines aériennes des arbres et, depuis leur perchoir, regardaient les compagnons de Saturniño s'activer et tenter de sauver leurs plants en pataugeant dans la gadoue. La pluie émettait un son plein et régulier en tombant sur le sol déjà gorgé d'eau. On avait l'impression que ça n'en finirait jamais. Et que la totalité du paysage pourrissait à vue d'œil.

La troisième déconvenue résulta de la consommation d'alcool. Les Indiens fabriquaient une liqueur de noix de coco vertes qui monta trop vite à la tête de nos émigrants. Ils avaient commencé à se soûler durant la longue période de pluie. Puis le soleil était revenu, ou plutôt la pluie s'était arrêtée parce que le soleil lui n'était pas revenu, et il avait commencé à faire brumeux, on se serait cru dans l'un de ces pays où il ne fait pas jour de tout l'hiver. Quoi qu'il en soit, les compagnons de Saturniño n'avaient pas cessé de boire. La mauvaise maîtrise des effets de cette liqueur souveraine fut pour les colons la raison de multiples incidents : incendie accidentel (?) des réserves de l'avoine blanche qui devait servir de fourrage, crucifixion de plusieurs poules sur les arbres du village, blessures diverses liées à des bagarres en état d'ivresse.

Saturniño se plaignit dans son journal de la douleur que représentaient pour lui cet abandon et ce désir de jouissance facile, cette façon dont les hommes s'étourdissaient, poussés par leurs instincts animaux. Pour sa part, il avait toujours été d'une sobriété et d'une abstinence inconditionnelles. Il écrivait que s'il avait eu plus de temps il aurait mieux sélectionné les colons qui l'avaient accompagné. Il les aurait choisis jeunes, innocents, encore non formés. Mais le recrutement avait été contraint par les réalités de cette province archaïque qu'était le Gipuzkoa dans la deuxième partie du XIXe siècle. Il avait dû faire, écrivait-il encore, contre mauvaise fortune bon cœur. Et il le regrettait amèrement. Il avait désiré favoriser chez chacun son plein développement en fonction de ses passions et de ses attractions – « des attractions proportionnelles à sa destinée », avait-il toujours répété. Et voilà quel était le résultat. Des ivrognes et des lascifs.

Il me semble on ne peut plus clair que Saturniño était, dès novembre 1875, sujet à des accès de découragement.

« Quelle déception, notait-il dans son journal. J'aurais mieux fait de créer une communauté exclusive de femmes. Les femmes sont plus raisonnables et plus laborieuses. Moins susceptibles de se laisser aller. Et moins imaginatives quand il s'agit de trouver le chemin menant à leur propre perte. J'ai toujours pensé que les femmes sont le moteur fondamental de tout changement social. Mais qu'aurais-je pu faire d'une communauté de femmes ? C'eût été comme de façonner une créature stérile. Je voulais fonder, en venant ici, un ordre économique et domestique caractérisé à la fois par la juste rétribution des efforts, la libre expression des passions individuelles et l'évolution des mœurs. Et nous voilà en si peu de temps pris dans les mêmes affres que ceux dans lesquels tous ces hommes sont enferrés sur le vieux continent. »

Saturniño Bartolome aurait bien eu besoin du soutien de la marquise d'Iranda afin de reprendre courage et de se remettre les idées au clair. Mais il n'y avait aucune possibilité d'échanger le moindre courrier avec qui que ce fût.

Cependant il se ressaisit. Après cette période délicate, il demanda à ses compagnons de montrer plus de cœur à l'ouvrage, plus de constance et plus de volonté collective, il leur promit que le phalanstère serait prêt en avril et que l'harmonie y régnerait, il leur fallait être patients et énergiques, persévérants et convaincus, ils étaient sur des terres inconnues, hors des sentiers battus, mais bientôt ils seraient délivrés du chagrin et ils vivraient dans la joie et l'abondance. « Amen », ricanait Derria le maçon manchot, dont le mauvais esprit était toléré grâce à la mansuétude dont Saturniño désirait désormais faire preuve en toutes choses.

Mais la situation prit un tournant déplorable quand Derria tomba sur le journal de Saturniño. Derria, désœuvré, errait constamment dans la colonie et minait le moral de tout le monde en indiquant comment il aurait fallu s'y prendre pour construire plus vite et plus solidement le phalanstère. Un jour il aperçut le journal de Saturniño sur la petite table où celui-ci le laissait à cause de la confiance partisane en l'honnêteté de chacun qui le caractérisait. Disposition que Derria avancerait d'ailleurs pour sa défense, « Il ne cachait pas son journal parce qu'il n'avait rien à cacher. Et s'il n'avait rien à cacher alors je pouvais le lire. » Il le lut donc et s'indigna des passages où Saturniño se plaignait des colons et se laissait aller à regretter de ne pas les avoir plus intelligemment recrutés. Il subtilisa le journal et en fit une lecture le soir même dans la bulle communautaire (c'est Saturniño qui appelait « bulle » la

273

cabane où ils se retrouvaient le soir pour prendre la parole). Ce soir-là Saturniño était absent. Accompagné de deux des charpentiers, il était parti négocier du bois sec auprès du représentant des autochtones. Quand Derria cita les fameux passages où Saturniño se plaignait de ses compagnons, la déception et la consternation envahirent l'assemblée. La confiance que les colons avaient accordée à Saturniño, déjà fragilisée par les incidents récents, se retrouva sérieusement mise à mal. Certains prirent malgré tout son parti en stigmatisant les mauvais comportements de Derria face à l'engagement sans faille de Saturniño. D'autres plus prompts à tourner casaque et à remettre en question celui en qui il voyait un messie hier encore se rallièrent à Derria. L'ancien maçon était à la fois assez agressif et rusé pour paraître l'homme de la situation.

Saturniño apprit la scission dans la nuit quand le boulanger Marquez vint lui rapporter les événements.

Alors les choses se précipitèrent.

Saturniño convoqua le lendemain une réunion de crise dans la bulle. Il voulait apaiser les tensions en invitant chacun à exprimer librement son désaccord. La parole, ainsi libérée, permettrait de raviver l'ardeur des colons. Saturniño arriva dans la bulle, portant comme à son habitude haut-de-forme, gilet croisé et foulard de soie – il avait toujours sacrifié à la bienséance de tout gentleman explorateur. Comme il avait eu tant de fois le pouvoir de rassurer ses compagnons, il les laissa évoquer le découragement et l'angoisse que faisait naître en eux le manque d'autonomie alimentaire. Mais Derria qui attendait son heure intervint et dit, « Le temps des promesses est révolu, Saturniño Bartolome. Et ton bilan est désolant. Aucun de nous n'est responsable de la situation. C'est toi qui nous as entraînés ici, dans cette région où lorsqu'on défriche une clairière le lundi, la jungle a déjà repris ses droits le mardi. La scierie ne fonctionne pas, la briqueterie n'est toujours pas construite et le phalanstère ne sera visiblement jamais édifié. Nous avons quitté un quotidien fait de privations, de misère et de conflits. Et nous souffrons encore une fois ici de la faim et d'un travail harassant et stérile. Nous voulons partir de cet endroit et être remboursés de tout ce que nous avons engagé dans cette expédition. Nous savons que des Allemands et des Italiens ont hérité de terres au nord plus ingrates encore que les nôtres et que pourtant leur colonie prospère. Il semblerait donc que ton système ne fonctionne pas le moins du monde, Saturniño Bartolome. Pour cette raison nous te démettons de la moindre autorité sur nous. »

Impossible de savoir d'où était sortie cette idée que d'autres colons avaient prospéré dans les environs mais elle fit son effet sur la petite communauté.

Derria avait le chic pour s'adresser au plus vil dénominateur commun.

Saturniño voulut parler pour sa défense mais Derria le bouscula et lui dit qu'aucun d'eux n'écouterait plus une seule des paroles fallacieuses et charmeuses avec lesquelles il les avait embobinés. Aussi Saturniño quitta-t-il la bulle, accompagné de trois de ses fidèles : il venait enfin de comprendre que c'en était fini de son rêve d'une société peuplée d'hommes d'une indéfectible loyauté. La virulence de Derria et le fait que la communauté lui ait donné son aval avaient achevé de le défaire. Il devait se rendre à l'évidence. C'était son désir qui avait été démesuré. Et c'était son désir qui se soldait par un échec. L'un des hommes restés auprès de lui avait récupéré son journal et le lui remit.

Saturniño avait cru que ce qu'il pouvait offrir aux hommes leur serait favorable mais son exaltation fanatique – car au fond comment nommer la chose plus précisément ? – leur avait été aussi bénéfique que du mouron rouge aux petits oiseaux.

Il sortit marcher sur la plage au nord de la mangrove sous la lune pleine. Enveloppé dans le clapotis aimable de l'océan, qui ne faisait pas plus de bruit que nécessaire afin de ne pas interrompre sa rêverie, il médita en piétinant son ombre, en la balayant avec le pied comme si la balayer et modifier les dunes allaient réformer son présent. Il entendit la marquise lui dire de ne pas être affecté par le désordre du monde. Il fallait accepter et résister. Accepter l'intermittence du bien. Et résister en poursuivant ce que les meilleurs des hommes avaient fait par le passé. « Et si certains abattent nos frontons nous reconstruirons nos frontons, disait la marquise. Et s'ils détruisent nos places communes nous édifierons de nouveau nos places. »

Mais la rêverie de Saturniño Bartolome était mollassonne, elle ressemblait à l'attente d'un homme dans une antichambre, un homme qui espérerait être reçu et qui passerait le temps avant son entrevue à examiner indolemment des miniatures posées sur une commode. Une attente un peu somnolente et crispée. Même sa rêverie n'était pas à la hauteur de son désir (et surtout de celui de la marquise) et de sa consternation. Alors il s'arrêta un instant pour se délecter à loisir de son échec puisqu'à certains moments vous ne disposez plus que de ce plaisir-là. Il se dit qu'il aurait mieux fait de prendre femme et de ne pas quitter le domaine d'Iturralde, il se dit qu'il aurait mieux fait de jouir de la vie, de ne pas être aussi chaste, de ne pas lire pendant que les autres jouaient, qu'il aurait mieux fait d'être plus impliqué dans le monde qui l'environnait et qu'il aurait ainsi réussi à prendre la mesure du travail qu'il s'évertuait à accomplir. N'aurait-il pas dû se contenter d'offrir quelques cours d'histoire des idées aux ouvriers agricoles des environs d'Uburuk ? Et afin de stimuler leur intérêt pour les affaires de l'esprit et l'instruction, la marquise et lui n'auraient eu qu'à récompenser les plus assidus en améliorant leurs salaires. Tout aurait été si simple. Il s'octroya une rumination pleine de complaisance et de regrets comme on s'accorderait une dernière faveur. Il reprit sa marche dans le sable doux et frais qui abritait tant de crabes venimeux. Il hésita à faire le lendemain une déclaration publique mais il fut soudainement la proie de cette tendance qui, pendant les sales heures de la nuit, lamine jusqu'au meilleur d'entre nous, la tendance à l'à-quoi-bon. Il décida de se réfugier dans le silence et ne souhaita offrir ses réflexions qu'à la marquise. Fort de cette décision il rentra à petits pas jusqu'à sa masure et écrivit dans son journal.

On le retrouva pendu le lendemain à un manguier.

Il avait laissé un mot pour indiquer qu'il aimerait que son journal fût envoyé à la marquise d'Iranda, que si lui ne pouvait décemment plus se présenter devant elle, il lui semblait indispensable qu'elle eût connaissance de la fin de l'aventure des colons de Saturniño Bartolome.

Les trois fidèles bartolomiens repartirent avec leur famille pour Rio de Janeiro par le premier bateau à vapeur qui passa au large. Ils se dispersèrent, mais restèrent au Brésil où ils vécurent plutôt paisiblement.

Il semble que Derria ait tenté de prendre le pouvoir sur la colonie mais que n'ayant aucune possibilité de faire revenir ses compagnons jusqu'en Espagne il ait perdu leur confiance. Il mourut d'un abcès à la langue quelques mois après la mort de Saturniño – l'un des fidèles repartis pour Rio était, comme c'est fâcheux, le médecin de la colonie. Des jésuites arrivèrent quelque temps plus tard tandis que les émigrants se mêlaient finalement à la population autochtone, certains s'installant dans les fondations ruinées du phalanstère et la majorité d'entre eux devenant pêcheurs et fondant un village qu'ils appelèrent Bartolome. Selon moi, cette dénomination induit que l'existence qu'ils menèrent sur ces rivages ne fut finalement pas aussi navrante qu'elle avait commencé. J'y vois un hommage tardif à Saturniño.

Rétrécissement
du champ des possibles

Ma logeuse, la vieille romancière, a eu l'air de regretter mon départ. « J'aime bien les gens qui se lèvent tôt. » Elle a ajouté, « Je déteste les petits branleurs subventionnés par papa maman. » Elle a réfléchi et fini par conclure, « Heureusement qu'en général ils ratent leur vie. Ils sont déjà tellement donneurs de leçons. »

J'ai acquiescé à tout. C'était une technique de survie.

J'ai fait mes bagages.

« Ne me dites pas que vous retournez chez votre mère. »

Déjà qu'elle trouvait louche notre assiduité épistolaire.

Je l'ai rassurée. J'allais en Espagne, certes, mais dans le but d'approfondir mes recherches sur ce peintre que j'affectionnais tant.

Elle a hoché la tête avec l'expression la plus dubitative qui soit.

Elle m'a dit, « Vous pouvez laisser votre bric-à-brac dans l'une des caves. » Puis avec fierté et/ou gourmandise, « Elles sont toutes à moi. »

Comment avait-elle fait pour récupérer toutes les caves de ce vieil immeuble. Qu'y entreposait-elle ? J'ai calmé mon imagination avant que celle-ci ne m'impose des visions de cadavres d'ex-maris.

J'ai commencé à descendre mes affaires avec la conviction que je ne remettrais plus jamais les pieds impasse du Mont-Tonnerre.

Ma logeuse avait installé sa chaise sur le palier, elle caressait ses chats en buvant du guignolet et en m'encourageant dans mes allées et venues.

Quand j'en ai eu terminé, je suis partie légère comme une mésange, abandonnant derrière moi l'un de mes possibles – un possible où je serais devenue vieille, grosse, alcoolique, belliqueuse, et incroyablement sagace.

TROISIÈME PARTIE

L'Espagne plus au sud

Plus personne ne parle allemand

Quand le car s'est arrêté à Barales je venais de me réveiller. J'avais rêvé que j'étais propriétaire d'un magasin de vélos à Rome. Et je voyais ma mère passer et repasser à scooter devant ma boutique (je ne lui avais pas dit que je revenais en Espagne, je n'étais pas allée la voir, une légère culpabilité, c'est évident, me tenaillait).

Je me suis secouée et je suis descendue récupérer ma valise dans la soute. C'était le matin, la lumière était vive et sèche et sans concession, je me suis dit, Je ne suis pas à Rome je suis à Albuquerque, mais en fait j'étais à Barales, c'est ce que disait la pancarte sur l'arrêt de bus. J'ai fouillé dans la soute et je me suis aperçue que ma valise ne s'y trouvait plus.

« On m'a volé ma valise. »

Le chauffeur a baissé les yeux vers moi du haut de son siège à fanfreluches. Je me tenais droite comme un I sur le terre-plein ensablé. Il a fait glisser l'un de ses écouteurs. J'ai répété ma phrase. Il a haussé les épaules avec un air difficile à qualifier – sollicitude, ennui, fatalisme ou désintérêt absolu. J'ai espéré qu'il n'allait pas me dire : « Vous avez bien regardé ? »

Mais je n'y ai pas échappé.

Quand je le lui ai confirmé il m'a dit, « Vous pouvez toujours leur écrire. Mais la compagnie n'est pas responsable des bagages des usagers. »

Et la porte du car s'est refermée dans un chuintement. Les passagers attendaient passivement que la situation se débloque – c'est-à-dire que je veuille bien retirer mon pied du marchepied et qu'ils puissent reprendre leur route jusqu'à Séville. Il est vrai que mon embarras ne les concernait pas et qu'ils rêvaient tous que rien de tel ne leur arrive parvenus à destination. C'était une période de turbulences sociales en Espagne. Les passagers espéraient seulement atteindre Séville avant que le chauffeur ne se mette en grève. Il n'y avait donc pas une minute à perdre. Le car a démarré, je me suis reculée, il s'est redirigé vers la nationale dans un bruit de graviers broyés.

Je suis restée un moment sur le parking, en tâchant de ne pas me laisser emporter par le découragement ou la colère – une colère contre quoi d'ailleurs ? contre la compagnie routière ? contre ma propre bêtise à faire trop confiance à mon prochain ? contre l'époque moderne ?

Je me suis adossée à l'arrêt de bus, j'ai respiré tout doucement, levé les yeux vers les mouettes qui tournoyaient au-dessus de ma tête dans le ciel d'hiver et j'ai tenté de me rappeler ce qu'il y avait dans ma valise. Des cassettes, des livres, des sous-vêtements, trois tee-shirts noirs, deux pantalons Chino beigeasses, un couteau suisse, un dictionnaire de français, un foulard en soie synthétique type Europe de l'Est, et les vestiges de ma précieuse robe couleur volubilis. Les disquettes de Velevine étaient dans mon sac à main. Je n'étais pas non plus complètement idiote.

À cet instant j'ai pensé à Rodrigo, ce qui n'était pas la meilleure idée du monde. Cela faisait un bout de temps que je n'avais pas vraiment pensé à lui. Ma mère m'aurait dit que j'étais dure et sans nostalgie. Ce qui est faux, comme on le sait. Je passe simplement mon temps à barrer la route aux pensées sournoises pour ne pas avoir à hésiter chaque matin entre boire mon café et me pendre. Et j'ai donc éloigné Rodrigo de mon esprit.

J'avais mis au point depuis longtemps des stratégies performantes pour éloigner la tristesse. Laisser mon caméraman filmer les scènes de ma vie faisait évidemment partie des petites choses qui me réconfortaient. Là il était en train de tourner *Retour en Arizona*. Ça m'aidait quand il prenait du recul.

Alors je me suis dirigée à pied vers le centre de Barales, la gare routière était un peu à l'extérieur de la ville, je voyais quelques maisons blanches et carrées et entourées de murets, je voyais les collines et les pins parasols, c'étaient plus des dunes que des collines, en réalité, puisque c'était la Méditerranée qui respirait derrière, invisible, je n'avais jamais vu la Méditerranée (grand-mère Esperanza et toute la famille Bartolome avaient toujours méprisé tout ce qui n'était pas un océan avec des marées, des abysses et des baleines), je pouvais tout juste l'imaginer, je l'imaginais bleue comme un lagon, et toujours calme, et polluée bien entendu, car les mers sont toujours et si aisément polluées et elles vivotent dans leur bassine jusqu'à l'étouffement et la mort. Je ne me rendais pas compte que tout ce que je croyais à propos de la Méditerranée était contradictoire et me venait d'Esperanza. Ça n'avait pas beaucoup d'importance. Je retrouvais l'hiver doux de mon Espagne. Même si mon Espagne ici était plus sèche et plus aride et qu'elle m'inspirait l'Afrique, je n'en doutais pas une seconde, c'était le sable de l'Afrique que je voyais saupoudré sur le bitume de la route.

J'ai fait tourner autour de mon cou les breloques en argent de ma grand-mère Esperanza. Je les portais depuis toujours. Esperanza me disait, « Ce sont mes colliers gitans et ils seront pour toi. » Elle disait parfois des choses qui n'avaient pas grand sens. Gros plan sur moi avec fond de désert Sierra Madre et tutti quanti. Lézards, cactus, pins d'Alep, vautours et Atanasia qui marche vers Barales, avec sac velours en bandoulière (disquettes incluses) et breloques à deux balles de grand-mère Esperanza.

La classe.

Belle lumière orange.

Coucher de soleil.

Ce qui veut dire : où vais-je dormir ce soir ?

J'ai traversé la ville. Barales n'était pas la bourgade la plus riante qui soit. Le front de mer était un front de mer pour les touristes mais il n'y avait pas de touristes – récession et morte saison. Il n'y avait d'ailleurs pas grand monde, la supérette avait baissé son rideau de fer depuis seize heures trente et ça sentait le renfermé même au grand air.

Je suis descendue sur la plage. Il n'y avait que moi sur cette plage excepté deux trois surfeurs sans doute polytoxicomanes et quelques chiens errants. Les surfeurs étaient allongés sur leur planche et ils se laissaient bercer par les vagounettes en scrutant le large, ils pagayaient mollement. Leurs affaires étaient restées en tas sur la plage.

On était le 14 décembre 1988. Si ça ne vous dit rien sachez juste que l'Espagne était paralysée par la plus grande grève générale qu'elle eût jamais connue. 90 % de la population active avait cessé le travail. J'ai pris conscience que la supérette n'avait pas fermé ses portes à seize heures trente. Elle ne les avait simplement pas ouvertes de la journée. J'avais entendu parler de la grève dans l'autocar. Mais je ne m'y étais pas intéressée. Les passagers remerciaient le chauffeur de ne pas la faire. Il hochait la tête. Jusque-là il n'avait pas semblé être quelqu'un qui faisait quoi que ce soit d'autre que passer des vitesses et rouler d'un point à un autre en écoutant son walkman. On ne sentait pas poindre chez lui la moindre conscience politique.

Et maintenant je ricanais toute seule à Barales parce que je me préoccupais si peu du monde alentour qu'il aurait pu y avoir une guerre entre l'Espagne et le Portugal j'aurais été la dernière au courant, je ricanais de moi-même, je me suis assise sur la plage. Mon sac en velours s'est recouvert de sable. Velours et sable ne font pas bon ménage. Grand-mère Esperanza l'a toujours dit. Je regardais la mer gris fusil. On aurait dit la peau frémissante et lisse d'une jument. J'étais bien, assise là sur cette plage dans cette température d'hiver, un hiver du sud, mes mains plongeaient dans le sable frais, ce sable qui paraît toujours humide en fin de journée, une fraîcheur rassérénante, apaisante, tranquille. J'aime le sable. J'ai toujours aimé le sable. Il y avait des amies de ma mère qui disaient qu'elles n'aimaient pas aller à la plage à cause du sable. Elles disaient que le sable était sale par nature. Et qu'elles préféraient les rochers. Ou même les galets. Mais comment peut-on préférer les galets au sable ? Je crois que le sable est ce qui me fait aller à la plage. Le sable c'est une poussière de coquillages que je respire et qui s'installe dans mes poumons. J'adore ça. J'adore l'odeur du sable. J'aime sa nature instable, j'aime son inconstance. J'aime sa façon d'accueillir mon cul quand je m'y assois.

À Uburuk, j'avais toujours intensément apprécié la solitude après le départ du dernier touriste, cette solitude des bords de mer quand plus personne ne parle allemand, que le casino a fermé et qu'il n'y a plus que quelques chiens pelés sur la plage, une intense solitude, opaque, définitive, un problème mathématique non résolu, un objet tombé derrière le radiateur, et puis ce ventre gris, ce ciel, un gris presque gourmand au-dessus de la mer, un gris praliné, et l'iode plus forte encore à cause des gaufres et du poisson frit qui ne sont plus, les rideaux de fer sont baissés, les tilleuls de la place ne frissonnent plus derrière le fronton, les fougères dans les jardins publics deviennent cendreuses, une dignité ruinée habite alors les littoraux, ce sont des endroits comme je les aime, le cœur même de ce que je suis.

J'ai attendu que deux des surfeurs en combinaison noire sortent de l'eau. Une fois sur le rivage, les chiens sont venus tourner autour d'eux, les types se sont mis à poil et j'ai patienté avant d'aller vers eux, le temps qu'ils se rhabillent un minimum. En m'approchant je les entendais rire. Je crois qu'ils ne se disaient pas grand-chose. Ils ne faisaient que glousser.

« Salut.

– Salut », a dit le plus grand des deux. Ils devaient avoir vingt-cinq ans, leur peau paraissait brûlée par le soleil et le sel, ils tanguaient sur leurs jambes.

Le plus petit s'est assis, il a pris dans son sac de quoi rouler un joint.

Un chien jaune m'a reniflé les mollets. Je lui ai tourné le dos. C'est ma tactique. Il me semble que c'est dangereux de regarder les chiens dans les yeux. Et ils n'iraient tout de même pas m'attaquer en traître.

« Je cherche l'Institut méditerranéen d'océanologie, ai-je lancé.

– Ouais.

– Il n'y a personne en ville à qui je peux demander, du coup je n'arrête pas de tourner, mais je ne trouve pas.

– Barales ville fantôme, a ricané le petit sans lever la tête vers moi.

– Aujourd'hui ils sont tous partis à Séville pour les manifs », a aimablement précisé le grand.

Le petit ne m'avait toujours pas adressé un regard. Depuis que j'avais commencé à reprendre consistance, j'avais du mal à supporter les gens qui se comportaient comme si je n'existais pas.

« Et sinon, vous savez où est l'Institut ? »

Le grand s'est tourné vers le petit.

« Tu sais toi ?

– C'est le bâtiment blanc là-haut avec les grilles bleues, non ?

– Ah oui. Le truc qu'on peut visiter une fois par an. Le jour du "Agir local, penser global". Ce slogan visionnaire.

– Ouais c'est ça. Le truc avec des aquariums. »

Les deux flèches de Barales sont restées un moment silencieuses comme perdues dans leurs propres circuits neuronaux.

« Et donc, c'est de quel côté ? ai-je insisté.

– C'est sur la route de Tolède (vague signe vers le nord). Mais là il y aura personne pour t'accueillir, a dit le grand. C'est ni le bon jour ni la bonne heure.

– Vide vide vide », a confirmé le petit. Il s'est tourné pour la première fois vers moi, en passant le joint à son acolyte, il m'a jaugée et il a dit : « T'as nulle part où aller ce soir ?

– Si si je vais trouver une solution en ville. Un hôtel. Une pension.

– Tout est fermé, a fait le grand. On peut t'emmener au camping si tu veux. Et tu iras demain à ton truc sur les poissons.

– Non non je ne suis pas équipée pour camper.

– Nous, on y crèche. On a un bungalow. »

Il a prononcé avec fierté les trois syllabes de bun-ga-low comme s'il m'annonçait, qui l'eût cru, qu'ils habitaient un penthouse en plein Manhattan.

J'ai haussé les épaules.

« Pourquoi pas ? »

Velevine m'avait dit qu'il ne fallait avoir peur de personne. En acceptant leur proposition, il m'a semblé que je le célébrais.

Les hivers doux de mon Espagne

Sur le chemin, ils ont parlé entre eux de ce qu'il y avait à manger au bungalow. Cette question avait l'air de sporadiquement les préoccuper mais leur conversation était assez décousue pour que mon attention se disperse. Nous avons marché un long moment sur la plage avant de remonter sur la route. Ils étaient devant moi, planche de surf sous le bras, je les suivais, ils ne manifestaient aucun désir de me parler, de me demander d'où je venais et pourquoi je voulais me rendre à l'Institut océanographique. Ils avaient dû m'oublier. J'ai même pensé que si je m'arrêtais net et les laissais me distancer ils ne s'en apercevraient pas. C'était une sale pensée de gosse qui veut vérifier si ses parents sont prêts à l'abandonner. Je me suis abstenue. Je me suis contentée de mettre mes pas dans les leurs en regardant la mer et en respirant à pleins poumons. Nous avons traversé les dunes. Herbes fines et pointues qui me fouettaient les mollets. Bourrasques et vestiges divers. Le camping était coincé entre la nationale que j'avais empruntée en autocar quelques heures plus tôt et les collines rocailleuses du décor. Je l'avais aperçu par la vitre du car et j'avais cru qu'il était fermé ou abandonné. Le terrain clos par des grillages était jalonné de deux trois pins parasols arthritiques, de quelques palmiers arrosés à l'agent orange et de sanitaires en béton. Il ressemblait plus à un morceau de désert où quelqu'un avait eu un jour un vague projet immobilier qu'à un endroit où l'on aurait eu envie de passer ses vacances.

Il y avait une cahute à l'entrée du camping. Un type barbu, pieds nus, lisait un livre assis devant la porte sur une marche en ciment. À côté de lui une chatte si grosse qu'elle allait sans doute mettre bas pendant la nuit a plissé les yeux en nous voyant arriver, elle était allongée près d'une pancarte mettant en garde contre les serpents, il y avait une souris morte entre ses pattes. Le petit a salué le barbu et m'a désignée, « Elle voulait dormir en ville, ce soir. » Le barbu a levé les yeux de son bouquin et il a hoché la tête en haussant les sourcils, sans rien dire, mais visiblement dubitatif. J'avais l'impression d'être une bonne blague à moi toute seule.

Le grand m'a renseignée, « Werner est le gardien du camping l'hiver. Pour éviter les squatters. »

On s'est dirigés vers leur bungalow. Ils ont fini par ouvrir la porte après s'y être repris à cinq fois tandis que je patientais, l'air de rien. On aurait pu croire à des agents immobiliers trifouillant leurs clés et me faisant visiter mon nouvel appart. Après la résolution serrurière, le grand est allé chercher dans le fond du bungalow deux tabourets et deux chaises pliantes en tissu (maxi fleurs orange, les mêmes chaises que celles que ma grand-mère installait sur le trottoir devant son immeuble pour bronzer, parler à ses copines et remplir des grilles de mots croisés). Le petit est resté à l'intérieur du bungalow, je l'entendais râler. Je l'ai rejoint. J'ai toujours préféré m'approcher des gens mécontents. En général ma présence désamorce leur mauvaise humeur – surtout si j'en suis responsable.

J'ai compris qu'il considérait que leurs réserves de nourriture étaient nettement insuffisantes pour m'accueillir et que c'était pire que ce qu'il imaginait. Alors j'ai dit, « Laisse-moi faire. » N'oublions pas que je ne réfléchis bien qu'en préparant la becquetance (dixit Esperanza) ou en effectuant quelques kilomètres à pied.

Le petit est sorti et j'ai trouvé tout ce qu'il fallait pour le dîner, malgré une glacière presque exclusivement remplie de bières. J'ai crié : « Spaghetti all'amatriciana. » Des grognements approbateurs me sont parvenus de l'extérieur. Ça ne serait pas réellement des spaghetti all'amatriciana. Mais était-ce vraiment un problème ? Je me suis mise au boulot, radio allumée, dans la lumière du jour qui déclinait, au milieu de cette minuscule cuisine bordélique avec son hublot qui donnait sur les collines. Cela faisait très longtemps que je ne m'étais pas sentie aussi tranquille. C'était en partie dû à la présence de ces deux types. Ils semblaient avoir créé leur propre système de communication et ce dispositif fonctionnait à merveille, leur parole circulait de manière fluide et les isolait agréablement du monde.

Le grand est venu prendre des assiettes et des bières. Il m'a souri en me tendant la main.

« Au fait, moi c'est Gianni et lui c'est Pablo.

– Et moi Atanasia. »

Il a grimacé comme s'il évaluait le prénom dont mes parents m'avaient affublée. Il a ajouté, « Pablo dort dans la pièce du fond et moi dans le salon sur le canapé. Mais je te file ma place, je me mettrai sur le matelas à côté de Pablo. »

J'aurais pu dire quelque chose comme « Ne vous dérangez pas pour moi », mais ça n'aurait pas eu grand sens. Quand je suis ressortie avec la marmite de pâtes, j'ai vu que Werner avait rejoint les garçons, ils fumaient tous les trois debout en devisant. La grosse chatte enceinte était posée sur un tapis à leurs pieds. Werner se penchait régulièrement vers elle et lui disait en lui gratouillant le crâne, « Ça va Rita ? Tu tiens le coup ? » Un berger allemand assoupi a levé la tête en m'entendant, il a cligné des yeux comme s'il n'en revenait pas de me voir là, puis il a reposé sa tête entre ses pattes. Ils avaient allumé des bougies. Gianni m'a expliqué qu'ils ne se servaient que parcimonieusement du générateur. Je me suis assise dans le fauteuil de ma grand-mère et nous avons mangé tous les quatre le repas que j'avais préparé.

Gianni m'a raconté que Werner avait quitté Hanovre et une famille aisée l'année précédente pour aller à Santa Colonna sur la côte. Il était venu voir l'éclipse de soleil. La comète Johnson passait devant la lune en même temps que la lune passait devant le soleil. Mais il avait fini par comprendre qu'on l'avait mené en bateau. Nulle éclipse. Nulle comète Johnson. Il s'était demandé comment il avait fait pour croire à un bobard pareil. Mais vu qu'il n'avait plus un sou vaillant, il était resté dans le coin.

Werner acquiesçait en écoutant Gianni raconter sa propre histoire. Il a pris la parole pour me dire que tout allait tellement mieux dans sa vie depuis qu'il habitait à Barales. Il avait failli devenir un de ces types qui zonent dans le local à photocopieuse au 47e étage d'une tour en verre dans une grande ville d'Allemagne. Il avait failli occuper son existence à aménager son appartement. Il ne remercierait jamais assez celui qui s'était moqué de lui en l'envoyant ici à la poursuite d'une éclipse fantôme. Il a ajouté qu'il lisait la poésie de Lorca pour apprendre l'espagnol, il se débrouillait déjà pas mal, il avait toujours eu le don des langues.

Pablo m'a alors fait une présentation de Barales. Cette ville avait quelque chose de fondamentalement médiéval. Il n'y avait pas de classe moyenne à Barales. Les pauvres vivaient sur le front de mer, dehors ou à l'intérieur d'anciennes maisons témoins ou dans des mobile homes montés sur des parpaings, alors que les riches habitaient sur les hauteurs dans des villas ultra-sécurisées qui rayonnaient autour de cliniques de chirurgie esthétique – la chirurgie esthétique et les instituts de remise en forme étaient le pivot névralgique de Barales. Là-haut les palmiers étaient aussi verts et solides que s'ils avaient été conçus en résine ignifugée, a-t-il précisé. Les deux autres ont ri.

Je les ai remerciés de m'accueillir pour la nuit.

Pablo a repris, « Les pauvres devraient prendre modèle sur les riches. Il faut être aussi mobilisé et collectiviste que les riches. Ils restent entre eux. Ils placent les enfants de leurs amis aux postes appropriés. Ils ont un sens de la dynastie enviable. Créons donc une dynastie de pauvres. »

Sa déclaration (les autres ont levé les yeux au ciel, ils avaient déjà dû l'entendre mille fois, ce refrain) était plutôt touchante après ses premières réticences. Je leur ai raconté que je venais voir ma cousine à l'Institut, que je ne l'avais jamais rencontrée, je ne lui avais même jamais parlé, mais j'avais l'impression que quelque chose d'important pouvait se produire.

Ils ont hoché gravement la tête.

« Et elle fait quoi à l'Institut ?

– Je crois qu'elle étudie les méduses. »

Gianni m'a dit que Barales était la ville idéale pour ça. Si la plage avait été désertée c'était en partie parce qu'il y avait dans la baie l'une des plus grandes concentrations de méduses de la Méditerranée.

« Mais vous étiez dans l'eau tout à l'heure ? »

Ils ont haussé les épaules.

« On est équipés et à force on est vaccinés. »

Werner a secoué la tête.

« Vous dites n'importe quoi les gars. Plus tu es piqué, plus ton immunité diminue. Tout le monde sait ça. »

Les autres ne semblaient pas d'accord.

Werner s'est mis à parler de la cuboméduse, la méduse tueuse.

« Un seul filament te touche, t'es mort. C'est comme un cil recouvert de minuscules harpons baignant dans le venin. Un venin qui passe directement dans ton sang. Et qui s'attaque à ton système nerveux.

– Il y en a ici ?

– Non non elle vit en Australie.

– Werner dit qu'il en a vu une un jour en se promenant avec Apolinario sur la plage.

– Apolinario ?

– Le chien.

– Je vous jure que c'est vrai », a fait Werner.

Gianni m'a dit que Pablo et lui vivaient là depuis avril. Qu'ils avaient d'abord eu l'intention de descendre en Andalousie mais que le climat social n'était pas bon, trop de journaliers et pas assez de récoltes, alors ils étaient restés à Barales et avaient décidé de partir pour Tanger un de ces quatre. Les choses se feraient quand elles devraient se faire. Nous nous sommes tus. Nous avons continué de boire des bières dans l'obscurité, et nous avons romantiquement écouté le crépitement de nos cigarettes et tous les bruits sauvages qui venaient à la fois des collines et de la mer.

De la façon dont certaines personnes vous font rapetisser

Je ne voyais pas bien comment me présenter à l'Institut océanographique pour rencontrer Dalia Stella. Bonjour, je voudrais rencontrer votre coprésidente, c'est ma cousine, j'ai deux trois questions à lui poser. Au fond, je pouvais encore reculer, faire comme si parler à cette femme ne me semblait plus aussi primordial, me réfugier dans mon fantasme, habiter quelque temps dans le bungalow de mes nouveaux amis puisqu'ils ne paraissaient pas pressés que je m'en aille et que les choses se jouaient tranquillement au jour le jour, et continuer de scruter pendant encore quelques années les toiles de Diaz Uribe en faisant comme si je voulais percer un mystère.

J'ai l'impression que je ressentais le malaise de celui qui écrit depuis toujours, qui dit à tout le monde qu'il écrit depuis toujours, mais qui n'a jamais fait lire ce qu'il écrivait et qui se retrouve acculé. Et puis aussi la gêne anticipative de celui dont on dit publiquement que le travail est magnifique et fondamental et qui s'aperçoit assez vite qu'on l'a pris pour quelqu'un d'autre et que tout le monde va s'en rendre compte dans les minutes qui suivent.

Le caméraman filmait *Nœuds dans la tête*.

Alors j'ai décidé tout bonnement de faire le guet à la sortie de l'Institut océanographique.

J'ai commencé par m'asseoir sur le banc de l'arrêt de bus en face de l'Institut. Mais l'unique chauffeur de bus, qui montait et descendait la colline vingt-six fois par jour afin d'acheminer les personnels censés rendre la vie plus douce à tous les vieillards des villas climatisées, a fini par me regarder d'un œil torve. Il stoppait son minibus (virages en épingle à cheveux donc véhicule à encombrement réduit) et m'interpellait : « Toujours pas ? » disait-il. Je faisais un signe de dénégation en lorgnant ma montre comme si j'attendais quelqu'un qui décidément tardait sans vergogne à arriver. Je devais avoir l'air un peu miteuse avec mon blouson fluo et mon jean trop grand maintenu avec une cordelette – à la suite du vol de ma valise, les garçons m'avaient prêté des vêtements tandis que mon unique panoplie séchait au grand vent à côté du bungalow.

J'ai fini par traverser la rue et par m'embusquer dans la haie de rhododendrons près du parking de l'Institut. Les places de parking n'étaient pas nominatives mais statutaires. De petits écriteaux indiquaient Président, Directeur, etc. afin que personne n'ait l'outrecuidance de se garer à leur place réservée en faisant semblant de rien. Il y avait une place pour les deux coprésidents. Avec un peu de chance je ne pourrais pas les confondre.

Je suis restée jusqu'au soir le cul dans les fourmis mais au moins je n'avais plus à justifier de ma présence à l'arrêt de bus à côté des femmes chargées de sacs plastique qui patientaient, cafardeuses. Bien que ma vie intérieure fût particulièrement exaltante, j'ai fini par m'ennuyer ferme. Mon caméraman était allé faire un tour ailleurs. Il n'y avait rien à filmer.

Quand Dalia Stella est sortie de l'Institut je me suis rendu compte que j'aurais pu m'abstenir de me planquer dans la haie de peur de la louper. Elle ressemblait tellement à son père – à l'unique photo que j'avais vue de lui – que c'en était presque risible : elle était Roberto Diaz Uribe en femme. Même chevelure de gorgone, même visage rébarbatif (sourcils froncés, regard incandescent). Elle était impressionnante malgré son imper noir bizarrement matelassé, ses Converse sales et son sac à dos. Je me suis levée d'un bond et quasiment jetée sur elle. « S'il vous plaît, s'il vous plaît, s'il vous plaît. »

Oh mon Dieu j'allais donc être dans la supplication avec cette femme.

Je me suis présentée, je me suis emmêlé les crayons, je lui ai dit que j'étais espagnole mais que là, présentement, j'étais venue de France pour la rencontrer (elle a levé un sourcil, ça lui a semblé louche), je lui ai dit que j'étais heureuse de l'avoir trouvée, que les méduses me passionnaient et que j'avais lu son livre (le terrain devenait de plus en plus glissant et j'étais moi-même responsable, menteuse comme je suis, de son instabilité). Je n'ai pas réussi à lui dire qu'on était cousines.

Elle est restée campée sur ses deux jambes à me scruter, une main sur sa voiture (Ford Taurus bleue piquetée de traces de rouille), elle a légèrement secoué la tête et elle a dit : « Et vous me voulez quoi ? »

Elle avait une voix très grave – pourquoi une voix grave chez une femme laisse présager qu'elle sera plus intelligente et plus profonde qu'une autre, s'agirait-il encore une fois de l'effet pernicieux du discours dominant qui nous dit que toute caractéristique masculine chez une femme laisse présager que, etc.

« Je voudrais vous parler de Roberto Diaz Uribe. »

J'apprendrais plus tard que cette phrase l'avait glacée d'effroi, qu'elle se pensait à l'abri dans son institut de méduses et qu'elle avait eu l'espoir que personne jamais ne viendrait lui reparler de son père.

J'aurais pu me douter qu'il y avait anguille sous roche quand elle a dit : « Vous êtes quoi en fait ? Détective ? Journaliste ? Flic incognito ? » Et avant que je réponde elle m'a jaugée : « Apparemment vous n'êtes ni avocate ni huissier. »

J'ai balayé sa remarque désobligeante : « Je suis votre cousine. »

Elle m'a évaluée en plissant les yeux comme si elle était myope et que j'étais de l'autre côté de la rue, puis elle m'a fait signe de monter dans sa Ford Taurus piquetée de rouille et pour être sûre que j'avais bien compris elle a accompagné son geste d'un « Montez » péremptoire.

Dalia Stella née Uribe

Dalia Stella habitait une maison sur les hauteurs de Barales. Je m'en suis silencieusement étonnée, j'avais imaginé qu'elle aurait plutôt choisi de se rapprocher du bord de mer pour garder à l'œil l'objet de son étude. La villa dans laquelle elle vivait était en assez mauvais état mais avait dû être moderne et cossue dans les années 1920. La piscine en forme de rein en attestait, ainsi que la surface des baies vitrées. En revanche le béton des marches qui traversaient le jardin et menaient à la porte d'entrée était fissuré. Et le fond en mosaïque de la piscine vide était recouvert de feuilles mortes.

Elle me devançait et elle a désigné le jardin d'un geste : « Je n'ai pas le temps de m'en occuper. »

Qu'elle ait besoin d'expliquer le délabrement de son environnement m'a touchée. Elle était peut-être moins inabordable qu'elle n'en avait l'air. Et quand j'apprendrais que ce genre de tentative de justification était aussi rare chez Dalia Stella qu'une matinée de sobriété chez Velevine je mesurerais l'honneur qu'elle m'avait fait.

L'intérieur de la maison était aussi négligé que l'extérieur. Ma mère m'avait trop longtemps seriné que bien tenir sa maison était un signe de santé mentale pour que je ne m'interroge pas sur l'état de Dalia Stella.

Elle m'a fait signe de m'asseoir sur un tabouret dans la cuisine pendant qu'elle cherchait sous l'évier une bouteille d'un quelconque remontant.

« Il est dix-neuf heures. Trop tard pour le thé. »

Elle a allumé quelques lumières et contre toute attente l'endroit est devenu plus accueillant, une sorte de gentil bazar chaleureux. Il y avait des bottes en caoutchouc sur la cuisinière, des bols à maté qui servaient de cendrier sur la table, une radio en équilibre sur une pyramide de boîtes de soupe, des photos d'inexplicables bestioles sous-marines aimantées sur le frigo et des cartons posés un peu partout – avec écrit au marqueur sur leur flanc « Livres », « Vaisselle », « Trucs divers », etc.

J'ai dit, « Vous venez d'emménager ? » histoire de dire quelque chose. Je suis conditionnée à meubler les silences. Encore quelque chose que je tiens de ma mère. La politesse.

« Ça fait six ans que je suis ici. J'imagine que vivre dans les cartons me donne l'impression que je peux repartir à tout moment. »

Sous son imper elle portait un sweat-shirt aux manches coupées sur lequel on lisait « La vie est trop courte. Reprends donc du dessert. » Avait dû apparaître en flocage la marque d'une cochonnerie sucrée au-dessous de cet hilarant slogan mais le flocage avait presque disparu, digéré par les lavages à 90 degrés. Il partait en lambeaux décolorés. Elle devait être le genre de personne qui réenfile son jean le matin en ne remarquant même pas que ses chaussettes de la veille y sont restées coincées et vont former toute la journée de petites boules bizarres sur ses mollets. Je l'ai observée s'activer pour nous trouver deux verres propres et un sachet de madeleines à l'orange. Cette grande femme essayait, on ne peut pas le lui retirer, d'être relativement hospitalière. Quand je la connaîtrais mieux je me rendrais compte qu'elle était ce soir-là au paroxysme de sa cordialité.

« Aux filles Diaz Uribe, a-t-elle dit en levant son verre.

– Moi c'est Bartolome.

– Je parlais de mes sœurs.

– Ah. Alors aux sœurs Diaz Uribe. »

Elle a posé son verre, fait claquer sa langue, voulu ouvrir la fenêtre (qui devait merveilleusement coulisser en 1922), a échoué, insisté, réussi, allumé une cigarette, s'est assise sur le rebord, main tenant la cigarette à l'extérieur, air frais, brouillard qui remonte la colline, fumée, humus et moustiques. Elle m'a demandé où j'habitais à Barales. Quand je lui ai dit que je vivais au camping elle a hoché la tête comme si elle comprenait quelque chose qui m'échappait. Pour avoir l'air moins misérable, j'ai ajouté : « J'habite avec quelques amis surfeurs. » C'était idiot. Elle devait bien savoir quel type de population venait surfer dans la mer pleine de méduses de Barales. Mais elle a balayé la chose d'un geste. Tout cela ne l'intéressait pas vraiment.

« Et tu me veux quoi ? » s'est-elle enquise.

Alors au lieu de lui répondre directement j'ai entrepris de lui faire un historique de mon travail sur Diaz Uribe (j'avais peur qu'elle entende « ma passion pour Diaz Uribe » donc j'ai insisté sur cette notion de « travail », je ne voulais pas mettre dans cette affaire plus de confusion qu'il n'y en avait déjà) et je lui ai parlé d'Esperanza, de mon père, de Velevine. J'ai tout déballé. Je n'aurais plus une seule cartouche. Mais ça n'avait pas d'importance. Je sentais que j'étais en train d'arriver au bout de quelque chose – il était peut-être temps de me débarrasser de ma manie.

Elle m'a écoutée en silence, ne posant que quelques rares questions.

À la fin, nous avions bu deux bouteilles de blanc limé, la cuisine était glacée à cause des cigarettes qu'elle fumait en flux tendu à la fenêtre, on entendait les corbeaux de Barales s'interpeller d'une colline à l'autre et moi j'étais totalement étourdie d'avoir autant parlé.

« J'aurais vraiment aimé rencontrer Diaz Uribe, ai-je dit. Mais quand j'ai compris qu'il habitait à l'autre bout du monde j'ai pensé qu'il allait me falloir patienter encore un peu. »

Elle a refermé la fenêtre (s'est escrimée à) et elle m'a rétorqué, très raide : « Surtout qu'il est mort il y a treize ans. » Et elle a ajouté : « C'est à partir de là que nous nous sommes toutes dispersées. » Et comme je ne réagissais pas elle a dit pensivement : « Mais tout avait déjà commencé de partir à vau-l'eau il y a quatorze ans quand Matilda a préféré se tuer en s'injectant une surdose d'insuline. »

La détective adolescente

J'avais cru qu'elle allait se lancer dans l'histoire des sœurs Uribe qui aboutirait aux raisons l'ayant amenée à Barales et à se passionner pour les méduses – elle les appelait ses « chiens enragés ». J'avais cru à une entrée en matière. J'avais cru qu'elle m'expliquerait le choix qui s'offrait à Matilda – et qui avait fait qu'elle avait « préféré se tuer ». Mais il n'en était rien. Elle avait réellement prononcé ces mots « pensivement ». Tout haut. Alors qu'elle pensait les ruminer.

Le brouillard (ou la vapeur qui venait de la mer) passait par les interstices de la fenêtre disjointe de la cuisine. J'ai réfléchi à ces sept années où j'avais poursuivi un cadavre (ou un tas de cendres – je le voyais bien demander à être incinéré après avoir exigé de reposer dans une urne sublimement ouvragée).

Elle a dit, « Je te ramène ou tu préfères dormir dans un vrai lit ? »

Je me suis secouée. Elle imaginait sans doute que je vivais sous une canadienne avec une bande de types hirsutes et malodorants. Et puis je ne voulais pas l'obliger à redescendre de la colline dans ce brouillard après le vin pétillant et ma déplorable mise à nu.

« Je peux rester », ai-je répondu. Et j'ai cru bon d'ajouter : « Je n'ai pas besoin de les prévenir.

– Inutile de te justifier. »

J'avais l'impression d'avoir douze ans et de me faire engueuler (rabrouer) parce que je n'étais pas à la hauteur (je me suis souvenue du sentiment que Velevine avait eu en rencontrant Diaz Uribe : il s'était senti méprisable). J'étais navrée. Sans doute à cause de la déception d'avoir livré en deux heures à Dalia Stella la totalité de ce qui m'avait mue depuis tant d'années et qui m'avait permis de ne pas être contaminée par la langueur familiale. Et qui avait fait battre mon cœur.

Dalia Stella m'a dit qu'elle se couchait toujours tôt, elle se levait à cinq heures alors si ça ne me dérangeait pas elle allait se retirer.

J'ai demandé : « Tu pourras me raconter ce qui s'est passé sur Barsonetta ? »

Ou alors je ne l'ai pas demandé, je l'ai seulement pensé, en tout cas elle s'est tournée vers moi : « Il y a du linge dans la petite chambre, fais le lit, et dors, ce sera suffisant pour ce soir. »

Il m'a semblé que j'étais comme une flèche lancée vers le passé. Ma nature docile et nostalgique l'agaçait mais l'empêchait de me jeter dehors.

« Si tu te lèves tôt je t'emmènerai voir mes chiens enragés. »

La nuit fut un bloc, la nuit ne fut pas une addition d'heures insomniaques, elle fut un bloc éclairé par une ampoule entêtante, j'étais une adolescente, à quel moment sort-on de l'adolescence ? y a-t-il un signe imparable qui vous prouve que vous en êtes sorti ? Esperanza ou ma mère devaient avoir une idée sur la question, mais Esperanza était morte et ma mère était loin, elle vivait dans des régions trop reculées maintenant, faut-il du courage ou faut-il abdiquer ? pas mal de phrases tournicotaient dans ma tête, et je me repassais les scènes de la journée en m'y dégottant un meilleur rôle et de meilleures répliques. Aucune trace de mon caméraman. J'étais seule en haut de la colline dans une villa qui s'effondrait, j'étais seule avec la réticence de Dalia Stella.

En pleine nuit je l'ai entendue se lever, elle a frappé à ma porte, et ouvert après que je l'y ai invitée.

« Valium, darling ? » a-t-elle proposé en agitant un tube.

J'ai secoué la tête.

« Non non, je vais dormir, je vais dormir, c'est à cause du brouillard. »

Elle a refermé la porte.

« Pas de justifications », a-t-elle dit depuis le couloir.

J'ai serré les dents. J'avais toujours douze ans.

Ces chers chiens enragés

«La méduse c'est une goutte d'eau dans de l'eau. Un sac gélatineux et délicat qui se laisse dériver au gré des courants sous-marins. Certaines d'entre elles sont quasiment immortelles et, si l'on coupe certaines autres, les fragments de leur corps se régénèrent et fabriquent de nouvelles méduses. C'est magique, darling.»

Comment franchir mille cinq cents kilomètres en quelques secondes et n'en retirer qu'un piètre bénéfice

À un moment Dalia Stella est sortie de son bureau à l'Institut océanographique et ce que j'ai fait, comme j'étais toute seule, c'est que j'ai appelé Velevine. J'avais d'abord eu l'intention d'insérer ses disquettes dans le lecteur et de relire deux trois choses pour me remettre en train, mais je ne voyais plus bien l'intérêt de l'exercice puisque j'avais retrouvé Dalia Stella et que ma patience m'en apprendrait plus que les vieux fichiers bordéliques de Velevine.

Le téléphone a sonné sonné sonné.

Ça faisait longtemps que je ne pouvais plus supporter les cabines téléphoniques. À cause de la solitude qu'elles me collaient au corps, une solitude poisseuse, inlavable, de la suie grasse et des éclaboussures de pétrole. Alors quand je pouvais les éviter je les évitais. À Paris je téléphonais en général depuis chez Zahid l'épicier. Et là, assise dans un fauteuil en cuir inclinable, rotatif et modulable etc., avec à ma droite un aquarium et à ma gauche un aquarium, une télé et un magnéto-scope posés sur la table basse tout devant et une baie vitrée qui donnait sur les collines, oui oui je pouvais laisser le téléphone sonner dans l'appartement de Velevine, je pouvais passer les montagnes, traverser la frontière, sans papier et sans rien, simplement en écoutant le bruit du décalage, le décalage dans le temps et dans l'espace, et ça ronronnait sur la ligne, ça zézayait, il y avait toute une armada d'insectes et des milliers de conversations qui sillonnaient la ligne, et je me suis dit, Peut-être ai-je mal cherché Velevine le matin où j'étais si pressée de lui dire que j'avais compris où se trouvait Barsonetta, peut-être était-il dans son placard à s'adonner à je ne sais quelle turpitude, à pleurer ou à boire sa gnôle qui rend aveugle. Ou peut-être était-il reparti à Moscou afin d'éprouver son cœur brisé et retrouver Natalia ou Svetlana ou je ne sais qui, ou peut-être était-il allé quelque part se désintoxiquer, se mettre au vert, participer à des réunions dans des sous-sols de gymnase, vêtu d'habits mous et buvant du thé vert et fumant clope sur clope, pour tenter de se débarrasser de l'alcool et de l'angoisse. Peut-être allait-il me répondre aujourd'hui. Peut-être son départ était-il une blague slave. Ou peut-être était-il vraiment devenu moine trappiste. Ou alors il était parti assister aux derniers feux du communisme. À la victoire de l'économie de marché. Et au jubilant effondrement des murailles. C'était le moment parfait pour exercer son pessimisme naturel. Son départ avait été, selon toute vraisemblance, organisé, il avait seulement omis de m'en parler – la raison pour laquelle il avait déguerpi en pleine nuit en n'emportant presque rien de ses affaires ne m'intéressait pas le moins du monde, cet homme n'était pas à une bizarrerie près. Et puis, au fond, un appartement comme le sien, autant empli de saloperies, donnait plutôt envie d'y mettre le feu sans se retourner. Si on avait l'intention de recommencer à vivre.

Ai-je donc besoin de vous préciser que le téléphone n'a fait que sonner dans son appartement du 18e arrondissement pendant que je me balançais en Espagne dans ce fauteuil étrangement instable au milieu des aquariums. Personne ne répondait. La ligne n'était pas coupée. Me plaisait l'idée de faire du bruit, de créer une minuscule turbulence dans l'appartement de Velevine, là-bas à Paris, depuis ce trou perdu face à la mer.

Les Dents de la mer

« Vu que les analyses de la qualité des eaux de baignade qu'on pouvait obtenir en appelant le ministère de la Santé dataient systématiquement de trois ou quatre jours, voire carrément d'une semaine, ça n'avait pas grand sens de savoir que, oui, en effet mardi dernier on ne risquait rien à se baigner à Parata, Donya ou Barales (même si, avec nos méduses, le problème ne se posait pas dans ces termes uniquement) ou que non, vraiment, la teneur en streptocoques fécaux de mardi dernier était trop élevée pour que vous n'attrapiez pas une chtouille carabinée dès le mercredi. Du coup l'été dernier nous avons conçu et fabriqué de petites bandelettes que les vacanciers pouvaient tremper dans leur eau de baignade avant de s'y plonger afin de vérifier dans l'instant la teneur en *Escherichia*, phénols et autres huiles minérales. Notre vocation n'étant pas de faire commerce de tels produits, nous avons simplement proposé aux municipalités de les distribuer dans les offices de tourisme. Et là, on nous a opposé une interdiction formelle de diffuser ainsi nos gentilles petites bandelettes et on nous a clairement annoncé que si nous les distribuions nous-mêmes à l'entrée des plages nous serions considérés comme des activistes écologistes radicaux mettant en péril l'équilibre économique et touristique de la région. Et que du coup nous serions arrêtés sans détour. Alors on est retourné s'occuper de nos méduses, nos chers chiens enragés. »

Chamboulement des océans

J'avais passé la soirée qui a précédé la tempête avec Gianni, Pablo, Werner, le chien Apolinario, la chatte Ritaline (habituellement abrégé en Rita) et ses trois chatons chauves. Le vent avait commencé à se lever vers vingt heures. Les garçons s'étaient mis à frétiller de joie. « Il va y avoir de la houle », disaient-ils. Depuis le temps qu'ils attendaient ça. En bonne idiote océanique je m'étais moquée d'eux et avais tenu à leur apprendre ce que je connaissais des vraies tempêtes et de leurs conséquences : j'avais raconté les tornades d'équinoxe, les naufrageurs d'Uburuk et la disparition de mon grand-père coulé à pic avec sa cargaison de mitrailleuses en 1940.

Je me suis réveillée au milieu de la nuit parce que quelqu'un frappait à la porte du bungalow vigoureusement. Je me suis dit, embrumée encore par les vapeurs d'alcool de la soirée, que l'un des garçons allait bien finir par ouvrir mais rien ne s'est passé. J'entendais le vent qui faisait craquer les parois du bungalow et les tambourinements additionnés de la pluie et de la personne qui frappait à la porte – les garçons la verrouillaient depuis qu'ils avaient trouvé un cochon sauvage en train de dévorer leurs provisions. Je me suis levée et j'ai ouvert. C'était Werner, trempé, avec la barbe noire dégoulinante et scintillante, les yeux écarquillés, il m'a dit : « C'est la fille de l'Institut, elle a appelé le camping, elle veut que tu ailles la rejoindre sur la plage des Abulones. »

J'ai pensé que quelque chose d'important s'était produit, j'ai pensé drame, j'ai pensé catastrophe, j'ai pensé accident, j'ai pensé naufrage, et puis je me suis interrogée, pourquoi dit-on toujours « la fille » alors que la majorité des filles sont des femmes ? J'ai voulu prévenir les garçons, mais Werner m'a arrêtée, « Ils sont partis surfer, tu ne les as pas entendus sortir ? » et il est reparti en courant vers sa cabane de gardien.

Je me suis habillée en hâte et je suis allée enfourcher le vélo de Werner qu'il rangeait dans l'appentis. Je me répétais, nébuleuse encore, « L'hiver tout se repose, les objets, les oiseaux, les maisons, la mer, pourquoi y a-t-il une tempête ? » Et je me répétais, « Pourquoi y a-t-il une tempête, pourquoi y a-t-il une tempête, on est en Méditerranée, pourquoi y a-t-il une tempête ? », comme s'il y avait une seule cause à toutes choses, comme si tout devait faire sens, comme si ce dérègle-ment (ou ce qui m'apparaissait comme tel) s'adressait à moi personnellement, et comme si j'avais oublié la recommandation constante de Velevine « pas de ques-tions en pourquoi ».

J'ai essayé de rejoindre la plage des Abulones, per-chée sur le vélo de Werner. Mais le vent me poussait si fort sur le côté que j'avais l'impression d'être penchée dans un virage alors que la route était droite. Je suis tombée trois fois, je jurais, j'insultais la terre entière, les éléments et les humains, tout le monde en prenait pour son grade, même Rodrigo, même Velevine, je gueulais, j'étais la mouette hurlante, grand-mère Esperanza me disait quand j'étais une très petite fille,

« Si tu t'es fait vraiment mal, tu as le droit de dire des gros mots », alors, grâce à son absolution, j'ai toujours juré comme un charretier, j'ai toujours pris plaisir à prononcer les trucs les plus grossiers et injustes qui me passaient par la tête, je gueulais dans le vent et la pluie, « Mais qu'est-ce qu'ils font, tous ces cons à la plage ? » et je parlais de Dalia Stella mais aussi des garçons, « Qui m'a foutu des connards pareils ? », j'étais tellement sûre jusque-là que cette histoire de surf et de spot et de set faisait partie de la mythologie de Gianni et Pablo, de leur mythologie et de leur impuissance, puisque surfer à Barales était si ridicule, le choix de Barales était si absurde, alors partir en pleine nuit et prendre les vagues dans cette soupe de méduses en ébullition prouvait bien qu'ils étaient timbrés, j'entendais la mer claquer contre les brise-lames du port, je voyais de l'écume partout, je ne savais pas si ce qui me trempait c'était la pluie ou la mer, et je répétais, « Font chier, font chier », pédaler avec la gueule de bois en pleine tempête quand on est une détective adolescente ça n'a pas grand sens. Et je suis arrivée aux Abulones. J'ai laissé le vélo dans les dunes et j'ai couru vers la plage, qu'avais-je d'autre à faire, et j'ai vu les gars au loin, je les ai entendus hurler de joie et d'excitation, ils étaient de minuscules pantins tout noirs sur l'eau bleu marine, l'eau bleu marine qui semblait abriter un filon d'or animé par les vagues, la mer était piquetée de phosphorescences, des éclairs zébraient le ciel et faisaient apparaître les garçons par intermittence, on aurait dit une fête épouvantable sur les vagues, mais cette impression de fête épouvantable était surtout due à ce qui avait envahi la plage, des milliers de méduses géantes et luminescentes, et Dalia Stella accompagnée de deux de ses esclaves stagiaires de l'Institut en combinaison blanche, bottes en caoutchouc, gants, masques, attirail pour catastrophe nucléaire, tandis que moi j'étais en short avec le coupe-vent jaune de Gianni qui dégoulinait et pendouillait sur moi, on ne m'avait pas prévenue n'est-ce pas que l'heure était si grave, et Dalia Stella, donc, accompagnée de ses deux cosmonautes apprivoisés, est venue vers moi et elle souriait, je ne l'avais jamais encore vue sourire, ça m'a fendu le cœur, je pouvais avoir le cœur fendu tout en insultant le monde entier et en vitupérant comme ma vieille Esperanza, j'ai gueulé pour me faire entendre, « Qu'est-ce que vous foutez là ? » et elle a désigné le sable de la plage d'un vaste geste, « Mais tu ne vois rien, toi que les méduses *passionnent* tant ? »

Elle a repris son souffle.

« C'est un moment exceptionnel, a-t-elle crié à mon attention, ce sont des méduses de Nomura, il n'y en a jamais eu ici, il n'y en a qu'en Chine et au Japon, on a été contactés sur le canal 16 il y a trois heures par un chalutier qui était en train de chavirer au large de Barales après que son équipage avait tenté de remonter un filet contenant des centaines de ces spécimens. »

Les deux stagiaires sont retournés découper des méduses qui devaient mesurer deux mètres de diamètre. Ils s'éclairaient avec des lampes frontales. Puis l'un d'eux s'est juché sur un petit tracteur pour en emporter certaines en entier.

« Elles pèsent jusqu'à deux cents kilos », a précisé Dalia Stella. Elle était aussi flamboyante que ses méduses. Elle a montré le large.

« Tes copains sont là-bas, semble-t-il.

– Et que sont devenus les pêcheurs ?

– Quels pêcheurs ?

– Les types du chalutier.

– Secourus par un autre chalutier. » Haussement d'épaules. Les vraies questions étaient ailleurs. J'ai pensé que je l'ennuyais. J'étais aussi ennuyeuse que ces gens modestes qu'on apprécie seulement parce qu'ils ne vous font pas sentir votre propre insuffisance. Mais quand j'ai croisé son regard j'y ai vu une lueur amusée.

Les garçons ont fini par sortir de l'eau, grelottants et hilares, ils ont enjambé les cadavres des méduses géantes pour se réfugier dans les dunes. Ils portaient leur combinaison noire habituelle, craquée et rafisto-lée. C'était bizarre de les voir à côté des cosmonautes de Dalia Stella. Ils avaient un côté enfants du Soudan lors de la première flambée du virus Ebola. Mal pré-parés. Ils m'ont interpellée pour me demander si je voulais rentrer avec eux, et comme je refusais (on n'avait plus besoin de hurler pour se parler, la tempête était loin, on voyait l'aube poindre pile en face de nous, derrière l'océan, là où le monde prend fin) ils sont redescendus vers la plage jusqu'à moi, ils m'ont serrée dans leurs bras, un peu solennellement, avec leur combinaison à moitié ôtée, on était trempés et gelés, je les ai prévenus que je passerais chercher mon sac dans la journée, et je me suis dit que ce que je voulais depuis toujours c'était de la camaraderie et puis du sexe à l'occasion, je me suis dit que je ne faisais pas partie de ces filles qui tombent vraiment amoureuses, ou du moins pas encore, pas maintenant, je ne faisais pas partie des filles qui font des trucs dingues avec leur corps, je ne saurais pas faire de strip-tease pour séduire un homme même dans l'intimité d'une chambre, même pour rire, je suis complexée et orgueilleuse, je voulais seulement de la camaraderie,

de la tendresse et basta. Et je me faisais ses remarques
à cause de Dalia Stella, à cause des méduses géantes
qui n'avaient rien à faire de ce côté-ci du monde, à
cause de cette nuit épuisante et pleine de contradic-
tions, à cause de ma gueule de bois et à cause de ces
garçons gentils, j'étais sentimentale tout à coup, merveilleusement sentimentale, je leur ai dit, à Gianni et
à Pablo, que je les aimais, on pataugeait dans du sable
visqueux, et ils m'ont répondu très sérieusement qu'ils
m'aimaient aussi, on s'est serré tous les trois dans les
bras encore une fois, comme seuls des parents le font
avec leur enfant pour bien lui montrer qu'ils resteront
toujours ensemble quel que soit l'endroit où ils se trouveront, ou comme seuls des poivrots le font.

La grande gagnante

« Avant on ne trouvait quasiment que la *Pelagia noctiluca* sur nos côtes. Urticante mais jusque-là pas trop envahissante. Mais depuis que la température de la mer augmente, que les engrais épandus dégoulinant vers la mer favorisent le développement de certaines algues qui sont au menu de pas mal de bestioles planctoniques, les méduses carnivores prospèrent et ne font plus la différence entre l'hiver et l'été. Elles consomment œufs, larves et alevins qui ne deviendront jamais des poissons. C'est une invasion de sauterelles qui dure. Et puis, cerise sur le gâteau, jarretière de la mariée, l'acidification des océans résultant de la dissolution du gaz carbonique dans l'eau ronge la coquille des mollusques. Les excréments de la méduse, riches en carbone, accentuent le phénomène. Et la méduse ne contenant aucun élément solide se rit de ces modifications. Une méduse finalement ce n'est qu'une bouche, des yeux, un système nerveux et des organes digestifs à l'intérieur d'une poche transparente. Une si grande économie structurelle est quasi un miracle, darling. »

Où les méduses ne sont pas tout

« Il y a un moment où tu ne peux plus passer ton temps à imaginer ce que tu pourrais faire de nouveau : avant je me disais, si j'arrive à quitter Barsonetta, je pourrai être entraîneuse de natation, je pourrai être professeur d'université, je pourrai être journaliste spécialisée en espèces invasives, je pourrai ouvrir une boutique de tatouage à un coin de rue. Mais maintenant il est trop tard. J'ai emprunté un chemin et je n'ai pas beaucoup d'autres perspectives que de le suivre avec le plus de plaisir possible. Parfois vois-tu c'est comme un soulagement. J'ai l'impression de ne plus avoir jamais à renoncer à rien. »

Où l'on cesse apparemment
de parler de méduses

Et j'ai doucement oublié ce qui m'avait fait venir là, ou plutôt j'ai *failli* perdre de vue les raisons qui m'avaient fait débarquer à Barales, puisque au fond ces raisons n'avaient jamais totalement disparu, elles s'étaient simplement éloignées de moi, elles étaient au large et attendaient que je jette mon regard vers le large, c'était exactement comme d'être devenue l'assistante du galeriste dans l'unique but d'un jour avoir le courage de lui présenter mes propres photos et de ne jamais l'avoir fait (mais les photos seraient là, au large, qui patienteraient), c'était exactement comme de travailler dans l'édition en tant que technicienne de fabrication avec la perspective d'avoir un jour l'opportunité de croiser la personne à qui je remettrais le manuscrit sur lequel je travaillais depuis toujours et puis de ne jamais l'avoir fait (et le manuscrit serait là, etc.), c'était exactement comme d'aller chez la cartomancienne comme ça, juste pour rire, juste pour rien, et qu'elle vous dise que malgré votre vie bien rangée vous aimez toujours autant les petites filles avec des nattes et des yeux tristes – ça ne fait pas de vous un assassin, ça fait de vous un type qui aimait quand il était môme les petites filles avec des nattes et des yeux tristes et qui présentement vit avec une femme blonde, trop bronzée et un peu tyrannique. Suis-je bien claire ? Il y a quelque chose de doux dans le mouvement des obsessions quand elles partent vers le large. Elles cessent de vous importuner nuit et jour. Ce n'est ni une capitulation ni un abandon. Elles attendent leur heure. Elles peuvent tout à la fin de l'histoire se transformer en *cuisants regrets*. Mais, si elles sont assez vivaces, elles ressurgiront au moment qui leur semblera le plus propice – à elles.

Je n'ai pas bougé de Barales tandis que les garçons du camping ont fini par partir, Gianni et Pablo pour la Grèce plutôt que pour le Maroc, et Werner pour Barcelone, la chatte Ritaline a continué à faire des petits en les cachant dans les fourrés près de la nationale, le chien Apolinario à courir, avec les autres chiens de la plage, après les mouettes et entre les voitures. Et Barales à accueillir des touristes, très peu nombreux, ils arrivaient le matin et on les voyait dès l'heure du déjeuner à la terrasse de la pizzeria en train de regarder sur la carte routière comment quitter au plus vite cette plage impraticable.

Et moi je suis restée chez Dalia Stella Oloixaca. J'enfilais une blouse blanche le matin, qui a fini par se tacher aux poches, à l'endroit où je glissais mes stylos et mon carnet, j'apprenais ce que je devais savoir pour prendre soin des chiens enragés de Dalia Stella et de tout ce qu'il leur fallait pour se sentir dans leur élément au milieu des bassins de l'Institut.

Dalia Stella était le genre de personne qui vous serrait la main pour vous saluer (même si vous étiez sa cousine et que vous viviez chez elle), et qui vous appelait par votre nom de famille (moi j'étais Bartolome ou darling), elle se nourrissait exclusivement de madeleines et de valium, elle était concentrée, solitaire, agressive. C'est Esperanza qui avait l'habitude de décrire les gens à l'aide d'une flopée d'adjectifs et ma mère lui disait en soupirant, « Ce n'est pas un peu réducteur, tout ça ? » et Esperanza se vexait et rétorquait, « C'est la vérité vraie. J'y peux rien si celui-ci ou celle-là est sale/suicidaire/tendre/orgueilleux(se)/rapiat(e). C'est pas ma faute si les gens entrent d'eux-mêmes dans un tiroir. »

Dalia Stella sifflait toute la journée (des sifflements avec des trilles, ceux qu'on entend en passant sous un échafaudage) ou alors elle chantait *Because the Night* enfermée dans son bureau de l'Institut, elle pouvait chanter cette chanson jusqu'à vingt-trois fois de suite, j'imagine que ça finissait par la mettre dans une sorte de transe. Elle était séduisante et sa raideur et sa virilité y étaient pour quelque chose. Elle était impressionnante et respectée, et du coup je ne pouvais pas m'empêcher de vivre comme un cadeau (j'étais la préférée) le fait qu'elle m'accueillait sous son toit et m'emmenait tous les jours à l'Institut et me formait à une connaissance et à un métier dont je n'avais jamais soupçonné l'existence – j'avais échangé mon idée fixe contre la sienne.

« Tu ne manquerais pas un peu de personnalité ? » m'aurait demandé Esperanza.

Chaque matin, nous descendions de la colline en voiture dans le soleil rasant. Je m'appuyais contre la portière. Nous ne parlions pas. Il était trop tôt. L'ombre noire du véhicule qui filait et tressautait sur le bas-côté ressemblait à l'aile noire du roi des corbeaux.

Au fil des jours, j'ai appris qu'elle avait eu trois amants officiels en sept ans, des types qui bossaient avec elle, l'un des trois était un scientifique chilien en résidence, envoyé par l'université de Santiago. Le

Chilien était reparti chez lui « entièrement à poil » (ce fut l'expression de Miranda, la fille de l'accueil qui m'aimait bien parce que je l'écoutais et n'avais rien dit à personne quand j'avais découvert sa planque à whisky dans le placard à fournitures derrière les enveloppes kraft). Il avait pleuré « toutes les larmes de son corps » jusqu'à l'aéroport et en montant dans l'avion il pleurait encore, c'est ce que le chauffeur de l'Institut avait dit à Miranda qui me l'a rapporté.

« Mais pourquoi pleurait-il autant ? »

Miranda a avalé son chewing-gum (je n'ai jamais compris pourquoi elle les avalait plutôt que de les recracher) et m'a dit : « Elle lui avait brisé le cœur et lui avait pris tout l'argent qu'il avait. Elle est comme ça, la patronne. Elle ne veut pas d'un mari riche alors elle choisit des gars gentils, barbus, sérieux et elle les presse comme des citrons avant de les laisser tomber.

– Barbus ?

– Tu n'as pas remarqué que les gars barbus sont toujours un peu fragiles et timides. Ça cache quelque chose tous ces poils sur le visage. C'est évident. »

Comme Miranda me prenait pour une oie elle s'était attelée à mon éducation.

« On dit toujours que ce sont les femmes qui sont romantiques, c'est ce qu'on nous apprend à l'école et à la télé, mais il n'y a pas plus romantique qu'un bonhomme. Ils cherchent tous une maman à forte poitrine.

– Et les deux autres ?

– Les deux autres gars de la patronne ?

– Ces deux-là, oui.

– Des barbus. Des gentils. Des scientifiques. Même histoire. Cœur brisé. Portefeuille essoré. (Baisse de ton, quasi-chuchotis.) C'est son côté lesbienne. »

La version de Miranda était sujette à caution. Je ne voyais pas Dalia Stella s'intéresser au portefeuille de qui que ce soit. Je commençais à mieux la connaître que les gens qui bossaient avec elle depuis des années.

Alors j'ai lâché la conversation. Je me suis dit, Reconcentre-toi, ma fille. (Comme le caméraman et le preneur de son avaient disparu depuis ma rencontre avec Dalia Stella, j'avais dû adopter une pratique plus directe.)

Et c'est un soir de printemps que je suis revenue à l'essentiel – que l'essentiel m'est retombé dessus –, nous étions dans la cuisine, je préparais du riz aux légumes (Dalia Stella appelait cela du riz à la tahi-tienne, je ne sais toujours pas pourquoi), elle était assise à la fenêtre, il faisait doux et toutes sortes d'oiseaux hurlaient, bec ouvert, sillonnant le ciel à toute vitesse pour choper le maximum de moustiques. Une armada de perruches criaillait dans les palmiers. « Ça va finir par devenir invivable, ici, avec tous ces volatiles », disait Dalia Stella. Moi j'adorais. Je restais souvent assise à les regarder tournoyer en sirotant quelque chose. Nous nous apprêtions à dîner sur la terrasse, la table était mise, avec bougies antibestioles, rosé dans le seau à glace et palmes du bananier effleu-rant la nappe. La terrasse était en mauvais état et dans un équilibre précaire. Il y avait des endroits où nous ne devions pas mettre les pieds, des coins qui oscillaient dès qu'on s'en approchait, certaines dalles étaient aussi instables que si elles avaient flotté sur l'eau. Dalia Stella m'avait promis d'appeler le maçon un de ces quatre pour éviter qu'un jour nous ne dégringolions dans la piscine vide au milieu du repas. Il me semblait probable que je doive me charger de l'appel tant ce genre de contingences paraissait placé tout en bas de sa liste de priorités.

Nous étions coutumières, le soir, d'avoir des conversations délassantes et inconséquentes, et nous faisions la liste ce soir-là de ce que nous aurions appris à des enfants si l'idée nous était passée par la tête d'en avoir.

« Courir avec des ciseaux.

– Descendre l'escalier les mains dans les poches.

– Sauter sur les lits.

– Vivre pieds nus.

– Vivre torse nu.

– Vivre dans les courants d'air.

– Lire sous l'eau.

– Fumer au lit.

– Tu leur apprendrais à fumer, darling ?

– Nager la nuit. »

Et c'est là qu'elle a dit pensivement, « C'est durant une nuit de mars que Diaz Uribe s'est noyé dans la piscine. »

Dalia Stella appelait son père, est-il nécessaire de le souligner, Diaz Uribe.

Elle a ajouté : « Comme quoi. »

Et nous sommes rentrées d'un coup dans le vif du sujet alors que rien n'avait laissé présager que cette soirée allait me faire rechuter.

Nous sommes sorties sur la terrasse, Dalia Stella a débouché la bouteille, elle s'est installée confortablement, elle a posé les pieds sur la chaise en métal devant elle et elle a commencé à raconter.

Délimitation du territoire

Matilda, la seule des cinq sœurs Diaz Uribe à être née sur Barsonetta, n'a jamais rien connu d'autre que cette île au large de Vieques. Une île clapotant dans la mer des Caraïbes d'un côté et dans l'océan Atlantique de l'autre, une île sable blanc, canne à sucre, barrière de corail, forêt vert néon, daturas, bromélias fuchsia, iguanes albinos, perroquets avec des plumes aussi brillantes que du cuir vernis, et lézards en veux-tu en voilà, une île privée, peuplée de gens triés sur le volet, bien intentionnés, cultivés, quasi aristocrates. Pas des aristocrates à particule, entendons-nous bien, des aristocrates prolétaires, ils s'appelaient entre eux les aristos avec une bienveillante autodérision pour se différencier des bourgeois et de leurs idéaux de boutiquiers, leurs préoccupations étaient élevées, politiques, intellectuelles, esthétiques, ces gens-là c'était le haut du panier, des hommes et des femmes impliqués, travailleurs, loyaux, qui réfléchissaient en permanence à l'amélioration de la vie sur Barsonetta – et dans le reste du monde, si on leur avait octroyé l'occasion de donner leur avis. C'est Diaz Uribe qui avait commencé à les appeler la lumpenaristocratie, cet homme avait le sens de l'humour, c'était seulement une petite blague, mais ils avaient fini par s'appeler entre eux les aristos.

Cela dit, n'allez pas imaginer un parfait éden : en plus des singes vampires (pas plus gros que des ouistitis, ils avaient les dents aiguisées comme des lames et vivaient confortablement dans les manguiers), en plus des frelons de mandariniers, des moustiques porteurs du chikungunya, des veuves noires qui dégringolaient des palmiers pour atterrir sur votre épaule, et de deux trois requins, Barsonetta comptait aussi pas mal de lagons radioactifs à cause de la guerre froide et de ses joyeuses expérimentations en mers paradisiaques. Mais c'est une autre histoire qui viendra en son temps.

Il faudrait, en premier lieu, se pencher sur Angela Oloixaca. Mais cette idée de *se pencher* sur elle me gêne. Elle n'est en rien un petit animal exposé sur une paillasse que j'ausculterais à l'envi. Elle est cent coudées au-dessus de moi. Elle m'apparaît comme une femme brillante et désespérée et farouche, l'une de ces femmes accablées par notre nature périssable mais qui vont tout de même élever leurs enfants en leur expliquant que le monde leur réserve des moments délicieux et que chaque moment délicieux (il faut s'astreindre à en vivre au moins un par jour, même minuscule, même si furtif qu'il disparaît presque à la seconde où il est apparu) forme une partie indispensable de la somme de notre plaisir à vivre. Cette femme me fascine et m'émeut. D'abord c'est elle la mère des cinq filles. C'est elle qui les a fabriquées, qui les a maintenues dans son corps pendant neuf mois, qui les a laissées prendre la substance de ce qu'elle était, se servir de ses neurones, de son émail, de ses yeux, de ses cheveux, de son sang, de sa salive et de tous les éléments qui la constituaient, c'est elle qui les a accueillies sur ses seins douloureux, qui les a aimées, totalement, tendrement et tragiquement. Et c'est elle la propriétaire de Barsonetta. C'est par elle que Diaz Uribe a pu concevoir ce qu'il a conçu. C'est elle qui lui a permis de jouir de ce domaine, espérant peut-être qu'il serait en mesure de réenchanter le lieu grâce à cette énergie qu'il déployait en toute chose.

Elle avait hérité de Barsonetta – dont le nom officiel était Oloixaca Cay. Barsonetta était le nom d'une tante d'Angela, morte bien avant sa naissance dans des circonstances changeantes (plusieurs versions coexistaient, toutes plus pathétiques les unes que les autres, mais nous n'avons que faire ici de l'histoire de cette tante malheureuse, cela ne ferait que nous retarder en chemin), l'île s'était donc vu attribuer ce nom comme on baptise le petit dernier du prénom du cousin mort à la guerre. Angela y avait passé toutes ses vacances quand elle était enfant et que ses parents voulaient l'éloigner de Mexico, de sa pollution et de ses affections respiratoires. Elle y allait sans eux, accompagnée d'une gouvernante et de plusieurs domestiques. Sa grand-mère maternelle était parfois du voyage, celle-ci était restée une femme charmante qui avait appris comment les femmes charmantes doivent se comporter quand elles sont mexicaines, de bonne famille et nées au XIXᵉ siècle, mais elle avait oublié beaucoup des principes qu'on lui avait inculqués, à cause d'une sénilité précoce qui lui grignotait la mémoire et lui enténébrait la logique. Aussi était-elle devenue de plus en plus libre et folle en vieillissant – mais toujours charmante. Angela avait beaucoup aimé cette grand-mère qui tenait des propos délicatement incohérents, se promenait nue sur les coursives après sa sieste – des vêtements ? il faut porter des vêtements même quand il fait aussi chaud ? –, s'occupait elle-même de la maison en oubliant que des domestiques étaient là pour ce faire, balayant le patio et distribuant toute la journée de petits bouts d'omelette aux oiseaux et aux tortues.

La maison avait été construite par le père d'Angela dans un style traditionnel avec galeries encadrant le patio, fontaine et carpes, mosaïque et colonnade, grilles en fer forgé, frangipaniers, paons se perchant rêveusement sur le toit et volière grouillante de petits oiseaux bleus. Et c'est dans cette maison qu'Angela, Diaz Uribe et leurs quatre filles déjà nées vinrent définitivement s'installer en 1961. Il est fort possible que Diaz Uribe ait argué de la santé fragile d'Angela pour la décider à expatrier toute la famille sur l'île, et du coup c'est comme si on avait trimballé une nouvelle fois Angela, parce qu'on savait ce qui était bon pour elle et ce qui la rendrait moins triste et moins dolente. Mais Angela n'était pas réellement dolente, elle était simplement une femme rêveuse et intranquille que ses grossesses multiples affectaient, elle mettait beaucoup de temps à se remettre d'une grossesse et de l'état dans laquelle ce phénomène la plongeait (tristesse, désarroi et malaise physique), ce qui étrangement ne parut jamais lié pour Diaz Uribe. S'il décida de l'éloigner, pour son bien, du monde et de ses vicissitudes, il ne songea jamais à ne pas lui imposer de nouvelle grossesse.

Peut-être Angela se demandait-elle comment redevenir la femme qu'elle avait été avant Diaz Uribe ? Parce que vivre auprès de Diaz Uribe c'était comme vivre auprès de quelqu'un qui absorberait – et vous dispenserait – la lumière. Il se montrait à l'extérieur avec elle, il la traitait comme une princesse, répandait autour d'eux l'exquis parfum de leur amour, il l'effleurait, l'observait si elle restait silencieuse et lointaine tandis que quelqu'un parlait, il paraissait épier sa réaction, la prévenir, comme si les réactions d'Angela étaient ce qu'il y avait de plus important pour lui. Il semble qu'Angela se soit très tôt retirée dans un espace qui lui appartenait en propre, mais elle demeurait souriante – un sourire énigmatique ou bien un sourire d'un vide interstellaire, cela est encore à déterminer. Quand ils montaient rejoindre leur chambre après avoir salué le dernier résident venu dîner à l'hacienda, Diaz Uribe disait, « Je crois que tout le monde t'adore, mon amour. » Il ajoutait, « Je suis sûr qu'il y en a certains qui pensent que je suis un sacré salopard de garder pour moi seul une aussi délicieuse et brillante créature. » Il racontait même, « J'ai entendu quelqu'un dire à demi-mots que c'était toi la véritable artiste de la famille. » Angela répondait, « Je ne pense pas qu'il y ait la moindre ambiguïté sur la question. » Et nous aurions été bien en peine de comprendre ce qu'elle entendait par là. Peut-être Angela passait-elle son temps à imaginer ce qu'aurait été sa vie sans sa rencontre avec Diaz Uribe, ou du moins sans sa décision de se lier à lui. Elle devait bien savoir que, même si elle s'était crue libre à l'époque où elle était étudiante, la majorité des décisions de sa vie avaient moins été des décisions que des acquiescements. Elle repensait alors aux bifurcations essentielles, il ne s'agissait pas à proprement parler de regrets, mais plus certainement d'évocations récréatives, elle imaginait entre autres qu'elle aurait sans doute vécu avec Carlos Calderón, qui la courtisait assidûment mais poliment à l'université, et qu'ils auraient habité dans le petit appartement bruyant qu'il occupait rue de la Indepedencia. Elle n'aurait jamais eu d'enfants. Elle serait devenue peintre, et puis une vieille peintre, une figure du quartier avec des breloques aztèques en argent et de grands jupons, elle aurait fasciné les jeunes gens avec lesquelles elle aurait continué de manifester pour que son Mexique devienne une terre indépendante et sans corruption ou alors elle serait partie vivre dans une réserve, elle serait restée solitaire et ardente et n'aurait évidemment jamais cessé de peindre. Au lieu de cela elle n'avait pas pu résister à lier sa vie à celle de Diaz Uribe parce qu'il faisait partie de ces hommes qui opèrent des modifications irréversibles dans la vie privée des femmes qu'ils rencontrent.

Il y avait eu un temps où les femmes intelligentes se taisaient pour épargner l'ego de leur époux, mais comme les femmes de l'âge et de la culture d'Angela ne voulaient plus se taire, cette situation générait essentiellement d'atroces dîners pleins d'étincelles et de rivalité. À l'inverse des femmes prises au piège de ces relations batailleuses, Angela se contentait de sa propre vie intérieure en écoutant de loin les élucubrations de Diaz Uribe et en s'occupant de ses filles et des petits oiseaux bleus. Son manque d'assurance s'était peu à peu transformé – intentionnellement ou non – en un mélange d'élégance et de détachement. Mais malgré cela, malgré ce cirque « je suis ton élu, tu es mon élue », malgré cette prévenance et cet amour que Diaz Uribe lui vouait de manière spectaculaire, il n'y avait plus beaucoup d'air ni beaucoup de lumière pour elle ou pour qui que ce soit d'autre quand Diaz Uribe entrait dans une pièce.

Angela laissait en général Diaz Uribe prendre les décisions communes puisque, disait-elle, « Ça a l'air tellement important pour lui. » Diaz Uribe pouvait par exemple exiger qu'elle allaitât les filles. Exigé est trop fort. Il avait fait comme si aucune autre solution n'était viable. C'est comme lorsqu'il vous proposait quelque chose dont vous n'aviez pas envie et qu'il s'offusquait que vous le refusiez. Vous finissiez par accepter pour éviter un esclandre ou une bouderie et vous vous retrouviez redevable envers lui de quelque chose dont vous ne vouliez pas. Cela dit, Angela n'allaita pas Matilda. Elle avait contracté une violente infection intestinale après l'accouchement et prenait des médicaments incompatibles avec l'allaitement. Ce fiasco demeura dans les annales de la famille et il était rappelé comme une bonne vieille anecdote, liée à son absence d'anticorps, quand Matilda attrapait un rhume ou se foulait une cheville.

Dès leur installation sur l'île, Diaz Uribe avait fait venir Jo Lodge son galeriste et tout un tas de gens qu'il avait rencontrés et pensait qu'il était nécessaire d'avoir à ses côtés sur Barsonetta. Il fit construire des maisons pour chacun d'entre eux, se montra généreux, accueillant, affable. Il poussait la cordialité jusqu'à passer saluer les résidents chaque jour – il travaillait la nuit et semblait, c'est ce qu'on racontait, et c'était en partie une explication à son génie, ne jamais dormir –, il passait donc les saluer et discuter avec eux, affirmant, écoutant et professant, et, quand l'un d'eux disait qu'il avait besoin d'un médecin, Diaz Uribe faisait venir sur l'île un médecin judicieusement choisi (le praticien jouait de la clarinette), accompagné de toute sa famille, quand l'un d'eux disait qu'il rêvait de retrouver le goût du pain de son enfance, Diaz Uribe faisait venir sur l'île un boulanger astucieusement sélectionné (il était baryton-basse), accompagné de toute sa famille, et quand il fallut éduquer les enfants, il fit venir un instituteur – qui n'avait pas de famille – dont les méthodes d'enseignement étaient si novatrices qu'il s'était fait renvoyer de l'enseignement public américain. Il installa un télescope pour Angela qui aimait regarder les étoiles et plus généralement le ciel, les nuages et l'horizon, il fit construire un édifice circulaire à l'ouest de l'île selon des normes acoustiques sévères, un auditorium qui pouvait accueillir régulièrement, pour le plaisir de tous, les musiciens de l'île – il y vivait une dizaine de spécimens – , il fit creuser une piscine près de son hacienda, ce qui parut étrange à beaucoup d'entre les nouveaux habitants de Barsonetta, mais Diaz Uribe détestait se baigner dans la mer. Être frôlé par des bestioles ou des algues lui répugnait, il en plaisantait facilement, se moquant de lui-même, ce qui mettait tout le monde très à l'aise. Parfois, il se laissait aller à confier que son père s'était noyé lors du naufrage de son chalutier en 1940 avec sa cargaison de mitrailleuses. Son public se sentait alors accablé mais surtout favorisé par cette précieuse confidence.

« Ne sommes-nous pas au paradis ? » disait-il le matin à Angela, lui prenant la main tandis qu'ils buvaient leur café sur la terrasse, et lui embrassant la paume. « De quoi aurions-nous besoin de plus ? » Il désignait l'île dans un geste circulaire (l'hacienda était sur un promontoire, on apercevait la première maison – celle de Jo Lodge – à quelques centaines de mètres de là abritée sous les palmiers), il posait ses pieds sur un tabouret (il ne marchait plus que pieds nus) et soupirait, intensément reconnaissant. « Que pourrait-on vouloir de plus ? »

Angela penchait la tête et disait, « Rien de plus, c'est certain. »

Alors il se tournait vers elle, « Sans te déranger, amour, tu pourrais rentrer me chercher du lait / pain / maté à la cuisine ? »

Et Angela se levait et lui rapportait le lait / pain / maté si tendrement réclamés.

Il peignait et il parlait, on eût pu croire d'ailleurs que ce qui faisait rester les gens sur l'île était le discours incessant de Diaz Uribe. Il allait chez chacun, vêtu de son éternel petit gilet de velours porté à même la peau, barbu et chevelu (mais il ne ressemblait pas, Dieu l'en garde, à un clochard de lisière de capitale, quand vous le voyiez ainsi, barbu et chevelu, vous vous demandiez pourquoi vous n'aviez jamais pensé à le faire avant lui (quel que soit votre sexe) tant c'était chic, désinvolte, accueillant et génialement biblique), et compte tenu de son écoute et de l'offrande d'un discours personnellement adressé, chaque insulaire avait le sentiment d'être nécessaire à l'équilibre de Barsonetta. Son discours tissait une toile souple et miroitante. « Vous êtes des pierres de touche », disait-il. Et personne n'avait envie d'en douter. Il disait, « Ici ne règne ni privilège ni oppression. » Il était difficile en revanche de décrypter ses mimiques à cause de la barbe. Mais vous aviez tout loisir de les imaginer.

Il faut cependant noter que la plupart du temps son discours était aussi ondoyant qu'un ciel de septembre. À la table de l'un, Diaz Uribe se moquait de la peinture et de la critique de la peinture – la population de l'île était particulièrement éclairée, on l'aura compris, et ce type de problématique leur paraissait de première importance. « Si le critique se sent frustré par le travail de l'artiste, il croira qu'on se moque de lui, disait-il. Mais si vous lui offrez la possibilité de se retrouver dans le motif mystérieux du tapis, et si vous dites de vous-même avec assez de force et de panache que vous êtes le meilleur, tous ceux, et ils sont majoritaires, qui ont du mal à se faire une opinion répéteront vos paroles de peur de faire partie des crétins qui n'ont pas reconnu votre génie en temps et en heure. »

Chez un deuxième, Diaz Uribe disait que le critique était essentiel pour l'artiste. Et que l'artiste ne pouvait s'extraire de son propre travail circulaire que s'il était à l'écoute du critique.

Chez un troisième, Diaz Uribe polémiquait sur le statut de ce qui pouvait être considéré comme scandaleux dans l'art contemporain. Il était souvent moqueur, ce qui incitait ceux qui l'écoutaient à se rallier à son avis. Mais il était si aimable, si attentionné que personne n'aurait pu avoir un jugement négatif à son encontre.

Chez un autre il préconisait de se méfier de la *Schadenfreude*, qui désigne le réconfort éprouvé face au malheur d'autrui. « Détester ensemble tisserait des liens plus forts qu'aimer ensemble. C'est absurde. Il faut lutter contre cette sale manie de primates. »

Et chez un autre encore il tempérait cette affirmation en disant qu'il suffisait de se maintenir au niveau symbolique, « Le désir d'éliminer l'autre n'est là que pour nous rassurer à propos de notre propre survivance. »

Il était pédagogue, versatile, agréablement masqué, et si malin qu'il vous donnait l'impression de se désintéresser de ceux qui auraient pu avoir l'idée de le railler, alors qu'il ne faisait que briguer leurs suffrages puisque, au fond, il désirait tout simplement obtenir *la totalité* des suffrages.

À son contact vous suspendiez votre incrédulité. Vous renonciez à comprendre la vérité. Vous l'effleuriez, la deviniez, mais l'artifice et la multiplicité de son discours étaient on ne peut plus satisfaisants – et moins fatigants, comme avec les grands mythomanes dont il est toujours embarrassant et décevant de dévoiler l'imposture.

Quand il sentait que la situation pouvait lui échapper, Diaz Uribe passait voir ses compagnons à l'improviste, il prenait un café dans leur cuisine, debout contre l'évier, il les regardait dans les yeux et leur demandait, « Alors vous êtes contents ? » Jamais il ne le faisait en tête à tête. Parce que dans ces conditions l'un des résidents aurait peut-être réfléchi plus avant à la question et lâché quelque chose – même dans le seul but de lui faire une réponse personnelle ou profonde (lui plaire était fondamental). Mais comme il n'intervenait que s'il y avait assez de monde dans la cuisine en question, et qu'il puisse interroger à la cantonade (cela dit il regardait une personne en particulier, une personne en qui sa confiance s'était amenuisée, une personne qui ne lui semblait plus tout à fait à la hauteur peut-être), tout le monde répondait en même temps, « Non tout va bien, le moral est au beau fixe, on a plein d'idées, on a des projets, faut qu'on t'en parle d'ailleurs, etc. » Ils s'entreregardaient pour s'assurer qu'ils pouvaient toujours compter les uns sur les autres, ils hochaient la tête. Et Diaz Uribe souriait. « Donc tout va le mieux du monde », concluait-il.

On rapportait qu'il finissait ses monologues à la table de chacun de ses invités permanents (ses « élus », dirait Dalia Stella quand elle serait en âge de ricaner) en soupirant, « Il s'agirait déjà de cesser de vouloir plus que ce qu'on nous a donné. » Mais en fait ce qu'il disait réellement c'était, « Il s'agirait déjà de cesser de vouloir plus que ce qu'on *vous* a donné. »

Et le fondement même du système de Diaz Uribe se situait là : il était aimant, sécurisant, encourageant et culpabilisant comme un parent.

L'insondable ingratitude
de la jeunesse

« J'étais l'aînée des filles Diaz Uribe.

« Et j'ai donc été la première à rêver de vivre dans le rayonnement de ma propre jeunesse, dans un arc égoïste de lumière et d'insouciance.

« Mais comment vivre sa jeunesse quand chaque geste est un geste qui compte dans la communauté, une communauté caribéenne, noire, blanche, jaune, astucieusement métissée, une communauté qui semble être une arche de Noé paradisiaque où l'on aurait parqué confortablement quelques spécimens parmi les plus intéressants, les plus doués et les plus variés de l'espèce humaine. Comment vivre son enfance et sa jeunesse quand tout est aussi planifié et que l'air est aussi raréfié. Vous finissez par tomber en syncope. »

Quitter Jupiter

Puis vint le jour où la situation se modifia de façon radicale entre Diaz Uribe et Angela. On dénombrait alors sur Barsonetta une cinquantaine de résidents dont une petite dizaine d'enfants – en plus des filles Diaz Uribe. Un tiers seulement étaient des femmes – et aucune n'y vivait seule. Chacun participait à sa mesure au bien de la communauté – mais sans la moindre tension puisque Diaz Uribe pourvoyait au bien-être et à l'harmonie de tous et compensait si nécessaire les pénuries. Jusqu'alors il avait pu compter sur le soutien des résidents et de sa famille pour le conforter dans les décisions à prendre. S'il y avait la moindre tension on les entendait tous murmurer, « Oui mais il est tellement intelligent. » Ce qui était le moins qu'on pût exiger de lui, sachant qu'il avait, après les avoir fait venir à lui, réclamé une fidélité non négociable de la part de tous ces « invités ».

Notre malédiction serait-elle, comme le pensait Velevine, d'avoir tous besoin de quelque chose ou de quelqu'un à vénérer ?

En 1970, l'aînée de ses filles, Dalia Stella, avait seize ans, les jumelles Eva et Margarida en avaient treize, Zorra douze et la petite Matilda huit. Les jumelles (Evamargarida en un seul mot) et Zorra étaient inséparables. Elles aimaient vivre sur l'île et n'aspiraient apparemment à rien de plus. Les jumelles passaient leur temps à vagabonder et se passionnaient pour les fleurs, tandis que Zorra aimait préparer à manger. Quand elle n'était pas en train d'expérimenter des recettes dans la cuisine de l'hacienda, elle sautillait avec ses sœurs sur les chemins de l'île, tentant de trouver de nouveaux ingrédients pour l'assaisonnement de ses créations, ou bien elle était attablée à déguster ses propres préparations ou bien encore elle surveillait le repas de ses sœurs qu'elle considérait comme de complaisants cobayes. La petite Matilda était, quant à elle, une créature d'une beauté parfaite, aussi lumineuse, affolante et entière que Dalia Stella, l'aînée, était complexe et critique (Dalia Stella était « difficile », disait-on, difficile à comprendre, difficile à suivre, difficile à aimer). Matilda était la mascotte de ses quatre sœurs qui la trimballaient partout dans l'île comme une princesse indienne n'ayant pas le droit de toucher le sol. Les filles en plaisantaient – Matilda était la sœur idéale des contes de fées, « aussi belle que son cœur était bon ». Si elle devint bientôt l'unique sujet des peintures de son père qui semblait vouloir, avec manie, appréhender son magnétisme et sa grâce, ses sœurs ne lui tinrent jamais rigueur de cette préséance. Elles avaient finalement toutes été les égéries de leur père pendant le temps de leur enfance. Et elles ne souffraient pas, se persuadaient-elles, d'être libérées de la contrainte de la pose.

Mais en avril 1970 Matilda se mit brutalement à devenir irritable et à perdre du poids alors même qu'on pouvait la trouver la nuit à la table de la cuisine, dévorant des restes d'*empanadillas* accompagnés d'un saladier de soupe. Parfois même on la découvrait, petit fantôme bleuté, vers trois heures du matin debout face au réfrigérateur piochant à pleines mains dans la salade de haricots de la veille et buvant des litres et des litres d'eau glacée. On lui diagnostiqua rapidement un diabète de type 1.

À cette époque sa sœur aînée Dalia Stella avait déjà dévolu tout son temps libre à l'étude des méduses qui avaient envahi la totalité des côtes de Barsonetta. Vieques, l'île portoricaine voisine, joyau des Caraïbes, était un lieu où l'on expérimentait depuis la Seconde Guerre mondiale des bombes à fragmentation, du napalm, des gaz lacrymogènes et autres armes non conventionnelles. Barsonetta était une île privée et n'avait donc pas joui des mêmes bons offices, elle n'était pas une semi-colonie américaine et n'était en conséquence pas louée à des pays de l'OTAN ou à des pays latinos pour expérimenter de nouvelles méthodes de guerre. Mais elle avait vu son littoral devenir un bouillon acide et radioactif. La faune marine se retrouva empoisonnée par des déchets de munitions, de métaux lourds et d'uranium appauvri. Les méduses commencèrent alors à proliférer et à muter joyeusement dans cet écosystème si favorable. C'était devenu l'activité favorite de Dalia Stella : dénombrer et inventorier les espèces présentes connues et encore inconnues. Tandis que les lamantins disparaissaient des côtes elle mit au jour l'apparition d'une méduse toxique non encore répertoriée qu'elle baptisa *Phyllorhiza Barsonetta* (ses sœurs lui avaient obligeamment proposé de l'appeler *Dalia Stella Medusa*).

Angela décréta que le diabète de sa fille Matilda était un dommage collatéral de cette situation géopolitique et écologique malsaine. Diaz Uribe balaya d'abord la chose d'un revers de main, souriant et apaisant, puisque c'était la méthode qu'il avait depuis toujours adoptée pour calmer les rares débordements de son épouse. Mais elle insista et il argua que le diabète n'était pas un cancer, qu'aucun enfant sur l'île n'était né malformé et que les résidents de Barsonetta ne se plaignaient d'aucune affection mystérieuse.

« Tu les as anesthésiés », répondit Angela.

Il s'entêta (c'était sa méthode, il serinait à l'envi, et au bout d'un moment les formules qu'il utilisait et la logique qui lui appartenait migraient et s'installaient dans votre cerveau, vous finissiez par plier face à ce siège incessant et à croire que c'était vous qui aviez eu l'idée en premier) et il déplaça le problème en assénant qu'il n'était pas du tout sûr que traiter Matilda avec de l'insuline lui serait d'un grand secours, qu'il fallait absolument repenser la nourriture qu'ils donnaient à leur fille, ainsi que celle de tous les résidents, que là se situait la vraie faiblesse de leur système, les insulaires continuaient de consommer trop de produits manufacturés venant du continent, il fallait tendre à l'autarcie, il allait contacter un nutritionniste, spécialiste en chirurgie digestive, qu'on lui avait conseillé, peut-être même le ferait-il venir sur l'île et les choses changeraient et tout irait pour le mieux, etc.

Angela se bouchait les oreilles et quittait la pièce ou bien elle lui disait que son obsession lui tenait lieu de foi, de foi intense et coercitive. Elle était prête à croire que la nourriture était plus en cause dans le diabète de sa fille que les bombes au napalm qu'on avait lâchées dans les environs, elle était prête à croire qu'un terrain génétique favorable pouvait prédisposer à la maladie, mais ce qu'elle refusait d'admettre, c'était que la solution fût un cadenassage supplémentaire. On ferme les persiennes. On s'installe dans la maison obscure, assis en tailleur, et on attend en espérant que le monde extérieur ne viendra jamais toquer à la porte. Ni aborder nos côtes.

Angela était outrée.

Elle utilisa même le mesquin « Je te rappelle que rien ici n'est à toi. »

Et c'est cela que les filles entendirent pendant des mois. Elles ne surent pas comment la décision fut prise, elles n'en connurent pas les vraies motivations même si, comme tous les enfants d'une fratrie, elles espionnaient leurs parents à tour de rôle et se rapportaient les nouvelles en y ajoutant mille et une supputations. Tout ce qui n'était pas énoncé avec clarté était nécessairement un secret inavouable.

Toujours est-il que Diaz Uribe partit pour l'Europe et ne réapparut qu'au bout d'un mois. Il n'avait depuis son arrivée en 1961 quitté l'île qu'à deux ou trois reprises et à chaque fois pour un temps très bref. L'approvisionnement et les relations avec le continent étaient gérés par un intendant de confiance.

Quand il revint d'Europe les disputes reprirent de plus belle. Angela attaqua d'emblée.

Tu n'es pas allé à Rome voir ton ami diplomate, je suis allé à Rome, tu n'es pas allé à Rome pour alerter les autorités, je suis allé à Rome, tu n'es pas allé voir ce type à Genève qui pouvait soi-disant nous aider qui devait pouvoir réclamer devant la Commission des droits de l'homme l'arrêt immédiat de ce génocide et la décontamination des îles et des eaux autour de Vieques, je suis allé à Rome Angela, tu n'es pas allé à Genève accompagner ce type et parler de ce qui se passe ici, je ne suis en effet pas allé à Genève, tu es allé à Bilbao voir ton cousin, arrête Angela, tu es allé à Bilbao voir ton cousin celui que tu as trahi celui que tu as envoyé en première ligne alors qu'il était encore un enfant celui qui a failli y laisser sa peau tu es allé là-bas pour le ramener avec toi c'est ce que tu as toujours voulu faire ce qui te chagrine depuis si longtemps c'est ce garçon qui a passé les messages à ta place, mais pas du tout Angela il ne faisait que les ravitailler nous n'étions que de petits jeunes gens qui jouaient à la contrebande de petits jeunes gens qui jouaient à la révolution, mais le problème n'est pas là Roberto le problème est ailleurs même si cette histoire t'obsède, oui cette histoire m'obsède depuis toujours et je te l'ai dit et tu le sais et tu te sers de ma faiblesse, ta faiblesse Roberto Diaz Uribe a donc des faiblesses, tu te sers de ma blessure, je me fous de tes blessures d'enfant Roberto, tu te sers de ma blessure tu sais que je souffre parce que j'ai été un petit salopard et qu'être un petit salopard quand on a douze ans et peur de rien et des velléités de héros ça fait de vous un petit salopard égocentrique prêt à faire tuer son cousin, je me fous de tes blessures d'enfant Roberto je ne connais pas ton cousin il ne m'intéresse pas il était sans doute l'un de ces types qui auraient sauté d'un avion en te demandant préalablement si oui ou non c'était une bonne idée d'endosser un parachute et si tu avais dit non il aurait sauté à poil, tu délires mon amour, mais j'ai été l'une de ces personnes moi aussi Roberto alors je sais ce que je dis j'aurais sauté sans parachute si tu me l'avais conseillé, mais de quoi parles-tu Angela ?, je ne veux plus te voir Roberto Diaz Uribe je ne veux plus te parler tu n'es pas allé alerter les autorités tu ne veux personne en ton royaume tu ne veux que tes courtisans, je n'ai pas de royaume je ne suis roi de rien, oh je t'en prie Roberto ça ne prend pas avec moi, je ne suis roi de rien Angela même cette île t'appartient, tu n'es pas allé à Rome tu n'es pas allé à Genève tu es allé à Bilbao et tu n'as pas retrouvé ton cousin, si je l'ai

345

retrouvé, tu vois tu n'es pas allé à Rome, je suis allé à Rome et je suis allé à Bilbao et j'ai retrouvé mon cousin, et il t'a craché à la figure, non il ne m'a pas craché à la figure mais il n'a pas voulu m'accompagner ici, il n'a pas voulu t'accompagner parce qu'il ne voulait pas être trahi une seconde fois, non ce n'est pas pour cette raison, il n'a pas voulu t'accompagner parce qu'il ne voulait pas te servir de fusible une seconde fois, non ce n'est pas pour ça Angela, ou alors c'est parce qu'il ne t'a pas fait confiance cette fois-ci et que même s'il ne risque plus grand-chose du côté de la Phalange il ne peut plus te faire confiance et chat échaudé etc., non ce n'est pas pour cela c'est parce qu'il a une famille il vient de se marier et il a une petite fille qui est née en août et il ne veut pas nous rejoindre tout de suite, il ne veut pas nous rejoindre tout de suite ? tu te moques de qui Roberto ? il ne veut simplement *jamais* te rejoindre qui aurait envie d'aller vivre sur une île baignée de méduses mutantes et de cochonneries mortelles qui aurait envie de vivre au bout du monde aux côtés du type qui vous a jeté dans la gueule du loup alors que vous étiez un gamin, je ne l'ai pas jeté dans la gueule du loup Angela, tu ne l'as pas prévenu tu ne lui as pas dit quel danger il courait à faire passer des messages à ta place c'était un gosse et les gosses pensent pouvoir sauter même sans parachute, oh tu recommences avec ton histoire de parachute, je recommencerai autant de fois qu'il le faudra Roberto, mais que veux-tu Angela à la fin ?, ce que je veux Roberto c'est ne plus partager ton petit royaume totalitaire, il n'y a pas de royaume totalitaire ici Angela il n'existe aucun privilège, oh non je t'en prie je connais ton discours par cœur au secours sauvez-moi mon Dieu il va me resservir son boniment sur son paradis égalitaire, je ne te reconnais plus Angela, ce n'est pas que tu ne me reconnais plus Roberto c'est simplement que tu ne m'as jamais regardée ni écoutée attentivement, je t'en prie Angela que se passe-t-il quelqu'un d'autre parle par ta voix, mais bien sûr Roberto je ne peux être que sous influence je ne suis pas quelqu'un muni d'un cortex ni d'une pensée personnelle je suis celle qui dit toujours oui, pour quoi veux-tu me faire passer Angela ?, oh pour rien de plus que ce que tu as toujours été c'est moi Roberto qui t'ai laissé les rênes je ne nie en rien ma propre responsabilité dans ce fiasco, mais que veux-tu Angela ?, ah non ne me regarde pas avec cet air condescendant ne me fais pas passer pour une pauvre épouse maniacodépressive tout cela est d'une banalité à pleurer ne me fais pas passer pour une folle, tu n'es pas folle Angela tu n'as jamais été folle, je suis lucide d'une lucidité étourdissante Roberto et je sais que tu fais régner sur cet endroit une sorte de *menace subliminale*, qu'est-ce que tu racontes Angela ?, tu es dangereux Roberto, je ferai ce que tu me demandes Angela, ah non ne joue pas l'humilité il n'y a rien qui t'aille aussi mal que l'humilité, tu vas me dire ce que tu veux Angela à la fin ?, ce que je veux c'est vivre avec mes filles je veux vivre sans toi avec mes filles si tu savais comme nous étions bien sans toi pendant le mois de ton absence, je ne vais pas quitter l'île Angela pour te laisser vivre ici avec nos filles, mais tu ne vas pas quitter l'île Roberto es-tu stupide je te la donne cette île moi ce que je veux c'est partir d'ici, cette île est l'île de nos filles Angela c'est toi qui imagines toutes ces histoires de contamination et de situation d'urgence tu montes des microfaits en épingle, je monte des microfaits en épingle ?, mais Angela tu préfères vraiment faire vivre nos filles à Mexico ?, peu importe où nous irons parce que de toute façon nous vivrons loin d'ici à Miami ou à Rome ou à Tombouctou, Angela tu perds le sens commun qu'iraient faire ces gamines à Miami ou à Rome ou à Tombouctou.

Et chaque jour le même dialogue ou la même absence de dialogue reprenait. Et il n'y avait rien de pire que de tenir le rôle de l'épouse hystérique légèrement accro aux barbituriques en -tal face au mari (dangereux parce que pragmatique) qui faisait des gestes apaisants des deux mains comme dans une pièce de théâtre d'Eugene O'Neill. C'est ce qu'Angela avait fini par lui dire pour bien se faire comprendre. Et il lui avait demandé de préciser, attentif, « Dans quelle pièce en particulier ? »

Angela ne s'était jamais autant exprimée, elle n'avait jamais autant parlé, elle en venait à négliger ses oiseaux bleus, elle était en boucle sur cette affaire de cousin trahi et de nécessité de quitter l'île, elle était sans doute de ces femmes qui rongent leur frein pendant des années et qui annoncent un beau jour, valise à leurs pieds et chapeau sur la tête, à leur mari sidéré que, non vraiment, tout bien considéré, elles ne peuvent plus vivre une seconde de plus en leur compagnie, des millénaires de silence et de servitude trouvent leur aboutissement dans ce moment jubilatoire où elles envoient tout valser, mais Angela n'habitait pas un appartement dans une capitale quelconque avec un petit bonhomme à qui elle avait prêté plus de pouvoir qu'il n'en avait, elle habitait une île avec ses cinq filles et une sorte de gourou (diraient les filles quand elles seraient en âge de se moquer), et si l'on sait qu'il est parfois difficile de quitter un appartement dans une capitale quelconque avec un petit bonhomme à qui l'on a prêté plus de pouvoir qu'il n'en a, alors imaginez à quoi se confrontait Angela.

Et surtout, à part Dalia Stella, qui avait toujours eu l'esprit critique, les quatre autres filles d'Angela et de Diaz Uribe étaient toutes encore trop subjuguées par leur père pour réellement remettre en question son autorité. Échapper au champ gravitationnel de Diaz Uribe s'avérait bien plus difficile qu'on ne le pense.

Dalia Stella l'océanographe,
Evamargarida les botanistes,
Zorra la cuisinière et Matilda la fée

Tandis que leurs parents se déchiraient, chacune des filles continuait de s'adonner à sa discipline de prédilection avec une passion et un aveuglement tout uribiens.

La petite Matilda, en plus de la grâce si singulière qui l'habitait, savait faire quelque chose dont aucune personne de l'île n'était capable : elle parlait aux animaux. Elle disait qu'elle ressentait des vibrations légères comme celles que produit le poids infime des pattes d'araignée sur la surface d'un étang et il s'avéra très vite qu'elle savait émettre ces mêmes vibrations. Les animaux la suivaient comme une traînée de petits enfants derrière un joueur de flûte. Ses sœurs, promptes à s'enthousiasmer, déclaraient qu'il leur semblait quelquefois que les pieds de Matilda dans ses baskets blanches ne touchaient pas le sol. En fait Matilda avait huit ans mais sa petite tête n'était pas celle d'une enfant de huit ans. Elle était parfois celle d'une très très vieille dame et parfois celle d'un tout jeune bébé babillant. Elle oscillait entre ces deux extrêmes qui se ressemblent tant. Elle paraissait si vulnérable (ossature de chardonneret, chevelure de nouveau-née) que tout être humain qui la croisait se sentait concerné par son exquise fragilité. Tout comme on a tendance à bien aimer les gens qui nous aiment, on appréciait de se trouver sous le regard bienveillant et tranquille de Matilda. Elle vous permettait de vous sentir meilleur. Même si Matilda ne réclamait aucune consolation vous vouliez quand même la consoler et la réconforter. Et si Matilda parlait en premier lieu aux oiseaux qui peuplaient Barsonetta, sucriers, carouges, tangaras et corneilles cubaines, elle vouait une passion toute singulière aux chauves-souris. Elle se postait chaque soir sur son balcon, à l'heure où la nuit caraïbe tombe si brutalement, et elle appelait les chauves-souris. Celles-ci, venant de sortir des grottes où elles avaient passé la journée, se dirigeaient en force vers le balcon de Matilda. Elles sillonnaient le ciel tandis que Matilda tenait entre ses dents de petites baies dont elles étaient friandes, visage offert à la nuit, lèvres entrouvertes. Les chauves-souris voletaient vers elle, avec ce vol saccadé, irrégulier, convulsif, qu'on leur connaît, frôlant la bouche de la jeune enfant et prenant avec toute la délicatesse possible du bout de leurs dents aiguës le fruit qu'on leur tendait.

C'était le spectacle le plus étrange qui fût.

La journée, quand les chauves-souris dormaient, Matilda posait pour son père ou parlait aux oiseaux ou brodait des animaux multicolores sur ses vêtements et sur tous les linges de la maison. Il n'y eut plus pendant des années, entre son apprentissage de l'aiguille et sa fin précoce, une seule étoffe vierge dans toute la maison des Uribe.

Mais après le retour d'Europe de Roberto Diaz Uribe et son échec – volontaire ? – à alerter les autorités compétentes concernant la situation écologique de l'île, la vie se mit à s'organiser différemment.

Angela avait la ferme intention de quitter l'île avec ses filles. Et si jamais celles-ci devaient s'y opposer, elle était prête à les emmener de force. Elle savait ce qui était bon pour ses filles et elle avait fini par se persuader que vivre sur une petite île au milieu de gens implantés là artificiellement par le caprice de son époux était une aberration. En plus de cela, elle n'avait jamais pensé que cette situation serait pérenne. Élever de jeunes enfants sur Barsonetta lui avait paru une opportunité séduisante. Mais les isoler définitivement du monde était une responsabilité qu'elle jugeait inacceptable.

Elle s'ouvrit de ce projet à la seule de ses filles qu'elle savait être son alliée inconditionnelle. Elle l'informa que leur père verrouillait toutes les portes de l'hacienda la nuit. Il invoquait la présence de bêtes sauvages sur l'île. Pour Angela c'était un signe évident de son désir galopant de les séquestrer ou de sa peur de l'invasion. Cela revenait au même. Il voulait simplement les boucler, disait-elle. Dalia Stella demanda à sa mère de patienter, arguant que les petites étaient vraiment petites, que leur père finissait toujours par se lasser de peindre la benjamine en date, et du coup finissait toujours par la laisser vivre sa vie d'enfant. Alors les choses seraient moins douloureuses. Le lien serait moins fort. Les filles s'éloignaient de leur père tout comme il s'éloignait d'elles doucement et inexorablement. Dalia Stella préconisa de différer leur départ.

Dalia Stella, même à seize ans, était douée d'une force de conviction surprenante. Elle semblait toujours sage et réfléchie, elle paraissait avoir mûri ce qu'elle disait – on croit souvent que ceux qui parlent peu parlent juste. Et Angela, elle, était assez déboussolée et/ou isolée pour prendre conseil auprès de sa fille aînée et se ranger dans l'instant à son avis. Il fallait que ses filles restent toutes ensemble. C'était le premier point. Elles étaient les cinq éléments nécessaires à l'harmonie du tout. On attendrait donc que Matilda, la petite fée, la petite folle, cessât d'être l'exclusive muse de Diaz Uribe. Quant à ses sœurs, comme elles commençaient à se déployer dans l'adolescence, les jours d'exclusivité de leur père étaient comptés.

Notons ici que Diaz Uribe ne se détournait pas brutalement de ses autres filles pour s'enticher de la dernière-née, il continuait de les chérir (quoique le mot soit un peu fort) mais, à partir de leur puberté, quelque chose en elles disparaissait, quelque chose que Diaz Uribe recherchait éperdument et qu'il tentait de peindre de manière obsessionnelle. Il n'aimait pas, comme bien des pères, les voir grandir. La relation qu'il entretenait avec ses filles devenues nubiles se mettait alors à ressembler à la relation exigeante, prudente et un peu lointaine que bien des pères entretiennent avec leurs filles.

Mais en attendant que Matilda se détache peu à peu de Diaz Uribe (et inversement), Angela s'étiola – ou devint de plus en plus cintrée, selon le point de vue qu'on veut bien adopter. Elle s'enfermait dans sa chambre, en sortait parfois pour dire aux filles de retenir leur respiration parce que l'air lui semblait tout à coup particulièrement vicié, « Ne respirez plus », disait-elle, et elle se figeait comme si quelque chose ou quelqu'un allait lui murmurer à l'oreille que le danger était passé, les filles devaient se rassembler auprès d'elle, rester tout à fait immobiles, comme dans un jeu d'enfants, poitrine gonflée, poumons à bloc, dociles et compréhensives, ou seulement dociles. Chaque matin Angela recouvrait les filles de crème solaire qu'elle faisait venir du continent, elle leur disait, « Il y a des trous partout dans la couche d'ozone de Barsonetta, on vit sous une passoire d'ozone », elle disait aussi que leur île – et celles qui l'environnaient et qui avaient subi le « même génocide progressif » – scintillait de nuit vue par satellite. Les dernières toiles que peignit Diaz Uribe de Matilda la représentent d'une blancheur ivoirée – couleur due au plâtrage quotidien d'écran total et non à une anticipation tragique.

Puis arriva le jour où Matilda eut douze ans. Son père la sollicita moins régulièrement d'abord, et finalement plus du tout, il s'enferma dans son atelier et se mit à peindre des pièces vides, des motifs de carrelage répétitifs, les chauves-souris vinrent moins souvent au balcon de la petite, les corneilles, reines de Cuba, cessèrent de converser avec elle, impossible de savoir ce qui déclencha l'accumulation d'abandons dont elle se sentit victime, impossible de dire pourquoi il lui parut inconcevable de continuer à vivre hors de sa vie de fée, mais elle fit ce que nous savons qu'elle fit. Elle s'organisa pour se jeter dans le puits mais, comme elle n'y parvint pas, elle choisit de se plonger elle-même dans un coma définitif.

Virgin Sisters

Il y eut une période de stupeur. Toute l'île fut suspendue au drame qui venait de survenir. Et qui concernait non seulement la famille Uribe mais également chacun des résidents humains et animaux. Plus un bruit, plus une musique, seuls des murmures et du chagrin.

Diaz Uribe finit par convoquer les quatre filles qu'il avait encore et, oubliant sciemment ou non leur mère, il dit, hagard, « Nous sommes cinq et nous resterons cinq. »

Les filles avaient perdu leur petite fée, les filles étaient en train de perdre leur mère et ce que leur proposait leur père était inadmissible.

« Nous sommes cinq et nous resterons cinq. »

Les filles dirent souvent entre elles qu'elles entendirent avec effroi la phrase que prononça leur père, elles l'entendirent comme une menace (la menace *subliminale* dont parlait Angela) et non comme l'assurance de ne pas être abandonnées à leur douleur. De toute façon quelle que soit la manière dont elles comprirent ce qu'il leur dit, ce fut ce qui les détermina à passer à l'acte (dirent-elles).

Nous sommes
les petites-filles des sorcières
que vous n'avez pas pu brûler

La chose fut d'une extrême simplicité.

Les quatre filles amputées de leur petite fée organisèrent l'événement comme on prépare des festivités-surprises.

Elles étaient très jeunes et pratiquement immortelles.

Elles étaient un organisme mutilé. Il leur manquait la partie la plus douce, la plus belle, la plus magique d'elles-mêmes.

Tout se déroula comme dans un merveilleux cauchemar.

Elles allèrent prélever trois spécimens de *Phyllorhiza Barsonetta* avec une intense prudence car ses quarante tentacules étaient pourvus de millions de nématocystes et chaque nématocyste était équipé d'une pointe venimeuse. Dalia Stella avait jusque-là observé et déterminé que la piqûre de *Phyllorhiza Barsonetta* n'était pas mortelle. Elle provoquait des brûlures, des lacérations et des migraines extrêmement violentes qui pouvaient durer plusieurs semaines. Dalia Stella en avait fait l'expérience.

Que voulaient faire les quatre sœurs ?

Donner une leçon à leur père ? Le punir ? Se débarrasser de lui (le faire taire) momentanément ? Ceci afin d'avoir l'énergie et le temps de mettre au point une stratégie pour exfiltrer leur mère ? De réfléchir à la situation sans avoir à lutter contre son discours perturbateur permanent ?

Il leur fallut un mois pour trouver et récupérer les trois méduses, qu'elles cachèrent dans le cabinet de toilette de la chambre de Matilda où personne ne pénétrait depuis le jour fatal.

Elles rirent beaucoup pendant cette période malgré le sérieux avec lequel elles accomplirent leur mission et malgré les raisons de cette mission. C'était un rire excité et plein d'épouvante, mais plein aussi d'une complicité renouée, d'une connivence à la vie à la mort.

Et ce fut dans la nuit du 1er mars, une nuit particulièrement chaude et étoilée, qu'elles versèrent les trois méduses dans la piscine où leur père aimait se baigner à la nuit tombée. La piscine bénéficiait d'éclairages sophistiqués mais les filles s'arrangèrent afin que, ce soir-là, elle ne soit pas parfaitement illuminée, sans pour autant que cela pût être un inconvénient pour l'exercice quotidien de leur père.

Quand, sur les coups de deux heures du matin, le corps de leur père avec son pauvre cœur contracté et son short bleu marine qui s'arrondissait autour de ses hanches comme une corolle (ou une jupette) se mit à flotter paisiblement dans l'eau tiède, elles comprirent que quelque chose n'avait pas fonctionné. Elles vinrent récupérer à l'épuisette les trois méduses et les jetèrent dans le puits.

Comment Dalia Stella aurait-elle pu imaginer que la réaction des méduses à l'eau de la piscine, si éloignée de leur milieu naturel en termes d'équilibre moléculaire, se traduirait par l'éclatement de la totalité de leurs cellules urticantes ? Ce qui ressembla à s'y méprendre, pour Diaz Uribe, à une injection massive de curare.

Le recours à la solitude

Et pourquoi cela me fut-il rapporté ? Pourquoi me suis-je retrouvée dépositaire de ce secret funeste ?

« Pour rééquilibrer les choses », m'a dit Dalia Stella.

Il ne me fut pas permis de poser une autre question que celle-ci, Dalia Stella a fini son récit en me parlant avec une étrange désinvolture de l'endroit où se trouvaient dorénavant sa mère (dans un village à une centaine de kilomètres d'Hermosillo en plein désert du Sonora) et ses sœurs (les jumelles dans la ville libre autoproclamée de Christiania à Copenhague, et Zorra à Montréal où elle travaillait dans un restaurant macrobiotique). Chacune des sœurs avait pris le nom d'Oloixaca. Et c'était Angela, la mère, depuis son village mexicain qui gérait seule le stockage et la vente parcimonieuse des toiles de son défunt époux. Elle n'avait, pour ce faire, besoin que d'une ligne téléphonique et d'un bureau de poste à une distance à peu près raisonnable, aussi avait-elle rompu tout lien avec Jo Lodge – qui faisait partie de ceux n'ayant pas voulu quitter l'île de Barsonetta et qui souffrait (elle en avait entendu parler) d'une affection pulmonaire préoccupante (je vous l'avais bien dit) –, et pourquoi donc Barsonetta aurait-elle été plus appropriée pour la gestion posthume de l'œuvre de Diaz Uribe plutôt que l'endroit où elle s'était installée au nord-ouest du Sonora, pourquoi donc quelqu'un d'autre aurait pu lui disputer le droit et la compétence de prendre en charge le patrimoine de Diaz Uribe ? L'argent généré par les ventes et les droits de reproduction était versé en totalité sur les comptes de ses quatre filles éparpillées. Comme Diaz Uribe n'était pas officiellement mort, ses filles n'étaient donc pas encore ses héritières, mais Angela ne manquait en aucune manière à cette opération. Elle-même se contentait de très peu, et de quoi avait-elle besoin sinon de ses murs de pisé, de son chapeau, de son téléphone, de son cheval, de son chien et de ses pinceaux et couleurs. Angela avait toujours eu un goût prononcé pour la solitude, vivre seule, dormir seule, se réveiller seule n'était en aucune façon pour elle un tourment, elle savait que les positions publiques font de vous un otage et elle savait aussi que supporter la présence d'un tiers jour après jour amputait votre concentration d'autant, elle n'avait jamais eu aucune aisance avec les hommes, et comme elle ne ressentait pas la nécessité quotidienne de faire la conversation et que parler toute seule ne lui semblait pas un péril pour sa santé mentale elle se contentait des excellentes relations qu'elle entretenait avec ses voisins et avec ses divers correspondants.

C'est ainsi qu'elle rassurait ses filles quand elle les avait au téléphone. Si l'une d'elles lui faisait remarquer que vivre seule aux portes du désert fait de vous un être entièrement tourné sur lui-même, quelqu'un dont la radio intérieure ne s'éteint jamais, elle riait et disait, « Tout va bien, je vis un peu à Copenhague, un peu à Montréal et un peu à Barales. » Et elle laissait entendre qu'il y avait des gens qui n'étaient pas faits pour vivre accompagnés, que ce constat était souvent douloureux et tardif, mais comment Angela aurait-elle pu éprouver de la douleur, elle qui se savait aimée *au moins* en trois points du globe. Et ses filles lui disaient, « Oh maman » et Angela faisait la coquette ou bien non elle ne faisait pas la coquette, comment cette femme aurait-elle pu faire la coquette ? comment cette femme aurait-elle pu minauder ? elle voulait simplement rassurer ses filles, leur dire que la vie lui était douce, aussi douce que possible.

Nous étions à ce moment-là en train de regarder le soleil se lever, les pieds sur les chaises en métal de la terrasse, dans la cacophonie des oiseaux de l'aube. Ce tumulte créait une confusion étrange qui me donnait l'impression de revenir d'un long voyage ou plutôt d'un voyage lointain vers les dernières légendes de la famille Bartolome, je sentais que j'allais pouvoir refermer chacune des portes qui était restée ouverte, j'allais m'y appliquer pour qu'aucun courant d'air ne pût les réentrouvrir. J'avais peut-être envie d'interroger Dalia Stella plus avant ou bien alors j'avais envie d'être seule afin de réfléchir à ce qu'elle m'avait révélé, de me les figurer en train de mettre au point leur plan infernal, la métamorphose de chacune d'entre elles en exécutantes, leur conclusion qui leur avait tenu lieu de conviction et qui leur avait permis d'accomplir l'un des pires crimes qui soit, la stupéfiante complexion de quatre petites têtes jeunes et transies de douleur. C'était sa peine et non la mienne. De cela j'étais certaine. En aucun cas je n'allais me charger de son forfait. Je me taisais, épuisée, tournant ces considérations en tous sens. Alors Dalia Stella m'a dit : « Une partie de cet argent devrait te revenir. »

Je ne voyais pas clairement de quoi il retournait ou alors si j'en avais une vague idée je la jugeais irrecevable.

« Ton père a été l'une des victimes de mon père, a-t-elle jugé bon de préciser.

– Tu as l'intention de dédommager toutes les victimes de ton père ? »

Elle a secoué la tête. Et elle m'a souri comme pour me dire, « Oublie. Oublie ce que je viens de raconter. » Je me suis levée, je ne voulais rien de cet homme, je n'avais besoin de rien, je voulais seulement retourner voir ma mère qui s'était retirée à Uburuk, je voulais lui dire qu'il était inutile qu'elle continue de gratter avec cette application maladive chacune de ses cicatrices, chacune des chairs qui tentaient de joindre les ourlets de ses souvenirs, je voulais redistribuer les cartes dans le calme et le détachement.

Chacune de mes vertèbres
est un récit

Quand je suis arrivée dans l'appartement de la rue Carles-Messidor, il était peut-être quinze heures. La porte n'était pas verrouillée. On ne verrouille pas les portes rue Carles-Messidor. Ça sentait la lavande chimiquement reconstituée. Ma mère avait étendu une lessive sur les fils à linge du balcon. Elle avait laissé les fenêtres ouvertes. J'ai regardé les oiseaux qui suffoquaient sur le balcon dans l'odeur parfaite de lavande, recroquevillés dans leur cage. Ils ont fermé leurs minuscules yeux noirs et mats, et ils ont choisi de se percher sur une seule patte quand ils m'ont vue entrer dans la cuisine. J'avais posé mon sac dans l'entrée. J'ai entendu mes pas résonner étrangement sur le sol – ils résonnaient étrangement parce qu'ils résonnaient dans le silence, et il y avait eu peu de moments silencieux dans la cuisine de la rue Carles-Messidor, la radio en général y braillait, ou les vieilles bigotes y ruminaient à la table en parlant toutes en même temps, en faisant semblant de se poser des questions mais en n'écoutant jamais les réponses, continuant chacune son propre discours sans se soucier de rien, sourdes à tout ce qui n'était pas leur petite musique personnelle, enfermées dans leur monologue comme des poivrots en fin de soirée. Je me suis postée sur le carreau disjoint devant l'évier et j'ai fait ce que je faisais quand j'étais enfant, j'ai fait passer mon poids d'un pied sur l'autre comme sur une balançoire à bascule. Je pouvais m'adonner à cette activité pendant des heures.

« Tu es là ? » ai-je entendu depuis la chambre de grand-mère Esperanza.

Je suis sortie de ma torpeur. Ma mère était allongée sur le couvre-lit en crochet, elle faisait sa sieste d'une demi-heure (elle disait toujours, « Je me repose une petite demi-heure si ça ne vous dérange pas »). Elle a tapoté le bord du lit pour que je vienne m'y asseoir et je me suis penchée vers elle pour qu'elle puisse m'embrasser.

Elle a dit exactement ce que j'imaginais qu'elle allait dire.

« Tu as maigri, tu dois être bien fatiguée. »

Je me suis assise, je lui ai souri, je me suis demandé depuis combien de temps je n'avais pas souri à ma mère. J'ai mis ma main sur la sienne pour ne pas qu'elle se lève et s'ébroue et lance « Allez, allez, j'ai du boulot, ça m'a fait du bien ce petit repos. »

Après lui avoir dit quelques mots d'usage (« Non non je vais bien, ma vie a été pas mal remplie ces derniers temps » etc.), j'ai pris mon inspiration (mon cœur battait aussi fort que si j'avais dû faire une déclaration publique ou une déclaration d'amour).

« Tu avais quel âge quand tu t'es mariée ? »

Elle n'a pas semblé plus surprise que cela par ma question. Peut-être avait-elle toujours imaginé que sa fille reviendrait un jour d'un long voyage pour lui poser cette question. Ma mère est une femme surprenante. Elle peut anticiper vos propres fantaisies. Alors elle a réfléchi et elle a répondu : « J'avais vingt-six ans. J'étais déjà une vieille fille.

– Vous vous êtes mariés en 1970 ?

– Oui nous nous sommes mariés en juin 1970.

– Et je suis née en août.

– Et tu es née en août.

– Vous vous êtes mariés parce que tu étais enceinte. »

Elle a soupiré, a remonté l'oreiller afin de pouvoir s'asseoir dans le lit, elle ne voulait pas parler de tout cela allongée, puis elle s'est mise à regarder un point par terre sur le carrelage, là-bas près de la porte, comme si toute cette histoire s'y trouvait rassemblée en une petite pelote de poussière. J'avais craint qu'elle ne se lève, j'avais craint qu'elle ne sorte de la chambre et que je ne sois obligée de la suivre, quémandant des réponses, pendant qu'elle s'activerait, collée à elle pour la forcer à me raconter ce qui s'était passé en 1970. Mais apparemment elle n'avait aucune intention de s'esquiver.

« Il n'y avait pas beaucoup de solutions pour une jeune femme à cette époque si elle tombait enceinte sans être mariée. »

Elle a fait une pause. J'ai cru qu'on en resterait là. Ou du moins qu'elle tenterait d'en rester là puisque moi de toute façon je n'avais aucune intention de m'arrêter en si bon chemin. Mais elle a continué.

« Elle partait chez les sœurs. Ou bien elle demeurait chez ses parents sans plus jamais sortir. Et moi, le seul parent que j'avais encore, c'était ton abominable grand-père, tu nous vois toutes les deux, toi et moi, vivant dans son petit appartement crasseux à l'écouter gueuler toute la journée, et à trimer trimer trimer, en n'étant rien d'autre que ses domestiques ? On serait devenues dingues, non ? »

Elle a ri.

365

« Ton père m'a soutenue dans l'épreuve que je traversais.

– L'épreuve que tu traversais c'était le garçon en
Ducati qui s'est tué ?

– Le garçon en Ducati était beaucoup plus jeune
que moi.

– Comment s'appelait-il ?

– Peu importe. »

Et j'ai deviné ce que ce « peu importe » impliquait.
Je savais qu'il ne s'agissait pas d'oublier ni d'enterrer
ni de ne plus aimer, je savais que les choses perdent un
tout petit peu de leur importance à chaque année qui
passe, le nom de cet homme, de celui qui pilotait la
Ducati et qui avait couché avec ma mère, malgré mon
salopard de grand-père qui savait si bien écrouer les
femmes, ce nom n'avait plus beaucoup d'importance
pour ma mère, ou du moins il appartenait à son passé
et à sa vie de jeune fille, toutes choses que je n'avais
peut-être pas à connaître, toutes choses qu'il me fallait
apprendre à ignorer. Mais j'ai continué : « Il s'est tué à
moto ?

– Ces garçons-là finissaient tous par se tuer à moto.
C'était une véritable hécatombe à l'époque. Tu en
voyais un parader sur son nouvel engin et tu n'étais
jamais sûr de le revoir le lendemain.

– Et papa ?

– Oh il n'est jamais monté sur une moto, Dieu
merci.

– Non non, je veux dire, que vient-il faire là-
dedans ?

– Ton père c'était le sel de la terre.

– Le sel de la terre ?

– C'était Esperanza qui disait cela parfois, elle
disait, "Mon petit Eusebio c'est le sel de la terre."

– Tu l'as rencontré comment ? »

Comment était-il possible que je n'aie pas posé cette question plus tôt à ma mère, moi qui connaissais tous les détails de la vie des ancêtres Bartolome dont me parlait Esperanza, moi qui savais tout des deux Feliziano, de leurs amours et de leur mort, moi qui savais tout des jumeaux voyageurs, moi qui savais tout de Roberto Diaz Uribe ? Peut-on oublier de poser cette question à ses propres parents ? Peut-on les voir mourir un jour en se rendant compte qu'on n'a jamais su comment ils s'étaient rencontrés ?

« Il travaillait dans le centre de Bilbao à cette époque et il habitait une chambre dans l'immeuble où je vivais avec ton grand-père. On se croisait souvent dans l'escalier. »

J'ai cru défaillir. Il était inconcevable que j'aie pu ignorer si longtemps que mon père avait habité l'immeuble où j'allais une fois par semaine aider ma mère à s'occuper de mon grand-père. Ou bien alors on me l'avait dit, oui c'est sûr on me l'avait dit, mais je n'avais pas trouvé cette information assez palpitante pour être stockée dans un endroit accessible de ma cervelle d'alouette.

« Ton père a proposé de m'épouser et c'est la meilleure chose qui me soit arrivée dans la vie.

– Tu l'as épousé pour échapper à ton propre père ?

– Non non non. Tu me fais dire ce que je n'ai pas dit. J'ai adoré ton père. J'ai adoré vivre avec ton père. Et de toute façon qu'avais-je à t'offrir, à part le souvenir du garçon en Ducati qui n'avait pas eu plus de famille que de volonté d'en fonder une un jour.

– Je ne suis pas une Bartolome, maman.

– Comme disait ta grand-mère Esperanza, les liens du sang ne sont pas tout. »

Sur la table de nuit d'Esperanza qui était devenue celle de ma mère, il y avait une anthologie de poésie espagnole, un ouvrage épais et relié provenant d'un club de livres, et puis il y en avait un autre d'Agatha Christie, très vieux et très craquelé avec une publicité pour des cigarettes en quatrième de couverture, il y avait aussi les poupées gigognes d'Esperanza que j'avais toujours vues rue Carles-Messidor – des matriochkas madrilènes avec mantille, dentelles, peigne et éventail. Je les ai ouvertes pour vérifier qu'elles étaient toujours au complet, à l'intérieur les unes des autres. Ma mère s'est levée, s'est passé un coup de brosse en se regardant du coin de l'œil dans le minuscule miroir cloué sur le battant à l'intérieur de l'armoire. Et sans se tourner vers moi elle a dit : « Les pères sont ceux qui nous donnent leur nom mais ils sont hypothétiques par nature, mon chat. » Elle est sortie de la chambre et m'a crié depuis la cuisine, « J'ai fait de la compote, tu en veux ? » Et avant que je réponde elle a ajouté, « Et j'ai du flan dans le frigo. » Et avant que je réponde elle a continué, « Mais si tu veux je fais un gâteau au citron. Oh oui ça c'est une bonne idée, je vais faire un gâteau au citron. » Ma mère se transformait délicatement et irréversiblement en ma grand-mère Esperanza. Les liens du sang ne sont pas tout.

Je suis allée m'asseoir dans la cuisine devant la toile cirée, elle m'a servi un bol de compote glacée et elle est montée sur l'escabeau pour prendre la farine. Les oiseaux dans la cage sur le balcon étaient des bengalis, deux minuscules éclats de bleu et de rouge qui n'aimaient pas les courants d'air, elle les a rentrés pour les placer sur le tabouret près de la porte, elle leur a parlé dans son langage oiseau, j'ai dit, « Je ne reste que quelques jours » et en disant cela je ne tentais pas de m'enfuir au plus vite, je ne ressentais pas ce que je ressentais dans mon enfance, la peur de sédimenter dans la cuisine de ma grand-mère et de ma mère, je n'avais pas l'impression que tous les efforts et tous les progrès produits depuis ces dernières années allaient être anéantis par ma seule présence dans cette cuisine ou à cause du regard que ma mère posait sur moi, mes mots ne signifiaient réellement que « Je ne reste que quelques jours » parce que j'avais à faire ailleurs, parce que j'avais quelques chers chiens enragés sur qui veiller et mon amie Dalia Stella qui attendait après moi plus au sud.

Table

PREMIÈRE PARTIE
Quelques jours en Espagne

Les flamboyantes passions postdictatoriales . . .   13
Une éducation bartolomienne   21
Avant les périodes   28
De la dissolution par l'accroissement   33
Les nuits près des eucalyptus   34
De la difficulté à garder le bon cap   37
Hésiter puis plonger   45
L'Histoire par ouï-dire   54
Villa témoin   55
Gaver le peuple eût été l'autre solution pour
   l'endormir   66
Les interdits alimentaires   70
Deux pas en avant, trois pas en arrière   78
Narcolepsie   85
Et tout s'est calcifié   89
Avant toute chose, déterminer ce qu'on ne
   veut pas être   92
Sauvée de quoi ?   97
Un certain âge   104

DEUXIÈME PARTIE
Tout ce que j'ai failli devenir à Paris

Ce que je savais de Roberto Diaz Uribe avant
de devenir parisienne 111
Atanasia se croit maline 113
Le lieu hasardeux où nous sommes nés 122
Comment échapper au discours de nos mères . . 129
De la mauvaise évaluation du puissant 136
Intermittences 140
La Mort Noire 148
L'étrange cas de Vladimir Velevine 156
Rats-taupes sur Barsonetta 162
Les trois marraines 171
Le sable est formé de milliards de fossiles 179
Le cercle rompu 184
Protect me from what I want 188
Je serai l'ombre de ta main 198
Récupération instinctive 209
Au cœur des ténèbres 214
Le champ des possibles 225
Nos insuffisances 237
Le trente-cinquième nom 238
Le caméléon 242
Je te souhaite bien plus que de la chance 254
L'inattendu et l'inexorable 263
Rétrécissement du champ des possibles 279

TROISIÈME PARTIE
L'Espagne plus au sud

Plus personne ne parle allemand 283
Les hivers doux de mon Espagne 291
De la façon dont certaines personnes vous
    font rapetisser 297
Dalia Stella née Uribe 301
La détective adolescente 305
Ces chers chiens enragés 308
Comment franchir mille cinq cents kilomètres
    en quelques secondes et n'en retirer qu'un
    piètre bénéfice 309
Les Dents de la mer 312
Chamboulement des océans 314
La grande gagnante 320
Où les méduses ne sont pas tout 321
Où l'on cesse apparemment de parler de
    méduses 322
Délimitation du territoire 328
L'insondable ingratitude de la jeunesse 339
Quitter Jupiter 340
Dalia Stella l'océanographe, Evamargarida
    les botanistes, Zorra la cuisinière et Matilda
    la fée 350
Virgin Sisters 355
Nous sommes les petites-filles des sorcières
    que vous n'avez pas pu brûler 356
Le recours à la solitude 359
Chacune de mes vertèbres est un récit 363

DU MÊME AUTEUR

Le Sommeil des poissons
Seuil, 2000
et « Points », n° P1492

Toutes choses scintillant
Éditions de l'Ampoule, 2002
et « J'ai lu », n° 7730

Les hommes en général me plaisent beaucoup
Actes Sud, 2003
« Babel », n° 697
et « J'ai lu », n° 8102

Déloger l'animal
Actes Sud, 2005
« Babel », n° 822
et « J'ai lu », n° 8866

La Très Petite Zébuline
(illustrations de Joëlle Jolivet)
Actes Sud junior, 2006

Et mon cœur transparent
Éditions de l'Olivier, 2008
et « J'ai lu », n° 9017

Ce que je sais de Vera Candida
Éditions de l'Olivier, 2009
et « J'ai lu », n° 9657

Des vies d'oiseaux
Éditions de l'Olivier, 2011
et « J'ai lu », n° 10438

La Salle de bains du Titanic
« J'ai lu », n° 9874, 2012

La Grâce des brigands
Éditions de l'Olivier, 2013
et « Points », n° P3252

Paloma et le vaste monde
(illustrations de Jeanne Detallante)
Actes Sud junior, 2015

Quatre cœurs imparfaits
(illustrations de Véronique Dorey)
Thierry Magnier, 2015

La Science des cauchemars
(illustrations de Véronique Dorey)
Thierry Magnier, 2016

À cause de la vie
(illustrations de Joann Sfar)
Flammarion, 2017

RÉALISATION : IGS-CP À L'ISLE-D'ESPAGNAC (16)
IMPRESSION : MAURY IMPRIMEUR À MALESHERBES (45)
DÉPÔT LÉGAL : JANVIER 2018 - N° 135704 (222754)
IMPRIMÉ EN FRANCE

Éditions Points

Le catalogue complet de nos collections est sur Le Cercle Points, ainsi que des interviews de vos auteurs préférés, des jeux-concours, des conseils de lecture, des extraits en avant-première…

www.lecerclepoints.com

DERNIERS TITRES PARUS

P4602. L'Empoisonneuse d'Istanbul, *Petros Markaris*
P4603. La vie que j'ai choisie, *Wilfred Thesiger*
P4604. Purity, *Jonathan Franzen*
P4605. L'enfant qui mesurait le monde, *Metin Arditi*
P4606. Embrouille en Corse, *Peter Mayle*
P4607. Je vous emmène, *Joyce Carol Oates*
P4608. La Fabrique du monstre, *Philippe Pujol*
P4609. Le Tour du monde en 72 jours, *Nellie Bly*
P4610. Les Vents barbares, *Philippe Chlous*
P4611. Tous les démons sont ici, *Craig Johnson*
P4612. Tant que les arbres s'enracineront dans la terre
       suivi de Congo, *Alain Mabanckou*
P4613. Les Transparents, *Ondjaki*
P4614. Des femmes qui dansent sous les bombes, *Céline Lapertot*
P4615. Les Pêcheurs, *Chigozie Obioma*
P4616. Lagos Lady, *Leye Adenle*
P4617. L'Affaire des coupeurs de têtes, *Moussa Konaté*
P4618. La Fiancée massaï, *Richard Crompton*
P4619. Bêtes sans patrie, *Uzodinma Iweala*
P4620. Éclipses japonaises, *Éric Faye*
P4621. Derniers feux sur Sunset, *Stewart O'Nan*
P4622. De l'Aborigène au Zizi. Une balade souriante
       et décomplexée dans l'univers des mots, *Bruno Dewaele*
P4623. Retour sur l'accord du participe passé.
       Et autres bizarreries de la langue française
       Martine Rousseau, Olivier Houdart, Richard Herlin
P4624. L'Alphabet de flammes, *Ben Marcus*
P4625. L'Archipel d'une autre vie, *Andreï Makine*
P4626. Dans la gueule du loup, *Adam Foulds*
P4627. Celui qui revient, *Han Kang*
P4628. Mauvaise compagnie, *Laura Lippman*

P4629. Sur les hauteurs du mont Crève-Cœur
       Thomas H. Cook
P4630. Mariées rebelles, *Laura Kasischke*
P4631. La Divine Comédie, *Dante Alighieri*
P4632. Boxe, *Jacques Henric*
P4633. Mariage en douce. Gary & Seberg, *Ariane Chemin*
P4634. Cannibales, *Régis Jauffret*
P4635. Le monde est mon langage, *Alain Mabanckou*
P4636. Le Goût de vieillir, *Ghislaine de Sury*
P4637. L'Enfant neuf, *Colette Nys-Mazure*
P4638. Addict. Récit d'une renaissance, *Marie de Noailles
       avec Émilie Lanez*
P4639. Laëtitia, *Ivan Jablonka*
P4640. L'Affaire Léon Sadorski, *Romain Slocombe*
P4641. Comme l'ombre qui s'en va, *Antonio Muñoz Molina*
P4642. Le Jour de l'émancipation, *Wayne Grady*
P4643. La Cure de Framley, *Antony Trollope*
P4644. Les Doutes d'Avraham, *Dror Mishani*
P4645. Lucie ou la Vocation, *Maëlle Guillaud*
P4646. Histoire du lion Personne, *Stéphane Audeguy*
P4647. La Sainte Famille, *Florence Seyvos*
P4648. Antispéciste. Réconcilier l'humain, l'animal,
       la nature, *Aymeric Caron*
P4649. Brunetti en trois actes, *Donna Leon*
P4650. La Mésange et l'Ogresse, *Harold Cobert*
P4651. Dans l'ombre du Reich. Enquêtes sur le traumatisme
       allemand (1938-2001), *Gitta Sereny*
P4652. Minuit, *Patrick Deville*
P4653. Le Voyage infini vers la mer blanche, *Malcolm Lowry*
P4654. Les petits vieux d'Helsinki se couchent de bonne heure
       Minna Lindgren
P4655. La Montagne rouge, *Olivier Truc*
P4656. Les Adeptes, *Ingar Johnsrud*
P4657. Cafés de la mémoire, *Chantal Thomas*
P4658. La Succession, *Jean-Paul Dubois*
P4659. Une bouche sans personne, *Gilles Marchand*
P4660. Tokyo Vice, *Jake Adelstein*
P4661. Mauvais Coûts, *Jacky Schwartzmann*
P4662. Ma langue au chat. Tortures et délices d'un anglophone
       à Paris, *Denis Hirson*
P4663. Sacrifice, *Joyce Carol Oates*
P4664. Divorce à la chinoise & Meurtres sur le fleuve Jaune
       Frédéric Lenormand
P4665. Il était une fois l'inspecteur Chen, *Qiu Xiaolong*
P4666. Zone 52, *Suzanne Stock*

P4667. Que la bête s'échappe, *Jonathan Kellerman et Jesse Kellerman*

P4668. Journal d'un homme heureux, *Philippe Delerm*

P4669. Inventer sa vie, *Jean-Louis Étienne*

P4670. Méditations sur la vie *Christophe André et Anne Ducrocq*

P4671. Etty Hillesum, *Sylvie Germain*

P4672. Ce qu'Amma dit au monde. Enseignements d'une sage d'aujourd'hui, *Mata Amritanandamayi*

P4673. Le Motel du voyeur, *Gay Talese*

P4674. Jean-Louis Aubert intime. Portrait d'un enfant du rock *Christian Eudeline*

P4675. Les Brutes en blanc, *Martin Winckler*

P4676. La Dernière Leçon *et* Suite à La Dernière Leçon *Noëlle Châtelet*

P4677. Je reviens ! Vous êtes devenus (trop) cons, *Jean Yanne*

P4678. Le Coiffeur de Marie-Antoinette. Et autres oubliés de l'Histoire, *Frédéric Richaud*

P4679. Les Égarements de Mademoiselle Baxter, *Eduardo Mendoza*

P4680. #Scoop, *Yann Le Poulichet*

P4681. "J'adore la mode mais c'est tout ce que je déteste" *Loïc Prigent*

P4682. Le Tunnel aux pigeons, *John le Carré*

P4683. Les Pêchers, *Claire Castillon*

P4684. Ni le feu ni la foudre, *Julien Suaudeau*

P4685. À la fin le silence, *Laurence Tardieu*

P4686. Habiter la France, *Raymond Depardon*

P4687. La Beauté du geste, *Philippe Delerm*

P4688. Le Jeu des hirondelles. Mourir partir revenir *Zeina Abirached*

P4689. Patrice Franceschi et «La Boudeuse». 15 ans d'aventure autour du monde, *Valérie Labadie*

P4690. Trois ans sur la dunette. À bord du trois-mâts «La Boudeuse» autour du monde, *Patrice Franceschi*

P4691. Au secours ! Les mots m'ont mangé, *Bernard Pivot*

P4692. Le Nuage d'obsidienne, *Eric McCormac*

P4693. Le Clan des chiqueurs de paille, *Mo Yan*

P4694. Dahlia noir & Rose blanche, *Joyce Carol Oates*

P4695. On n'empêche pas un petit cœur d'aimer *Claire Castillon*

P4696. Le Metteur en scène polonais, *Antoine Mouton*

P4697. Le Voile noir *suivi de* Je vous écris, *Anny Duperey*

P4698. Une forêt obscure, *Fabio M. Mitchelli*

P4699. Heureux comme un chat. Ma méthode pour changer de vie, *Docteur Dominique Patoune*